韓孟詩論叢（上）

李建崑◎著

自序

韓愈是中唐文學巨匠，不僅倡導文體改革、創造出樸質健勁的古文，也同時在詩歌形式、內涵、語言、風格方面，有嶄新開創。而孟郊雖無古文作品傳世，卻以奇險拗折的五言詩，贏得千古盛名。以孟郊韓愈為核心的「韓孟詩人集團」，更成為貞元、元和、長慶時期的重要文學群體，兩人同被李肇歸為「元和體」。

筆者一如尋常青年，在中學階段，才接觸韓愈作品。當時雖能感受韓文氣勢之雄偉，卻莫知所以然。負笈中興大學之後，從諸城王禮卿教授習古文，聆聽王師論析〈進學解〉，始悟韓文體製之美、章法之妙。至於進一步研讀韓詩，則是民國七十六年秋天，進博士班之後才展開。

筆者有幸成為臺灣師大邱燮友教授及臺大羅聯添教授的學生，並獲得兩位師長悉心指導與加持。在羅師協助下，收集到三百餘種海內外論韓資料。前賢研究成果，美不勝收，也不免心生戒懼，使研究領域一再修改，最後以《韓愈詩探析》一文，獲得國立灣師範大學國文研究所博士學位。

畢業之後，筆者回中興大學中文系任教，正思索下一步的研究方向時，又獲得邱燮友、尤信雄等師長指引，展開孟郊詩歌文本整理與校注。四年間，也寫下六篇孟詩論文。以後筆者的注意力雖逐漸轉向中唐詩人張籍與王建，但韓、孟詩的研讀，仍持續不斷，此一經驗，使筆者在寫《中晚唐苦吟詩人》一書時，獲致不少研究靈感。更因多年寢饋其間，已有不少好友戲稱筆者為「韓孟子」，筆者的個人網站，也乾脆以「韓孟子」為名了！

收集在本書的十六篇論文，其中若干篇是由筆者未發表的博士論文中取材、修改而成。先後發表在國立中興大學文學院《文史學報》、《夜間部學報》及《興大中文學報》、《國立編譯館館刊》等學術刊物；也有數篇曾在中國唐代學會、古典文學研究會、中正大學、東海大學等單位所舉辦的學術研討會上宣讀。發表之後，獲得學界同仁的謬賞，其中若干篇，僥倖獲得當年度國科會研究獎勵。

本書之完成，承受不少師長、親友、同僚、學生的關懷與協助。大家的恩典，永難忘懷！是為序。

李建崑　自序於國立中興大學中文系八一七研究室

二〇〇五年十一月五日

目次

一、韓愈之仕宦生涯與詩歌創作

韓愈為中唐時代著名古文家、哲學家、及傑出詩人。祖籍昌黎，由於唐人有「假著望以為稱」之習氣，每自稱「昌黎韓愈」，故世稱韓昌黎[一]。晚年任吏部侍郎，時人進稱之為韓吏部。身後謚號「文」，故世稱韓文公。

韓愈一生以儒家道統繼承人自居，在哲學思想方面，有其不可磨滅之地位。在政治方面，宦海浮沉，卒於官守，亦有建樹。然而主要成就還是文學，尤其古文作品，歷代論者皆給與極高之評價，韓愈同代詩人劉禹錫在〈唐故中書侍郎平章事韋公集〉譽之為「文章盟主」；宋代蘇軾在〈潮州韓文公廟碑〉稱其「文起八代之衰」，獎譽不可謂不高。至於韓愈之詩歌作品，歷代批評，雖較分歧，大多肯定其獨樹一幟之特質。在此，擬充分汲取前賢考證成果，依時間先後，分為六階段，總述韓愈之生平宦歷與詩歌創作。

一 關於韓愈之籍貫：（一）宋．洪興祖《韓子年譜》〈世譜〉（臺灣商務印書館版《韓文類譜》（二）宋．朱熹《昌黎先生集傳》（漢京文化事業公司版清．馬其昶《韓昌黎文集校注》附）（三）今人岑仲勉《唐集質疑》〈韓愈河南河陽人〉條（中央研究院歷史語言研究所集刊第九本五四至五七頁）（四）羅師聯添《增訂本韓愈研究》〈一．韓愈家世〉（臺灣學生書局版。（五）韓愈三十九代孫韓思道〈韓昌黎先生里籍辨正〉（載《中原文獻》一卷九期，一九六九年十一月一日出版） 第十九頁，皆有詳審考證，茲不贅引。

壹．擢第入仕前之生活

韓愈字退之，唐河南河陽（今河南孟縣）人。生於唐代宗大曆三年戊申（西元七六八年）卒於唐穆宗長慶四年甲辰（西元八二四年）。據唐．李漢〈唐吏部侍郎昌黎先生文集序〉云：「先生生於大曆戊申。幼孤，隨兄播遷韶嶺，兄卒，鞠於嫂氏，辛勤來歸。」[二]韓愈從兄韓會以道德文學伏一世，任起居舍人時，宰相元載專橫，代宗賜死元載。韓會坐元載黨，貶官韶州，韓愈在文學方面，頗受從兄之啟迪。韓愈〈與鳳翔邢尚書書〉云：「愈也布衣之士也，生七歲而讀書，十三歲而能文。」可見韓愈之啟蒙教育，開始甚早。

唐德宗建中元年（西元七八〇年）韓愈年方十三歲，韓會卒於韶州，韓愈與姪老成從嫂鄭氏歸葬故鄉河陽。次年起，成德、魏博、山南、平盧節度使相繼作亂，貞元四年，涇原姚令言進犯京師，德宗幸奉天，朱泚又犯奉天，中原政局十分不靖。於是自建中二（七八一）年至貞元元（七八四）年之間，嫂鄭氏率百口之家，在宣城（安徽宣城）躲避動亂[三]。韓愈三十歲時作〈復志賦〉回憶此一時期之心路歷程云：

值中原之有事兮，將就食於江之南。始專專於講習兮，非古訓為無所用其心；窺前靈之逸跡兮，

二 見《唐文粹》卷九十二，轉引自吳文治《韓愈資料彙編》（台北，學海出版社，一九八四年四月）第三十五頁。

三 參見宋．洪興祖《韓子年譜》卷三貞元元年條，（臺灣商務印書館版《粵雅堂叢書本》《韓文類譜》，一九七八年年三月）

超孤舉而幽尋。既識路又疾驅兮，孰知余力之不任？考古人之所佩兮，閱時俗之所服。忽忘身不肖兮，謂青紫其可拾。[四]

可知其好古敏求，銳身科名仕進之志業，也大約萌芽於此時。避地宣城期間，詩文應該不少，但是流傳至今最早的詩，僅為十八歲所寫〈芍藥歌〉一首。詩云：

丈人庭中開好花，更無凡木爭春華。翠莖紅蘂天力與，此恩不屬黃鍾家。溫馨熟美鮮香起，似笑無言習君子。霜刀翦汝天女勞，何事低頭學桃李？嬌癡婢子無靈性，競挽青衫來比並。欲將雙頰一晞紅，綠窗磨偏青銅鏡。一樽春酒甘若飴，丈人此樂無人知。花前醉倒歌者誰？楚狂小子韓退之。[五]

此詩造語拙嫩，自命為楚狂小子，尤富於青春氣息。貞元二年（七八六）韓愈十九歲自宣城赴長安應進士舉。經河中（今山西永濟）之中條山，作〈條山蒼〉一首云：「條山蒼，河水黃。浪波沄沄去，松柏在高岡。」（《集釋》卷一）此首充滿漢魏遺風之短古，蒼勁簡截，可象徵韓愈一生之氣慨。但是，初入京師，無所依靠，〈出門〉一首，自攄懷抱云：

四　見馬其昶《韓昌黎文集校注》卷一（台北，漢京文化事業公司，一九八三年十一月）第三頁。

五　見錢仲聯《韓昌黎詩繫年集釋》卷一（台北，學海出版社，一九八五年一月）第一頁。

長安百萬家，出門無所之。豈敢尚幽獨，與世實參差。古人雖已死，書上有遺辭。開卷讀且想，千載若相期。出門各有道，我道方未夷。且於此中息，天命不吾欺。[六]

韓愈此時猶未登第，能否施展抱負猶未可知，但顯然已經將發揚古道作為安身立命之志業。其後分別在貞元四年、五年、七年，韓愈三度應舉，皆未得第。其後，接受北平王馬燧之接濟，直至貞元十一年，馬燧去世為止，八、九年間，韓愈在京師過著寄食於人之生活。韓愈在貞元十六年所寫〈與李翺書〉中回憶：

僕在京城八、九年，無所取資，日求於人以度時月，當時行之不覺也，今而思之，如痛定之人，思當痛之時，不知何能自處也。[七]

貞元四年，韓愈尚無功名，卻嘗推薦薛公達給當時徐、泗、濠節度使張建封；〈上張徐州薦薛公達書〉一文，成為見諸韓集之首篇文章[八]。韓愈也曾於貞元六年，作書上滑州刺史、義成節度使賈耽，獻文十五篇，意在干進，惜未獲回應。直至貞元八年韓愈終於如願登進士第，次年，應博學宏辭科，未成。是時孟郊尚未得第，往謁張建封，韓愈作〈孟生詩〉贈建封，並向他推薦孟郊。當年六月，至鳳翔，

六　見錢仲聯《韓昌黎詩繫年集釋》卷一（台北，學海出版社，一九八五年一月）第四頁。

七　見馬其昶《韓昌黎文集校注》卷三（台北，漢京文化事業公司，一九八三年十二月）第一〇四頁。

八　參見宋．洪興祖《韓子年譜》貞元四年條（商務印書館，粵雅堂叢書本，《韓文類譜》卷三，六十七年三月）

進謁鳳翔尹、隴右節度使邢君牙求仕。並作〈岐山下〉二首云：

誰謂我有耳，不聞鳳皇鳴。蝎來岐山下，日暮邊鴻驚。丹穴五色羽，其名為鳳皇。昔周有盛德，此鳥鳴高岡。和風聲隨祥風，窈窕相飄揚。聞者亦何事？但知時俗康。自從公旦死，千載闕其光。吾君亦勤理，遲爾一來翔。九

韓愈滿懷思古之幽情，往來於岐山，期望親聞鳳鳴，奈何未能如願，故曰：「誰謂我有耳？不聞鳳皇聲。」然則，所見所聞為何？曰：「蝎來岐山下，日暮邊鴻驚。」原來吐蕃連歲來犯，邊地十分不靖，邢君牙在此屯兵實邊，且耕且戰，防杜吐蕃寇擾。由邊地之驚鴻，已能意想塞外風雲之緊急，卻寄厚望於時君，謂其勤政致治，而望鳳凰之一至。此時忽然念及家中嬌妻盧氏，遂寫下〈青青水中蒲〉三首，詩云：

青青水中蒲，下有一雙魚。君今上隴去，我在與誰居？

青青水中蒲，長在水中居。寄語浮萍草，相隨我不如。

青青水中蒲，葉短不出水。婦人不下堂，行子在萬里。十

九 見錢仲聯《韓昌黎詩繫年集釋》卷一（台北，學海出版社，一九八五年一月）第十九頁。

十 見錢仲聯《韓昌黎詩繫年集釋》卷一（台北，學海出版社，一九八五年一月）第二十二頁。

盧氏小韓愈六、七歲，此時年僅十九。此詩以設想盧氏懷己之手法，充分展現韓愈兒女柔情之一面。貞元十年（七九四）韓愈二十七歲，再應博學宏辭科，未成。嘗歸河陽。嫂鄭氏卒。是年有詩：〈古風〉、〈謝自然〉、〈重雲一首李觀疾贈之〉詩等三首。〈古風〉係為各地方鎮之賦役煩苛而作，〈謝自然〉寫女道士白日飛昇之虛妄。以議論為詩，義正辭嚴，是韓愈早期批判道教的文字。至於〈重雲一首李觀疾贈之〉則為探望好友李觀而寫，李觀與韓愈同榜進士及第，貞元十年病逝，享年僅二十九歲，韓愈為作〈李元賓墓銘〉，盛讚其才高。

貞元十一年（七九五）三應博學宏辭科，又未能如願。韓愈在〈答侯繼書〉抱怨：「僕又為考官所辱。」又在〈答崔斯立書〉中鳴其悲憤。韓愈分別在正月二十七日〈上宰相書〉以求仕，不獲回報；二月十六日，復上書，仍不報；三月十六日又上宰相第三書，皆無回應。韓愈自十九歲赴長安，四度應舉而進士及第，三度應博學宏辭而無成，至二十八歲猶未得仕，十年之間，往來輦轂之下，受黜再三，乃於五月怏然東歸河陽。在出潼關途中，偶遇本籍河陽節度使所遣人馬，欲獻珍鳥於天子，因作〈感二鳥賦〉發抒其懷才不遇之嘆。當年有詩：〈雜詩〉、〈馬厭穀〉、〈苦寒歌〉三首。其中〈馬厭穀〉有四句云：「馬厭穀兮，士不厭糠秕。士被文繡兮，士無裋褐。」最能激切表達韓愈內心之不平。

貳・汴州推官至奉召長安

貞元十二年（七九六）為韓愈一生極重要之年代，是年秋天，汴州刺史、宣武軍節度使董晉，辟韓愈為觀察推官，隨董晉入汴州，自此展開二十七年之仕宦生涯。當年，孟郊進士及第[十二]，由南方至汴州，依附汴州行軍司馬陸長源，向韓愈引薦張籍；李翺亦自徐州赴汴州，從韓愈學文。[十三]

韓愈在汴州兩年多，往來詩友以孟郊、張籍為主，如：〈醉留東野〉推許孟郊甚高，謂「吾願身為雲，東野變為龍，四方上下逐東野，雖有離別何由逢？」最能表現韓孟情誼之敦篤。至於〈病中贈張十八〉，不過是寫張籍探視己病，與己談辯而已，卻巧妙運用軍事進退作比，寫其節節敗退，終於屈從己意。詩中大量誇張譬喻，是一時的游戲為文。至於完成於貞元十四年之〈遠游聯句〉，則為韓孟十三首聯句詩中最早一首，通篇結構，尚不散漫冗長。李翺本不善詩，亦參與聯吟，其中「前之詎灼灼，此去信悠悠。」為李翺本詩僅有的兩句。

貞元十五年（七九九）二月三日，董晉逝世，韓愈從喪至洛陽，汴州發生兵變。總留後事之行軍司馬陸長源被殺，韓愈〈汴州亂二首〉記載此事云：

十二 參見華忱之《唐孟郊年譜》貞元十二年丙子條（北京大學圖書館版，一九四〇年年七月）第二十一頁。

十三 參見羅師聯添《唐代詩文六家年譜》《張籍年譜》貞元十二年丙子條（台北，學海出版社，一九八六年七月）第一六七頁。

汴州城門朝不開，天狗墮地聲如雷。健兒爭誰殺留後，連屋累棟燒成灰。諸侯咫尺不能救，孤士何者自興哀？母從子走者為誰？大夫夫人留後兒。昨日乘車騎大馬，坐者起趨乘者下。廟堂不肯用干戈，嗚呼奈汝母子何？[十三]

陸長源好施酷刑，以威驕兵，手下楊儀、孟叔度浮薄不檢，汴州之亂，其來有自。而韓愈顯然同情陸長源，故此詩首章譏諷四鄰坐視不救，次章則指責德宗姑息養亂，不肯嚴加討伐。關於韓愈在這場亂事中之遭遇，〈此日足可惜一首贈張籍〉有詳盡敘述：

聞子高第日，正從相公喪。哀情逢吉語，惝怳難為雙。……夜聞汴州亂，遶室行徬徨。我時留妻子，倉促不及將。相見不復期，零落甘所當。

又云：

俄有東來說，我家免罹殃。乘船下汴水，東去趨彭城。從喪朝至洛，還走不及停。假道經盟津，出入行澗岡。……行行二月暮，乃及徐南疆。……僕射南陽公，宅我睢水陽。[十四]

韓愈家人，暫時被安置於符離睢上，是年秋天，徐州刺史張建封辟為節度推官。韓愈以其耿直之個性，

十三　見錢仲聯《韓昌黎詩繫年集釋》卷一（台北，學海出版社，一九八五年一月）第七十二頁。
十四　見錢仲聯《韓昌黎詩繫年集釋》卷一（台北，學海出版社一九八五年一月）第八十四頁。

對張建封時有諍諫；例如：上書張建封，請改晨入夜歸之制，又作〈汴泗交流贈張僕射〉一詩勸諫戒除危險的擊毬活動。可惜張建封並未接受，使韓愈在徐州深感鬱鬱不樂，作〈忽忽〉一首以攄懷云：

> 忽忽乎余未知生之為樂也，願脫去而無因。安得長翮大翼如雲生我身，乘風振奮出六合，絕浮塵。死生哀樂兩相棄，是非得失付閒人。[十五]

這首詩表露出相當程度之出世傾向，當然，僅為韓愈一時怨氣而已。張建封還是免除了韓愈之職務，韓愈離開徐州之後，至洛陽閒居數月，貞元十六年冬，再次赴長安參加吏部之詮選。皇天不負苦心人，終於在貞元十七年冬獲授國子監四門博士。在此一時期韓愈作了不少好詩，如：〈歸彭城〉寫彰義軍節度使吳少誠謀反，以及鄭、滑大水所帶來之災患，充滿憂時傷亂之襟懷。〈送僧澄觀〉寫佛教聲勢之大，僧人澄觀詩才與吏才之高，基於惜才之心，亟欲「收斂加冠巾」而促其還俗。〈鳴雁〉及〈海水〉皆以比興手法寫成，需與張建封之間行事相互比觀，方能會意。〈河之水二首寄子姪老成〉寫韓愈與十二郎（老成）間深厚之情感，可與〈祭十二郎文〉相互輝映。至於〈山石〉一首，描寫洛北惠林寺之景觀。不事雕琢，自然精采。展現出一種有別於奇崛拗險，卻仍雄渾清竣之風格。

自此，韓愈一直在長安擔任四門博士，為期約兩年。值得一提的是：在貞元十八年以四門博士身分，向參與進士評選之祠部員外郎陸傪，推薦侯喜、侯雲長、劉述古、韋群玉、沈杞、張苰、尉遲汾、

十五　見錢仲聯《韓昌黎詩繫年集釋》卷一（台北，學海出版社，一九八五年一月）第一〇七頁。

李紳、張後餘、李翊十人。其中尉遲汾、沈杞、侯喜、李翊果於是年登進士第，其餘六人，亦於數年之間相繼登第。嗣後，舉子多投奔韓愈門下，稱「韓門弟子」[十六]（註十六）。貞元十九年（八〇三）冬天，韓愈因御史中丞李汶之薦，遷監察御史。當時劉禹錫、柳宗元、李程、張署等亦李汶所薦，同官御史。[十七]同年十二月，京師天旱，發生饑荒，韓愈以監察御史身份，奏請朝廷停徵京兆府稅錢及田租。韓愈在〈赴江陵途中寄贈王二十補闕李十一拾遺李二十六員外翰林三學士〉述及奏請停徵賦稅云：

我時出衢路，餓者何其稠？親逢道邊死，佇立久咿嚘。歸舍不能食，有如魚中鉤。適會除御史，誠當得言秋，拜疏移閤門，為忠寧自謀？上陳人疾苦，無令絕其喉；下言畿甸內，根本理宜優。[十八]

豈料奏表甫上，即為王叔文黨所陷，貶為連州陽山（今廣東陽山）令。同僚張署貶為郴州（湖南郴縣）臨武令。此一事件，堪稱韓愈入仕以來最大挫折。次年春天抵陽山履新，發現陽山為天下最貧瘠之處。韓愈云：

遠地觸途異，吏民似猨猴，生獰多忿很，辭舌紛嘲啁。白日屋簷下，雙鳴鬭鵂鶹。有蛇類兩首，有蠱群飛游。窮冬或搖扇，盛夏或重裘。颶起最可畏，訇哮簸陵丘。雷霆助光怪，氣象難比侔。

十六　參見羅師聯添《增訂本韓愈研究》〈二．韓愈事蹟〉臺灣學生書局版，五十九頁。

十七　見清．陳景雲《韓集點勘》（臺灣商務印書館，國學基本叢書本《韓昌黎集》附《韓集點勘》）第五十頁。

十八　見錢仲聯《韓昌黎詩繫年集釋》卷三（台北，學海出版社，一九八五年一月）第二八八頁。

癘疫忽潛遘，十家無一瘳。猜嫌動置毒，對案輒懷愁。（〈赴江陵途中寄贈王二十補闕李十一拾遺李二十六員外翰林三學士〉）

又云：

二年流竄出嶺外，所見草木多異同。冬寒不嚴地恆泄，陽氣發亂無全功。浮花浪蕊鎮長有，纔開還落瘴霧中。山榴躑躅少意思，照耀黃紫徒為叢。鵁鶄鉤輈猿叫歇，杳杳深谷攢青楓。[十九]

雖然如此，韓愈在陽山之職務比較清閒，每日惟以讀書為事，當時區冊、區弘、竇存亮、劉師命等人，皆自遠方前來相聚，禮部考功員外郎王仲舒貶為連州司戶，因此，尚能「詩成有共賦，酒熟無孤斟。」（〈縣齋讀書〉）。此外，韓愈偶爾與僧徒來往，〈送惠師〉、〈送靈師〉便是此時產物。

此種生活，持續至永貞元年（八〇五）八月，順宗大赦天下才結束。韓愈離陽山至郴州待命。又在郴州得赦書，移官江陵府（湖北江陵）任法曹參軍。竄逐嶺南兩年間，韓愈因生活環境不同，心靈境界、作品風格皆有極大變化。如：南遷初期所作〈湘中〉、〈答張十一功曹〉、〈同冠峽〉、〈次同冠峽〉、〈貞女峽〉諸詩，模寫景物之際，兼寄悲慨，別有一種意味。赴江陵途中如：〈宿龍宮灘〉、〈八月十五夜贈張功曹〉、〈湘中酬張十一功曹〉、〈郴口又贈二首〉、〈謁衡岳廟遂宿嶽寺題門樓〉、

十九 見錢仲聯《韓昌黎詩繫年集釋》卷四（台北，學海出版社，一九八五年一月）第三六五頁。

〈岣嶁山〉、〈陪杜侍御游湘西兩寺獨宿有題一首因獻楊常侍〉、〈洞庭湖阻風贈張十一署〉、〈岳陽樓別竇司直〉諸作，敘事則敘次明密，停蓄頓折；言情則料峭悲涼，憂深思遠；寫景氣象宏放，鏤刻入細；用韻則變化出奇，卓犖不群，而短製則意盡即止，大篇不厭其長，展現驚人之筆力。

此外，韓愈用托物為喻之手法，作成〈雜詩四首〉、〈射訓狐〉、〈題木居士二首〉等別有所指之諷刺詩，同時也在〈永貞行〉中評述王叔文集團乘時偷國之可議，以及永貞元年九月，依附王叔文數君全被貶謫南方之可憫。

憲宗元和元年（八〇六）六月，韓愈自江陵奉召至長安，權知國子博士。韓愈知交、弟子如孟郊、張籍、侯喜、張徹等都至長安相聚，大作聯句詩。〈會合聯句〉、〈納涼聯句〉、〈同宿聯句〉、〈雨中寄孟刑部幾道聯句〉、〈秋雨聯句〉、〈城南聯句〉、〈鬥雞聯句〉、〈征蜀聯句〉、〈有所思聯句〉、〈遣興聯句〉、〈贈劍客李園聯句〉都成於此時。其中〈會合聯句〉由張籍、張徹、孟郊、韓愈合力完成，下語清新，句句生造，頗能一醒耳目；〈鬥雞聯句〉詞意雄渾，通篇警策語，亦屬傑作；〈征蜀〉、〈城南〉都是以辭賦之鋪敘手法，遞聯成篇，字數在千言以上，令人歎為觀止，清．趙翼謂「自古聯句，未有如此之冗者。」，並給與不高之評價。但是，類似〈春雪〉、〈杏花〉、〈李花贈張十一〉、〈鄭群贈簟〉、〈題張十一旅舍三詠〉之類體物入神的詠物詩；〈豐陵行〉、〈短燈檠歌〉之類涵意深刻的諷諭詩；〈感春四首〉、〈秋懷詩十一首〉之類寄興悠遠的詠懷詩，皆為本階段藝術成就最高之作品。

參・國子博士至分司洛陽

憲宗元和二年（八〇七）元月，韓愈在長安，朝廷剛剛弭平劍南西川節度副使劉闢及夏綏銀節度留後楊惠琳之叛亂。神策軍使高崇文、荊南節度使裴鈞、河東節度使嚴綬、山南西道節度使嚴礪等人立下大功，一時之間，海內綏靖，無不從順。韓愈認為：身為國子博士，以經籍教國子，應率先獻詩以道盛德，因此，依仿古人作四言〈元和聖德詩〉一篇，以便「指事實錄，具載天子文武神聖，以警動百姓耳目。」（〈詩序〉）。

〈元和聖德詩〉是一首長達二百五十六句，一千零二十四句之四言詩，前半於事變始末、誅流奸臣，縷敘甚詳；後幅寫憲宗親獻太清宮太廟、祀昊天上帝於郊丘、御丹鳳樓大赦天下之情景。此詩「辭嚴義偉，制作如經」（宋・穆修語），以學問才力，恢張詩境，雕琢甚工，確為罕見之偉觀。相較之下，稍後所作〈剝啄行〉雖然同為四言，鍛語亦甚古樸，卻接近箴銘，不似古詩。

據李翱〈韓吏部行狀〉云：

> 入為權知國子博士，宰相有愛公文者，將以文學職處公。有爭先者，構公語以非之，公恐及難，遂求分司洛陽。[二十]

[二十] 見《李文公集》卷十一，轉引自吳文治《韓愈資料彙編》（台北，學海出版社，一九八四年四月）二十四頁。

李翺所稱宰相指中書侍郎同平章事鄭絪。鄭絪原擬舉薦韓愈為翰林學士，不料有人在鄭絪座前譭謗韓愈；數月之後，又有人進讒言於翰林學士李吉甫、中書舍人裴。韓愈為求避禍，乃於當年六月自請權知國子博士，分司洛陽。次年（八〇八），韓愈獲得真除，直至元和四年（八〇九）五月，韓愈前後擔任三年國子博士。然後於元和四年（八〇九）六月，韓愈改都官員外郎分司洛陽兼任祠部之閒職，次年（八一〇）冬，又改任河南令。分司洛陽期間，作詩不多，韓愈之心境亦有改變。〈東都遇春〉一詩云：「少年氣真狂，有意與春競。」又云：「荒乘不知疲，醉死豈辭病。飲噉惟所便，文章倚豪橫。」；如今遇春則：「心腸一變化，羞見時節盛。得閒無所作，貴欲辭視聽。深居疑避仇，默臥如當暝。」[二十一]分司洛陽，雖使他「獲離機與穽，乖慵遭傲僻，漸染生弊性。」韓愈還是與孟郊、李翺、皇甫湜、王仲舒、侯繼、樊宗師、處士石洪、盧仝、山人李渤、道士僧徒時相往來，作品以唱和、酬贈之作居多。韓愈在〈記夢〉一詩云：「乃知仙人未賢聖，護短憑愚邀我敬。我能屈曲自世間，安能從女巢仙山。」可知仍然維持一貫入世闢道之立場。在〈嘲鼾睡二首〉則以佛語戲謔澹師，筆力拗折，極夸大之能事，雖似遊戲為文，實有亦貶抑僧徒之用意。元和三年，孟郊任東都留守鄭餘慶之留府賓佐，春初喪子，韓愈為了安慰孟郊喪子之痛，在〈孟東野失子〉一詩中，託鳥為喻說了一套孽子不如無子之道理：「鴟梟啄母腦，母死子始翻。蝮蛇生子時，坼裂腸與肝。好子雖云好，未還恩與情。惡

[二十一] 見錢仲聯《韓昌黎詩繫年集釋》卷七（台北，學海出版社，一九八五年一月）第七二三頁。

子不可說，鴟梟蝮蛇然。」用心多麼良苦，語意多麼奇警。清．何焯評〈孟東野失子〉謂：

> 先生早年詩好鐫鑱以出怪巧，元和後，多歸於古樸，所謂「姦窮怪變得，往往造平淡」，又所云：「不用意而功益奇老」如此等詩，愈樸愈淡，愈奇古。[二十二]

揆之〈贈唐衢〉、〈祖席〉、〈送李翺〉、〈送侯參謀赴河中幕〉、〈崔十六少府攝伊陽以詩及書見投因酬三十韻〉、〈感春五首〉、〈送湖南李正字礎歸〉、〈新竹〉、〈晚菊〉等詩，或如所言；但是韓愈在同一期間，也有〈陸渾山火一首和皇甫湜用其韻〉、〈月蝕詩效玉川子作〉之類怪怪奇奇，以及〈赤藤杖歌〉這種窮極物理、刻意逞誕之作品。

[二十二] 轉引自錢仲聯《韓昌黎詩繫年集釋》卷六（台北，學海出版社，一九八五年一月）第六七六頁。

肆．重入長安至從征淮西

憲宗元和六年（八一一）夏，韓愈終於入朝為職方員外郎，職掌「天下之地圖及城隍、鎮戍、烽堠之數」，屬兵部之要職。韓愈在入朝之前，曾作〈入關詠馬〉一詩。謂：

> 歲老豈能充上駟，力微當自慎前程。不知何故翻驤首，牽過關門妄一鳴。[二十三]

此乃鑑於陽山之貶，故有「妄一鳴」之自戒。不幸，韓愈在職方員外郎任內，仍然捲入華陰令柳澗案，被宰相左遷復為國子博士。據《新唐書．韓愈傳》之記載：

> 華陰令柳澗有罪，前刺史奏劾之，未報而刺使罷。澗諷百姓，遮索軍頓役直。後刺史惡之，按其獄，貶澗房州司馬。愈過華，以為刺史陰相黨，上書治之。既御史覆問，得澗贓，再貶封溪尉。愈坐是復為博士。[二十四]

此案原本與韓愈無關，另據《舊唐書．韓愈傳》可知：先是華州刺史閻濟美以公事停止華陰令柳澗之職務，韓愈為柳澗關說，續任華州刺史趙昌按得柳澗有罪，貶官房州司馬。後來，監察御史再按驗，

[二十三] 見錢仲聯《韓昌黎詩繫年集釋》卷七（台北，學海出版社，一九八五年一月）第八〇八頁。

[二十四] 見宋．宋祁．歐陽修《新唐書》卷一百七十六〈韓愈傳〉。

察知柳澗貪贓，韓愈以「妄論」而在元和七年（八一二）二月回任舊職。韓愈自感才高數黜，官又下遷，乃倣效東方朔〈答客難〉、揚雄〈解嘲〉之形式，作〈進學解〉一篇以自喻。

當時執政的宰相李吉甫、李絳、武元衡覽其文，同情其遭遇，又認為韓愈有史才，遂於元和八（八一三）年三月擢為比部郎中史館修撰。所謂「比部」原為刑部尚書屬下第三司，掌審查各官衙之稅收、經費及俸祿。而韓愈兼為史館修撰，係因宰相李吉甫鑑於史臣韋處厚所撰《順宗實錄》三卷尚未周備，乃命韓愈、沈傳師、宇文籍等重修，元和十年所獻《順宗實錄》五卷，即其成果。[二十五]

元和九年（八一四）十月，韓愈以考功郎中兼史館修撰，十二月，又以考功郎中兼知制誥。所謂知制誥，是草擬詔令勅命，能膺此職者都是文章大家。韓愈知制誥兩年，在元和十一年（八一六）正月，遷中書舍人。中書舍人是中書省內，僅次於中書令、中書侍郎之職，位高權尊。不幸，當年二月，中書舍人李逢吉為相。以如何平定蔡州之叛亂與李逢吉、韋貫之所見相左，於是，韓愈又降為太子右庶子。元和十二年（八一七）是韓愈一生仕宦生涯之重要年代，韓愈以行軍司馬從裴度出征淮西。並於淮西亂平之後，歸朝為刑部侍郎。此為刑部之中僅次於尚書之高官，韓愈擔任侍郎兩年，此時堪稱韓愈一生仕宦生涯之巔峰。

本階段前後八年，作詩甚豐，遍及各種詩體，藝術成就亦最高，茲舉要以述之。首就五言古體而

[二十五] 參見劉建明〈唐順宗實錄三論〉（陝西師範大學出版社《古代文獻研究集林》第一集，一九八九年五月）第九十八至一二一頁。

言，如：〈寄崔二十六立之〉是繼〈此日足可惜一首贈張籍〉之後另一首足與杜甫〈北征〉相頡頏之五古長篇，此詩敘崔立之處如小傳、自序其志處如尺牘，局面開闊，下筆不能自休，顯現渾灝流轉之氣勢。〈送無本師歸范陽〉是送賈島之作。賈島本為佛徒，法號無本，既來東都，韓愈教以為文之道，遂還俗。詩中盛讚無本之詩藝，大量運用怪僻字以塑造奇崛奔放之詩境，可知無本作詩之甘苦，皆韓愈所曾親嚐，兩人惺惺相惜者在此。與此同屬「姦窮變怪」之作是〈雙鳥詩〉，此詩之用意十分費解，歷來有種種解釋；或謂喻指李、杜，或謂喻指釋、老，初讀之時，確感喻意茫昧，考之韓、孟交誼，即能突破翳障，妙契詩意。〈調張籍〉專論李杜，最能透顯韓愈心摩力追之境界。〈聽穎師彈琴〉以形象語摩寫穎師彈琴，曲折道出境趣，堪為古今絕唱。韓愈之盛讚穎師，一如盛讚無本，取其才藝而已，並非對佛徒別有好感。此外，韓愈亦有刻意淺俗之作，如：〈示兒〉一首，所言皆利祿之事；〈符讀書城南〉一詩，以富貴利達誘其子讀書，都有如村塾訓言，歷來評價不一，卻顯現韓詩之另一面相。他如：〈讀東方朔雜事〉、〈嘲魯連子〉、〈病鴟〉則初觀似為戲筆，細按詩意，皆為婉微託諷之作，寄意甚深。

就七言古體而言，如：〈石鼓歌〉、〈李花二首〉、〈誰氏子〉、〈盧郎中雲夫寄示送盤谷子詩二兩章以和之〉、〈桃源圖〉等詩，皆韓愈本階段具特色之作品。〈石鼓歌〉典重瑰奇，卓然大篇，縷敘石鼓源始，贊嘆張徹紙本，表現強烈文化意識。〈盧郎中雲夫寄示送盤谷子詩兩章歌以和之〉於平穩之中，加意淬練，風格高華，正如詩中所言：「字向紙背皆軒昂」，堪稱韓愈七古之代表作。〈誰氏子〉寫李炅拋妻棄母，入山學道。知其名而謂其「誰氏子」，實為賤惡之意。此與〈謝自然〉、〈華山女〉同為反對道教神仙之說而作。〈桃源圖〉一詩，以敘畫為緣起，道破神仙誕說。由篇首「神仙有無何眇芒，桃源之說誠荒唐。」篇末「世俗寧知偽與真，至今傳者武陵人。」可知命意所在。至若〈李花二首〉，借李花之「清寒瑩骨」喻示「皜白之志」，真趣盎然，饒有風致。

就五言近體而言，韓愈之五絕前人有「少陵、退之、東坡三大家，皆不能作五絕。蓋以才太大，筆太剛，施之二十字，反吃力不討好。」（施補華《峴傭說詩》）之評，然而元和八年所作之《奉和虢州劉給事使君三堂新題二十一詠》，取韻精切，步武王維〈輞川雜詩〉之格調。二十一首絕句，首首自出新意，不縱肆、不矜張，饒有特殊之情韻。〈游城南十六首〉中，〈贈同游〉一詩為五絕，短短二十字，暗藏「喚起」、「催歸」二鳥名，黃山谷嘆為「用意精深」，前所未有之體。〈把酒〉、〈嘲少年〉二首，一寫閒適，一寫游俠；〈酬馬侍郎寄酒〉，清新淡雅，都是格高意古之作。韓愈之五律，〈寒食直歸遇雨〉前人有「用事脫誤」之評；〈送李六協律歸荊南〉，淡雅有味，實屬尋常酬應之作。至於〈題韋氏莊〉、〈題張十八所居〉、〈閒遊二首〉，在五古與五律之間，則為具有韓愈個人特色之作。

就七言近體而言，韓愈在本階段所作七絕大致呈現兩種傾向：一是類似元和十年所作〈盆池五首〉這種，以俚俗語調，直抒胸臆呈現率意自然風致。〈酬王二十舍人雪中見寄〉、〈題百葉桃花〉、〈春雪〉、〈芍藥〉以自然平易之語調詠物寄意；元和十一年所作〈游城南十六首〉中，〈賽神〉、〈晚春〉、〈落花〉、〈楸樹二首〉、〈風折花枝〉、〈晚雨〉、〈出城〉、〈遣興〉都是此類精品，這些詩前人多持與杜甫〈絕句漫興九首〉、〈江畔獨步尋花七絕句〉相提並論。對宋代楊萬里之絕句作品，影響極大。另一種傾向是類似元和九年所作〈答道士寄樹雞〉這種，顯現韓愈一貫之豪氣。尤其是元和十二年從裴度出征淮西，沿途所作〈贈刑部馬侍郎〉、〈過鴻溝〉、〈送張侍郎〉、〈奉和裴相公東征途經女几山下作〉、〈鄆城晚飲奉贈副使馬侍郎及馮李二員外〉、〈酬別留後侍郎〉、〈同李二十八員外從裴相公野宿西界〉、〈過襄城〉、〈宿神龜招李二十八馮十七〉、〈和李司勳過連昌宮〉、〈桃林夜賀晉公〉、〈次潼關先寄張十二閣老使君〉、〈次潼關上都統相公〉、〈晉公破賊回重拜台司以詩示幕中賓客愈奉和〉，皆為感時而作，雖非盡工，慷慨磊落，別饒意境。至於七律如：〈廣宣上人頻見過〉規諷廣宣閉門學道，〈奉酬振武胡十二丈大夫〉稱羨胡証之壯偉有膽氣；二者雖屬尋常酬應，言外卻有無限感慨。再如〈奉和庫部盧四兄曹長元日朝迴〉一首擁容雅麗，蒼古宏壯；〈戲題牡丹〉一首不以盡態極妍為體格，卻能呈現獨特風致，皆為本階段七律中最具特色之作品。

伍．貶遷潮袁至國子祭酒

憲宗元和十四年（八一九）正月，韓愈因為諫迎佛骨，觸怒憲宗，遭受一生之中最大之打擊。據五代劉昫《舊唐書．韓愈傳》云：

> 鳳翔法門寺，有護國真身塔，塔內有釋迦文佛指骨一節。……十四年正月，上令中使杜英奇押宮人三十人，持香花，赴臨臯驛迎佛骨。自光順門入大內，留禁中三日，乃送諸寺。王公士庶，奔走捨施，唯恐在後。百姓有廢業破產、燒頂灼臂而求供養者。[二十六]

韓愈素不喜佛，進〈論佛骨表〉力陳其弊。表上，憲宗大怒，間隔一日，欲處極刑。幸賴裴度、崔群等人營救，甚至國戚諸貴皆代為說情，乃貶為潮州刺使。韓愈即日上道，經涉嶺海，水陸萬里，趕赴潮州。在行經秦嶺奔至藍關（陝西藍田）時，韓愈姪孫韓湘前來相隨。韓愈作〈左遷至藍關示姪孫湘〉一首云：

> 一封朝奏九重天，夕貶潮州路八千。欲為聖明除弊事，肯將衰朽惜殘年。雲橫秦嶺家何在？雪

二十六 見五代．劉昫《舊唐書》卷一六〇〈韓愈傳〉。

擁藍關馬不前。知汝遠來應有意，好收吾骨瘴江邊。[二十七]

此詩以散文句法行之，沉鬱頓挫，感慨至深。行至商洛縣武關時，適逢配流吐蕃，慨云：

嗟爾戎人莫慘然，湖南地近保生全。我今罪重無歸望，直去長安路八千。[二十八]

據唐制，西邊所之土蕃囚徒，皆傳流南方，不加誅戮，因此韓愈慶幸他們能保生全，此詩借他人之苦況，突顯自身之悲哀。行次鄧州界時，又詩云：

潮陽南去倍長沙，戀闕那堪又憶家。心訝愁來惟貯火，眼知別後自添花。商顏暮雪逢人少，鄧鄙春泥見掖賒。早晚王師收海嶽，普將雷雨收萌芽。[二十九]

據清．陳景雲《韓集點勘》：「海嶽之地皆在鄆部。時鄆寇將平，故云爾。」又云：「先是淮西甫平，即有赦令，公亦冀平鄆之後，當例降德音，可遂因此內移耳。」[三十]細味詩旨，或有此意。韓愈南去途中，又有〈路旁堠〉、〈食曲河驛〉、〈過南陽〉、〈題楚昭王廟〉、〈瀧吏〉、〈題臨瀧寺〉等詩，都是即景抒悲，淒楚動人。尤其行至始興郡，為幼年隨韓會貶官韶州道經之地，舊地重遊，感慨萬千，

二十七 見錢仲聯《韓昌黎詩繫年集釋》卷十一（台北，學海出版社，一九八五年一月）第一〇九七頁。

二十八 見錢仲聯《韓昌黎詩繫年集釋》卷十一〈武關西逢配流土蕃〉（台北，學海出版社，一九八五年一月）第一一〇一頁。

二十九 見錢仲聯《韓昌黎詩繫年集釋》卷十一〈次鄧州界〉（台北，學海出版社，一九八五年一月）第一一〇三頁。

三十 見清．陳景雲《韓集點勘》（臺灣商務印書館，國學基本叢書本《韓昌黎集》附《韓集點勘》）第六十八頁。

有詩云：

憶昨兒童隨伯氏，南來今只一身存。目前百口還相逐，舊事無人可共論。[三十一]

韓愈初轉潮州，家族未及同行，至是家人或已團聚。然而嫂鄭氏、十二郎、乳母皆已相繼過亡，故有無人共論舊事之憾。此詩抒情真切，用筆簡鍊，益發悲愴動人。韓愈既至潮州，進〈潮州刺史謝上表〉，憲宗讀表，原擬復用韓愈，奈宰相皇甫鎛素嫉韓愈之狷直，謂韓愈狂疏，而表示反對，僅得量移一郡。韓愈在潮州之時間不到七月，卻甚有惠政。如：釋放奴隸，廣置鄉校，使潮州士庶，皆能篤於文行。且與靈山禪院大顛師交往，有〈與大顛書〉三篇。據宋．洪興祖《韓子年譜》云：

是年七月己丑，群臣上尊號曰：元和聖文神武法天應道皇帝，御宣政樓受冊禮畢，御丹鳳樓，大赦天下。己丑，七月十三日也。[三十二]

韓愈終於獲得大赦，量移袁州刺史。元和十五年（八二〇）正月赴袁州，曾向韶州刺史張氏借閱圖籍，有詩兩首相贈。由於此行不若赴潮州之嚴迫，故有：「欲借圖經將入界，每逢嘉處便開看。」（〈將至韶州先寄張端公使君借圖經〉）及「暫權一手支頭臥，還把漁竿下釣沙。」（〈題秀禪師房〉）之

[三十一] 見錢仲聯《韓昌黎詩繫年集釋》卷十一〈過始興江口感懷〉（台北，學海出版社，一九八五年一月）第一一二一頁。

[三十二] 參見宋．洪興祖《韓子年譜》元和十四年條（附載於臺灣商務印書館，一九七八年年三月版《粵雅堂叢書》本《韓文類譜》卷七）

閒情逸致。直至潤正月始抵袁州，進〈袁州刺史謝上表〉；而正月二十六日，憲宗已駕崩。潤正月，韓愈又自袁州，進獻〈賀皇帝即位表〉，祝賀穆宗即位。韓愈刺袁州之時間亦短，約僅七八月，然而治績一若潮州，頗受吏民愛戴。

陸．奉使鎮州與暮年榮耀

元和十五年（八二〇）九月，召授國子祭酒，由袁州北返途中，作詩甚豐。如：行次盆城，有詩贈李程；至石頭驛（江西南昌西），有詩贈王仲舒；行次江州（江西九江），訪韓會舊友蕭存，知蕭存諸子凋謝，唯一女在廬山西林寺為尼，因題一詩。至安陸（湖北安陸），又以詩贈昔日從事於汴州幕之同僚周愿（字君巢），求取丹藥治病。十二月，至商縣曾峰驛弔祭四女韓挐之陵墓，亦作詩攄感。

穆宗長慶元年（八二一），韓愈赴京就任國子祭酒。統轄國子學、太學、四門學、律學、書學、算學六部門。韓愈大力調整學生入學人數，改進師資水準，建立學官任用制度，新進學官亦必經過考試，方得任用；又薦秘書郎張籍為國子博士。生徒奔走相告，深慶韓公之美政。是年七月，韓愈再由國子祭酒轉任兵部侍郎，同月成德都兵馬使王庭湊叛變，殺節度使田弘正及僚佐家屬三百餘人。朝廷於是年十月，命裴度討之，以元稹暗中阻撓，未有成果。至長慶二年（八二二）正月，王庭湊圍深州，而朱克融率幽州兵陷深州東南之糧食轉運站弓高（河北景縣），裴度、李光顏、陳楚之官軍皆因糧食不繼，無法動彈。朝庭不得已改採安撫策略，任命王庭湊為成德節度使，並恢復叛軍將士之官銜，然王庭湊仍未解深州之圍，朝庭為此指派韓愈為鎮州宣慰使，宣慰王庭湊。韓愈無懼危險，以一介書生，單車進入賊陣，當面曉以大義。王庭湊雖為酷毒之人，亦為所動，終於答應解圍。然事後並未履約，仍由山南東道節度使牛元濟突圍，韓愈之膽勇仍足後人欽佩。[三十三]

誠如〈鎮州路上謹酬裴相公重見寄〉一詩所云：

銜命山東撫亂師，日馳三百自嫌遲；風霜滿面無人識，何處如今更有詩？[三十四]

韓愈遷任兵部侍郎以來，詩歌數量不但減少，且以律絕為主；內容不外酬贈、奉和之題材。屬對雖嚴，格調麗雅，然而似不若遭遇貶謫時所作之鬱勃豪宕。雖然如此，婉雅蘊藉、充滿政治智慧之五古如：〈南山有高樹行贈李宗閔〉、聲色俱厲、切直諷刺之五古〈猛虎行〉、以散文驅駕聲勢，音節逼近《詩經》之四言詩〈鄆州谿堂詩〉，以及奉使鎮州系列五七言律絕，仍是極富特色之作品。

穆宗長慶三年（八二三）六月，韓愈由吏部侍郎遷京兆尹兼御史大夫，十月復任兵部侍郎，又改吏部侍郎。韓愈當年之所以屢遷官職，實與李逢吉、李紳相處不諧有關。所謂京兆尹，主要之職務是治理京畿之地，而御史大夫並非實職，而是為提高京兆尹之地位與聲望所加的兼職。依唐朝慣例，京

三十三 說詳羅師聯添《韓愈》（台北，國家出版社，一九八六年九月）第七八至八〇頁。
三十四 見錢仲聯《韓昌黎詩繫年集釋》卷十二（台北，學海出版社，一九八五年一月）第一二三六頁。

兆尹應至御史臺參謁新拜御史大夫和御史中丞，然而韓愈並未參謁當時的御史中丞李紳，此固因穆宗下詔特許韓愈免臺參；而韓愈貞元十八年四門博士任內，曾薦士十人於陸傪，李紳即為其一；若敘輩分，李紳實為韓愈之後輩。但是李紳個性峭直，遂以韓愈不臺參上書論事，又因其他政事，互擊對方，宰相李逢吉遂藉機奏稱御史臺和京兆府不諧，請改二人官職。韓愈罷為兵部侍郎，李紳出為江西觀察使。李紳赴禁中謝恩，面陳與李逢吉間之恩怨，穆宗乃改授李紳為戶部侍郎，韓愈亦因而再改授吏部侍郎。[三十五]

韓愈經此一事件，已對仕途感到乏味，〈示爽〉詩云：

> 吾老世味薄，因循致流連。強顏班行內，何實非罪愆？才短難自立，懼終末洗湔。臨分不汝誑，有路即歸田。[三十六]

長慶四年（八二四），正月穆宗逝世，次子李湛繼位，是為敬宗。五月，韓愈因病告假，據《唐會要》卷八二：「職事官，假滿百日，即合停解。」韓愈至八月假滿百日，免吏部侍郎之職。十二月卒於長安靖安里，享壽五十七歲。韓愈臨終之前所作以七絕〈早春呈水部張十八員外二首〉及五古〈南溪始

三十五 詳見羅師聯添《增訂本韓愈研究》（二．韓愈事蹟）（臺灣學生書局版）一二五至一二七頁，又見劉健明〈論韓愈和李紳——臺參的爭論〉（《大陸雜誌》第七十卷六期，一九八五年六月）第二五六至六三頁。

三十六 見錢仲聯《韓昌黎詩繫年集釋》卷十二（台北，學海出版社，一九八五年一月）第一二七五頁。

泛三首〉、〈與張十八同效阮步兵一日復一日〉等詩最為後世所稱，數詩雖意興閒遠，卻已有日薄崦嵫之衰頹感。

柒．韓愈人格宦歷對詩歌形成之影響

（一）奮猛為學，思想堅定，熟習經史雜著，其詩字字有來歷。

韓愈一生志行，歸本儒家，嘗謂「生平企仁義，所學皆周孔。」[三十七]自幼刻苦自勵，尤好讀書。《五經》之外，百氏之書，未有聞而不求，得而不觀者。即使遭受貶謫，亦於文章未嘗一日暫廢。皇甫湜〈韓文公墓誌銘〉稱韓愈：「平居雖寢食，未嘗去書，殆以為枕。」應非誇張之辭。韓愈之好學，殆出於天性，詩文之中多次描述讀書生活，如〈出門〉一首即云：「古人雖已死，書上有遺辭，開卷讀且想，千載若相期。」（《集釋》卷一），因此，「古史散左右，詩書置後前，豈殊蠹書蟲，生死文字間。」固為真實寫照；「文書自傳道，不仗史筆垂。」[三十八]亦當為一生創作之理想。

韓愈自識字以來，即奮猛為學，日記數千言，故能精通六經百家之學，以豐厚腹笥，發為詩文，驅遣事類，自鑄偉辭。宋．黃庭堅〈答洪駒父〉已指出：「自作語最難。老杜作詩，退之作文，無一字無來歷。蓋後人讀書少，故謂韓、杜自作此語爾。」韓愈以豪傑自命，企圖以學問才力，恢張詩境，

[三十七] 見《韓昌黎詩繫年集釋》卷三〈赴江陵途中寄贈王二十補闕李十一拾遺李二十六員外翰林三學士〉（台北，學海出版社，一九八五年一月）第二八八頁。

[三十八] 見《韓昌黎詩繫年集釋》卷八〈寄崔二十六立之〉（台北，學海出版社，一九八五年一月）第八六〇頁。

禆與李杜抗衡，故其詩特善於融鑄典故，汲取前文。清人對此種詩格頗為推崇，如：清．顧嗣立《寒廳詩話》云：「韓昌黎句句自有來歷歷。」[三十九]清．馬位《秋窗隨筆》云：「退之古詩，造語皆根柢經傳，故讀之猶陳列商、周彝鼎，古痕斑然，令人起敬。」[四十]清．李重華《貞一齋詩話》云：「詩家奧衍一派，開自昌黎，然昌黎全本經學，次則屈、宋、揚、馬，亦雅意取裁，故得字字典雅。」[四十一]皆為有見於韓詩內涵深博之評語，故知韓文起八代之衰，其詩取精汰粗、化腐生奇，未嘗不備八代之美。

（二）篤於親情，交友忠誠，嫺知人情物態，其詩多感憤之辭。

韓愈三歲而孤，上有三兄，皆不幸早逝。養於兄嫂，奉嫂鄭氏若母。而乳母李氏，憐其幼失怙恃，視保勤謹，故韓愈於乳母，亦萬分感念。韓愈對戚友固篤於親情，其於子姪尤能真誠相待、情義流露。如：早歲所作之〈烽火〉詩，述吐蕃入寇，從兄韓弇不幸殉難。韓愈感於兩都擾擾，兼為韓弇下淚。再如：〈河之水二首贈子姪老成〉看似淡淡相思，無深切之語，所以感人心脾，亦在骨肉間之真情流露。再如：韓愈貶潮州，四女韓挐道死商南之層峰驛，次年還朝，過其墓，留題驛梁一首七律，追述葬時及葬後之情狀，皆以真情，引人下淚。韓愈之重視感情，亦及於朋輩後生，嘗於〈與崔群書〉攄

[三十九] 見顧嗣立《寒廳詩話》轉引自吳文治《韓愈資料彙編》（台北，學海出版社，七十三年四月）一一一六頁。
[四十] 見馬位《秋窗隨筆》轉引自吳文治《韓愈資料彙編》（台北，學海出版社，七十三年四月）一一五五頁。
[四十一] 見李重華《貞一齋詩話》轉引自吳文治《韓愈資料彙編》（台北，學海出版社，一九八四年四月）一一五〇頁。

其交友之道云：

僕自少至今，從事於往還朋友間，一十七年矣。日月不為不久；所與交往相識者千百人，非不多。其相與如骨肉兄弟者亦且不少，或以事同，或以藝取，或慕其一善，或以其久故，或初不甚知，而與之已密，其後無大惡，因不復決捨，或其人雖不皆入於善，而於己已厚，雖欲悔之不可。凡諸淺者固不足道，深者止如此。四十二

與韓愈詩文唱和之文士甚眾，若張籍、李翺、皇甫湜、賈島、侯喜、劉師命、張徹、張署等人，韓愈皆以後輩待之；盧仝、崔立之則以平交待之；至若孟郊，因好尚相同，才華相侔，因此，不惟傾心推重，而且友誼敦篤二十三載之久。韓愈喜交朋友，使其唱酬之作，為數甚多且情感最真。又因韓愈生性鯁直，操持堅正，一生遭遇多次重大挫折、無端讒謗、不義陷害。韓愈均將憂時傷事、感慨無聊、窮途之哭、得時之喜、世路之詐、種種情緒，一一寄諸友朋，直氣徑達，毫無掩飾，故其詩嫻知人情物態，多感憤之辭。

四十二 見馬其昶《韓昌黎文集校注》卷三（漢京文化事業公司，一九八三年十二月）一〇八頁。

（三）熱衷功名，仕途坎坷，官場酬唱頻繁，其詩富於廊廟氣。

韓愈夙負青雲之志，頗有用世之忱。〈縣齋有懷〉云：「少小尚奇偉，平生足悲吒。猶嫌子夏儒，肯學樊遲稼？事業窺皋稷，文章蔑曹謝。」最能說明其早年志向卓犖，抱負不凡之氣概。但因生性嫉惡如仇，直言不諱，以致官場生涯屢遭挫折。三十八歲時所作之〈岳陽樓別竇司直〉謂：「念昔始讀書，志欲干霸主，屠龍破千金，為藝亦云亢。愛才不擇行，觸事得讒謗。前年出官由，此禍最無妄。」[四十三]又最能說明遭受打擊後，內心之充滿感慨憤激。

韓愈經由四度應試，方能進士及第；三次應博學鴻辭試，未成。直到貞元十二年，即二十七歲之時，初任汴州觀察推官，方展開長達二十七載之仕宦生涯。其後歷任徐州節度推官、四門博士、監察御史、陽山縣令、江陵法曹參軍、國子博士、都官員外郎、河南縣令、職方員外郎、比部郎中兼史館修纂、考功郎中知制誥、中書舍人、刑部侍郎、潮州刺史、袁州刺史、國子祭酒、兵部侍郎、吏部侍郎、京兆尹兼御史大夫，最後以吏部侍郎致仕。二十七載之仕宦生涯，更易二十餘種職務，每一官職，長則三年，短則數月，更易甚為頻繁，且兩度貶謫廣東，仕途十分坎坷。韓愈皆以無比堅毅之態度一一渡過，從無退隱之意。韓愈重視友誼，亦重視仕途之中所建立之各種關係，故其酬贈宦友之作，數量不少。

[四十三] 見《韓昌黎詩繫年集釋》卷三（台北，學海出版社，一九八五年一月）第三一七頁。

韓愈投贈官場上司、同僚及官屬之作，或意在述志，或意在諷諫，或意在言事，或意在倡和，無不屬辭雅正，律度精嚴。即就贈與一般人之詩作，亦不乏頌揚今上之官紳語調，如：〈送區弘南歸〉云：「況今天子鋪德威，蔽能者誅薦受譏。……業成志樹來頎頎，我當為子言天扉。」[四十四]〈送文暢師北游〉云：「當今聖政初，恩澤完猶狁。胡為不自暇，飄戾逐鸇鷹？……開張篋中寶，自可得津筏，從茲富裘馬，寧復茹藜蕨？」[四十五]〈贈唐衢〉云：「當今天子急賢良，匭函朝出開明光。」[四十六]按宋．張戒《歲寒堂詩話》嘗謂：「詩文字畫，大抵從胸臆中出，子美篤於忠義，深於經術，故其詩雄而正；李太白喜任俠，喜神仙，故其詩豪而逸；退之文章侍從，故其詩文有廊廟氣。」[四十七]所謂「退之文章侍從，詩文有廊廟氣」，揆諸韓愈官場唱酬之作，堪稱近實。總之，韓愈一生好古敏求，而銳意仕進；學有本源，而託庇官場，此所以詩文酬唱，不免於廊廟之氣也。

原載於：國立中興大學文學院文史學報編輯委員會主編：《文史學報》，第二十一期，（一九九一年三月）頁二十九至四十六。

[四十四] 見《韓昌黎詩繫年集釋》卷五（台北，學海出版社，一九八五年一月）第五七六頁。
[四十五] 見《韓昌黎詩繫年集釋》卷六（台北，學海出版社，一九八五年一月）第五八四頁。
[四十六] 見《韓昌黎詩繫年集釋》卷六（台北，學海出版社，一九八五年一月）第六八〇頁。
[四十七] 見宋．張戒《歲寒堂詩話》卷上　轉引自吳文治《韓愈資料彙編》（台北，學海出版社，一九八四年四月）二五八頁。

二、韓愈詩與先秦六朝文學關係考

壹・先秦文學對韓愈詩之影響

韓愈自幼好古敏求，對先秦、兩漢之學術，恣意研探。其〈答李翊書〉嘗謂：「非三代兩漢之書不敢觀，非聖人之志不敢存。」其〈進學解〉藉弟子之口自道己業謂：「沉浸醲郁，含英咀華，作為文章，其書滿家。上規姚姒，渾渾無涯；〈周誥〉〈殷盤〉，佶屈聱牙；〈春秋〉謹嚴，〈左氏〉浮夸，〈易〉奇而法，〈詩〉正而葩，下逮莊、騷，太史所錄，子雲相如，同工異曲。」所舉正為先秦、兩漢之作。宋・姜夔〈白石道人詩說〉即指出韓詩與《詩經》之關係：

> 詩有出於〈風〉者，出於〈雅〉者，出於〈頌〉者。屈原之文，〈風〉出也；韓、柳之詩，〈雅〉出也。杜子美獨能兼之。[一]

韓愈之詩歌，既有諷諭之意向，又多憂生、憂世之情懷，固有〈風〉、〈雅〉之遺緒。而其與時人倡酬，亦寓褒美、黽勉之旨，其義又通於〈頌〉，此或為前賢亟稱「韓詩祖述《詩經》」之原因。清人更進一步言韓愈「約風、騷之旨以成詩」。如：清・陳沆〈詩比興箋〉云：

一 見《集釋》，頁一三二八。

謂昌黎以文為詩者，此不知韓者也。謂昌黎無近文之詩者，此不知詩者也。〈謝自然〉、〈送靈〉、〈惠〉，則〈原道〉之支瀾。〈薦孟郊〉、〈調張籍〉，乃譚詩之標幟，以此屬詞不如作論。世迷珠櫝，俗駴駱駝，語以周情孔思之篇，翻同折楊皇荂之笑。豈知排比鋪陳，乃少陵之碔砆；聯句效體，寧吏部之韶頀？以此而議其詩，亦將以諛墓而概其文乎？當知昌黎不特約六經以為文，亦直約風騷以成詩。[二]

再如清・翁方綱《石洲詩話》亦謂「韓詩直接《六經》之脈」：

韓文公約六經之旨而成文，其詩亦每於極瑣碎極質實處，直接六經之脈。蓋爻象繇占，典謨誓命，筆削記載之法，悉醞入風雅正旨，而具有其餘味。自束皙、韋孟以來，皆未有如此沉博也。[三]

由此可知韓詩之於先秦經典，應有密切之關係。然則，韓詩究竟如何採擷上古文學之英華？《六經》之外，何者為韓詩取資之對象？所謂韓愈「約風、騷以成詩」之說，應如何理解？凡此問題，尚有若干餘義可資探索，本章擬就此一問題，略作檢討，或能提出更富意義之說明。

二　見清・陳沆《詩比興箋》卷四（台北，藝文印書館，一九七〇年九月）頁四三三。

三　參見《集釋》，頁一三四五。

一．韓詩對《詩經》之取資

韓愈對《詩經》有「曾經聖人手，議論安敢到。」（〈薦士〉）之語，因此在內涵、韻律、章法方面，對《詩經》頗有取資。例如〈清清水中蒲三首〉云：

清清水中蒲，下有一雙魚。君今上隴去，我在與誰居？
清清水中蒲，常在水中居。寄語浮萍草，相隨我不如。
清清水中蒲，葉短不出水。婦人不下堂，行子在萬里。（《集釋》卷一）

按本詩共分三章，為貞元九年游鳳翔所作，是韓愈以妻子口氣，代擬懷念之辭。詩中以比興手法，反覆詠歎；三章之起句，或以比起，或以興起，完全模擬《詩經．國風》之章法。再如：〈古風〉云：

今日何不樂？幸時不用兵。無曰既蹙矣，乃尚可以生。彼州之賦，去汝不顧；此州之役，去我奚適？一邑之水，可走而違；天下湯湯，曷其而歸？好我衣服，甘我飲食，無念百年，聊樂一日。（《集釋》卷一）

按本詩作於貞元十年。自安史亂後，各地方鎮，帥強兵驕，賦役煩苛，本詩正為反映此種現實而作；卻謂「今日何不樂？幸時不用兵。」苦中作樂一番，正言若反，委婉而含諷。胡渭云：「本譏賦役之困，民無所逃，卻言時不用兵，正宜甘食好衣，相與為樂。辭彌婉而意彌痛，〈山樞〉、〈萇楚〉之遺音也。」程學恂亦云：「此等詩，直與《三百篇》一氣。」清．沈德潛《說詩晬語》云：「政繁賦重，民不堪其苦，而〈萇楚〉一詩，唯羨草木之樂，詩意不在文辭之中。」[四]皆說明此詩歌在內涵與寫作技巧方面，取資於《詩經》。再如：韓愈〈駑驥贈歐陽詹〉云：

> 駑駘誠齷齪，市者何其稠？力小苦易制，價微良亦酬。渴飲一斗水，飢食一束芻。嘶鳴當大路，志氣若有餘。騏驥生絕域，自矜無匹儔，牽驅入市門，行者不為留。借問價幾何？黃金比嵩丘。借問行幾何？咫尺視九州。飢食玉山禾，渴飲醴泉流。問誰能為御？曠世不可求。惟昔穆天子，乘之極遐遊，王良執其轡，造父夾其輈。因言天外事，茫惚使人愁。駑駘謂騏驥，餓死余爾羞，有能必見用，有德必見收，孰云時與命，通塞皆自由？騏驥不敢言，低迴但垂頭。人皆劣騏驥，共以駑駘優。喟余獨興歎，才命不同謀。寄詩同心子，為我商聲謳。（《集釋》卷一）

本詩在內涵方面，雖有取於宋玉〈九辯〉：「卻騏驥而不乘兮，策駑駘而取路。」及屈原〈卜居〉：「寧與騏驥亢軛乎？將隨駑馬之迹乎？」然而協韻方面，稠、酬、芻、餘、儔、留、丘、州、流、求、游、輈、愁、羞、收、由、頭、優、謀、謳、通押，明顯使用古韻，故清．查慎行曰：「魚模尤侯通用，得之《三百篇》」。再如韓愈〈鄆州谿堂詩〉云：

四　見蘇文擢《說詩晬語詮評》（台北，文史哲出版社，一九八五年十月版）頁五十四。

帝奠九壥，有葉有年。有條不荒，河岱之間，及我憲考，一牧正之。視邦選侯，以公來尸，公來尸之，人始未信。公不飲食，以訓以徇。孰飢無食？孰呻孰歎？孰冤不問，不得分願？孰為邦蟊，節根之螟？羊口狼貪，以口覆城吹之煦之，摩手拊之，箴之石之，膊而磔之。凡公四封，既富以疆。謂公吾父，孰違公令？可以師征，不寧守邦。公作谿堂，播播流水。淺有蒲蓮，深有蒹葦。公以賓燕，其鼓駭駭。公宴谿堂，賓校醉飽。流酉跳魚，岸有集鳥，既歌以舞，其鼓考考，公在谿堂，公御琴瑟。公暨賓贊，稽經諏律。施用不差，人用不屈。谿有蕢茈，有龜有魚。公在中流，右《詩》左《書》。無我斁遺，此邦是麻。（《集釋》卷十二）

此詩與〈元和聖德詩〉同為韓愈四言名作。全以散文驅駕之法寫成，較之〈元和聖德詩〉，稍減典重之氣。然其音節高古，幾乎逼近《詩經》，而其詩意在抑揚抗墜之間，亦有當代作者所不及。宋．張表臣《珊瑚鉤詩話》卷一稱：「退之〈南山詩〉乃類杜甫〈北征〉，〈進學解〉乃同子雲之〈解嘲〉，〈鄆州谿堂〉之什，依於〈國風〉，〈平淮西碑〉之文，近於〈小雅〉。」[五]本詩之勝處在於音節，清．林紓《韓柳文研究法》謂：「此文（按：指〈鄆州谿堂詩序〉）骨髓之重，風貌之古，名曰詩序，直是馬總之德政碑。」對此詩則強調：「宜多讀以領取其聲韻。」[六]

在韓愈詩中，亦有援用《詩經》中之題材而成者。如〈東方半明〉云：

五 見宋．張表臣《珊瑚鉤詩話》卷一，轉引自吳文治《韓愈資料彙編》（台北，學海出版社，一九八四年四月）頁三一〇。
六 見清．林紓《韓柳文研究法》轉引自吳文治《韓愈資料彙編》（台北，學海出版社，一九八四年四月）頁一六〇六。

東方半明大星沒，獨有太白配殘月。嗟爾殘月勿相疑，同光共影須臾期。殘月暉暉，太白睒睒。雞三號，更五點。（《集釋》卷二）

此詩為貞元二十一年，順宗使太子監國時所作。當時順宗寢疾，而皇太子（憲宗）雖未繼位，已為海內屬心，故以「東方半明」喻之。時王叔文、韋執誼裡應外合，互為表裡，故以「獨有太白配殘月」喻之。其後王叔文母死，韋執誼漸不用王叔文之意，二人遂相互猜忌，故曰「同光共影須臾期」。而本詩最為絕妙之處是末尾四句，在此四句之中，不但改變句式，且語意搖曳，不予逗露。看似枯淡，實有豐富之涵意在其中。清・陳沆〈詩比興箋〉云：「末語危之快之，亦憫其愚也。」又謂：「此與〈三星行〉，皆出於〈小雅・大東〉之詩。」[七]深符《詩經》：「責之愈深，其詞愈緩」之意。故程學恂《韓詩臆說》稱之云：「此詩憂深思遠，比興超絕，真二〈雅〉也。即以格調論，亦曠絕古今。」[八]

在韓愈規橅《詩經》之作品中，以〈元和聖德詩〉最具特色。此詩作於憲宗元和二年正月，據韓愈在〈前序〉所言，係「依古作四言〈元和聖德詩〉一篇，凡一千有二十四字，指事實錄，具載明天子文武神聖，以警動百姓耳目，傳示無極。」（《集釋》卷六）全詩分為前後兩幅，前半於事變始末，

七　見清・陳沆《詩比興箋》卷四（台北，藝文印書館，一九七〇年九月）頁四五〇。

八　見程學恂《韓詩臆說》卷一（臺灣商務印書館，一九七〇年七月）頁十一。

誅流奸臣，縷述甚詳；後半寫憲宗親獻太清宮太廟，祀昊天上帝於郊丘、御丹鳳樓大赦天下之情景。宋・穆修〈唐柳先生集序〉謂〈元和聖德詩〉：

> 辭嚴義偉，制作如經，能崒然聳唐德於盛漢之表。[九]

此詩通章以「皇帝」二字作主，即〈蕩〉八章冠以「文王曰咨」之章法，只是變〈雅〉為〈頌〉而已。自「正月元日，初見宗祖。」二句起，寫郊天之部分，朱彝尊謂「全是本〈楚茨〉化來，追琢可謂甚工，所恨者尤未渾然。」[十]，蔣之翹以為〈元和聖德詩〉應列入「銘頌體」，沈德潛《說詩晬語》則視為四言大篇，以為「句奇語重，點竄塗改者，雖司馬長卿亦當斂手。」[十一]至於協韻方面，此詩亦有特色，所有韻腳分屬：八語、九麌、十姥、三十三哿、三十四果、三十五馬、四十四有，為上聲韻。其中語、麌、哿、馬、有五韻通押。此詩雖頌美憲宗為主，於終篇頌美中，繼以規戒之辭，可謂深得《詩經・雅・頌》之遺意。誠如清・劉熙載《藝概・詩概》引真西山所謂：

> 《三百五篇》之詩，其正言義理者蓋無幾，而諷詠之間，悠然得性情之正，即所謂義理也。

劉熙載複加按語曰：

九 見穆修《河南穆公集》卷二轉引自吳文治《韓愈資料彙編》（台北，學海出版社，一九八四年四月）頁八六。

十 見清・顧嗣立《昌黎先生詩集注》卷一，頁一〇二，朱彝尊評語。

十一 見沈德潛《唐詩別裁集》卷四轉引自吳文治《韓愈資料彙編》（台北，學海出版社，一九八四年四月）頁一一三四。

余謂詩或寓義於情而義愈至，寓情於景而景愈深，此亦〈三百五篇〉之遺意也。十二

吾人若從此一角度考察韓詩與《詩經》之關係，則韓愈取資於《詩經》之詩例，為數更多。如：韓愈〈歸彭城〉一詩，憂時傷亂，風刺微婉，正〈小雅〉之遺意。韓愈〈八月十五夜贈張功曹〉一詩，魏本引樊汝霖謂此詩：「怨而不亂，得〈小雅〉之風。」（《集釋》卷三引）；韓愈〈赴江陵途中寄贈王二十補闕、李十一拾遺、李二十六員外翰林三學士〉一詩，清高宗御選《唐宋詩醇》即評曰：「意纏綿而詞悽惋，神味極似〈小雅〉。」（《集釋》卷三引）；韓愈〈三星行〉一詩，程學恂《韓詩臆說》評曰：「此詩比興之妙，不可言喻。傷絕諧絕，真〈風〉真〈雅〉。」；韓愈〈夜歌〉一首，程學恂《韓詩臆說》評曰：「止三十字，而抵得〈大雅〉一篇。」，這些詩作，在體製方面早已距離《詩經》甚遠；然而，就內涵精神層面言之，卻依舊保有「怨悱而不亂」之精神。這是「學古人，而求與之遠」，「得其神，而不襲其貌」以期建立自我風格之要訣。韓愈對《詩經》之取資，大體如此。

二·韓詩對《楚辭》之取資

韓愈以前之古文家，常有反對《楚辭》之言論者。如：唐·李華〈揚州功曹蕭穎士文集序〉即云：

十二 見清·劉熙載《藝概·詩概》（臺北，華正書局）頁五十。

> 開元、天寶間詞人，……以文學而著於時者，曰：蘭陵蕭君穎士。……君以為《六經》之後有屈原、宋玉，文甚雄壯而不經。[十三]

李華、蕭穎士反對《楚辭》之理由為「不經」，其實早在梁．劉勰《文心雕龍．辨騷篇》已提及《楚辭》同於風雅者四事：典誥、規諷、比興、忠怨。其異乎經典者亦有四事：詭異、譎怪、狷狹、荒淫。可知李華、蕭穎士之論，前有所本。另一位反對《楚辭》的古文家是柳冕。唐．柳冕〈謝杜相公論房杜二相公書〉云：

> 且古之文章與今之文章，立意異矣。古之作者，因治亂而感哀樂，因哀樂而為詠歌，因詠歌而成比興，故大雅作則王道盛，小雅作則王道缺矣。雅變風則王道衰矣，詩不作則王澤竭矣。至於屈、宋，哀而以思，流而不反，皆亡國之音也。……於是風雅之文，變為形似，比興之體變為飛動，禮義之情變為物色，詩之六義盡矣。何則？屈、宋唱之，兩漢扇之，魏晉江左，隨波而不返矣。[十四]

按此實本自〈毛詩序〉之美刺說，指出政治之良窳，決定文章之內容，而其所謂「文章」，實混詩與文二者而言之。柳冕基於儒家之詩學觀點，對於〈國風〉、二〈雅〉自然十分推崇，但是對於漢賦、《楚

十三 參見《全唐文》卷三百十五轉引自《楚辭評論資料選》（台北，長安出版社，一九八八年九月）頁四〇。

十四 見《全唐文》卷五百二十七，轉引自《楚辭評論資料選》頁五〇。

辭》以及魏晉以降之駢儷作品，評價甚低，直斥為亡國之音。細繹柳冕之意，原因是六朝以來在文學形式、內容立意、風格經精神各方面種種變革，雖使純文學作品日益精緻，益具獨立之藝術價值，但也逐漸失去雅正之風格與教化之作用。柳冕認為這是「屈宋唱之，兩漢扇之」所致。因此反對《楚辭》。然而韓愈在其詩文中，卻一反李華、蕭穎士、柳冕等人之觀點，屢見稱引屈、宋之行實與作品。如：

「屈原〈離騷〉二十五，不肯餔啜糟與醨。」（〈寒食日出遊夜歸張十一院長見示病中憶花九篇因此投贈〉）

「靜思屈原沉，遠憶賈誼貶。」（〈陪杜侍御游湘西兩寺獨宿有題一首因獻楊常侍〉）

「主人看史範，客子讀〈離騷〉。」（〈潭州泊船呈諸公〉）

「懷茝餽賢屈，乘桴追聖丘。」（〈遠遊聯句〉）

元·祝堯《古賦辨體》卷七，亦以古賦為例，說明韓愈與《楚辭》之關係，認為唐代詩人之中：「……惟韓、柳諸古賦一以〈騷〉為宗，而超出俳律之外。唐賦之古，莫古於此。」[十五] 韓愈文章之中，與《楚辭》最為神似之作，當推〈柳州羅池廟碑〉之銘詞，詞云：

荔子丹兮蕉黃，雜肴蔬兮進侯堂。侯之船兮兩旗，渡中流兮風泊之，待侯來兮不知我悲。侯乘

十五 見元·祝堯《古賦辨體》卷七，轉引自吳文治《韓愈資料彙編》（台北，學海出版社，一九八四年四月）頁六六四。

駒兮入廟，慰我民兮不嚬以笑。鵝之山兮，柳之水；桂樹團團兮，白石齒齒。侯朝出游兮暮來歸，春與嚬吟兮秋鶴與飛。北方之人兮為侯是非，千秋萬歲兮，侯無我違。福我兮壽我，驅厲鬼兮山之左。下無苦濕兮高無乾。秔稌充羨兮，蛇蛟結盤，我民報事兮無怠其始，自今兮欽於世世。（《韓昌黎文集》卷七）

這篇銘詞，在告饗送神之處，簡直就是屈原之手筆，中間仿效〈九歌〉之格調、句法，以及〈招魂〉之篇意，朱子將此文採入《楚辭後語》，視為《楚辭》之流裔，不無原因。至若韓愈之詩作，則推〈馬厭穀〉、〈利劍〉、〈忽忽〉最為神似。按〈馬厭穀〉云：

馬厭穀兮，士不厭糠籺。土被文繡兮，士無裋褐。彼其得志兮不我虞，一朝失志兮其何如？已焉哉，嗟嗟乎鄙夫！（《集釋》卷一）

此詩之篇意，出於劉向《新序》；然其抒情技巧及句法，則類似《楚辭》。據劉向《新序》所載，燕相得罪將要出亡，召喚門下諸大夫相從。有大夫乘機諫曰：「凶年飢歲，士糟粕不厭，而君之犬馬有餘粟；隆冬烈寒，而君之臺觀，幃簾錦繡，飄飄而弊。財者君之所輕，死者士之所重。君不能施君之所輕，而求得士之所重，不亦難乎？」[十六]若從此詩之創作背景來考察，正是三度上書宰相不獲回報之

[十六] 引自錢仲聯《韓昌黎詩繫年集釋》卷一 頁三十九。

時。則韓愈用燕相事，意在紓解其政治失意之憤懣；徑氣直達，無半點掩飾，此種寫作方式，肯定學自屈原。除此之外，朱熹在《楚辭後語》卷四〈琴操〉第三十五又引晁補之曰：

> 愈博涉群書，所作十操，奇辭奧旨、如取之室中物。以其所涉博，故能約而為此也。夫孔子於《三百篇》皆弦歌之，操亦弦歌之辭也。其取與幽渺，怨而不言，最近騷體。騷本古詩之衍者，至漢而衍極，故〈離騷〉、〈琴操〉與詩賦同出而異名，蓋衍復於約者。約故去古不遠，然則後為騷者，惟約猶及之。[十七]

晁補之對於〈琴操〉之性質提出可貴之說明：首先，他指出「操」和《詩經》一樣，是被之弦歌的樂辭。其次，「操」「取興幽渺，怨而不言」，接近「騷」之性質；但是「操」又不同於「騷」之宏侈，而以簡約為尚。顯然朱子在〈楚辭後語〉中把韓韓愈〈將歸操〉、〈龜山操〉、〈拘幽操〉、〈殘形操〉，視為《楚辭》，當是基於形式方面之類似性所作之認定。[十八]茲舉〈將歸操〉、〈龜山操〉為例，略作析論，以明〈琴操〉與《楚辭》之關係。

韓愈〈將歸操〉云：

十七 見宋．朱熹《楚辭集注》（台北，河洛圖書出版社）頁二七七。

十八 關於〈琴操十首〉之性質、創作動機、寫作方式，請參閱拙作〈韓愈琴操十首析論〉（中興大學中文系主編《興大中文學報》第三期，一九九〇年一月）頁一八五至二〇〇。

孔子之趙，聞殺鳴犢作。

狄之水兮，其色幽幽。我將濟兮，不得其由。涉其淺兮，石齧我足，乘其深兮，龍入我舟。我濟而悔兮，將安歸尤？歸兮歸兮？無語石鬥兮，無應龍求。（《集釋》卷十一）

按《史記．孔子世家》載：「孔子既不得用於衛，將西見趙簡子。至於河，而聞竇鳴犢、舜華之死也。臨河而嘆曰：『美哉水！洋洋乎！丘之不濟，此命也乎？子貢趨而進曰：『敢問何謂也？』孔子曰：『竇鳴犢、舜華、晉之賢大夫也，趙簡子未得志之時，須此兩人而後從政，及其已得志，殺之乃從政。丘聞之也，刳胎殺夭，則麒麟不至郊；竭澤涸漁，則蛟龍不合陰陽；覆巢毀卵，則鳳凰不翔，何則？君子諱傷其類也。夫鳥獸之於不義也，尚知辟之，而況丘哉？』乃還，息乎陬鄉，作為陬操以哀之。』（《史記》卷四一七〈孔子世家〉第十七）此為韓愈寫作本詩之史實根據，漢．蔡邕曾載其辭曰：「復我舊居，從吾所好，其樂只且。」此段歌辭，自非孔子所作，而是蔡邕手筆。若持與韓愈之擬作相比，蔡作不僅篇幅較短，意韻亦淺。韓愈之〈將歸操〉以騷體寫作，起首四句先提狄水，謂狄水深黑，濟渡為難。「涉其淺兮」四句，形容其進退失據之貌。「我濟而悔」二句，即〈孔子世家〉「丘之不濟，其命也夫」之意，乃將臨河不濟，歸諸天命。結語二句，謂不與水石頑抗，亦絕不讓蛟龍予取予求。清．陳沆《詩比興箋》卷四以為〈將歸操〉：「無與石鬥兮，無應龍求」與〈秋懷詩〉：「有蛟寒可罾」，〈題炭谷湫〉：「吁無吹毛刃，血牛蹄殷。」皆有指斥權倖之意。而所斥之對像為李實、王叔文之輩。其實〈將歸操〉之主要意念來自《史記．孔子世家》：「君子諱殤其類」及「夫鳥獸之於不義也，尚知辟之，而況丘哉？」二語。趙簡子殺鳴犢、舜華，乃當時最不義之事件，孔子獲知此事，遂拒入趙國以示不齒。在韓愈仕宦生涯中，亦多次遭逢不義之打擊，因此，以隱喻象徵之手法，代言孔子不入趙之心聲，是間接表達對孔子之認同。這種手法，當是學自《楚辭》。

又韓愈〈龜山操〉云：

孔子以季桓子受齊女樂，諫不從，望龜山而作。

龜之氛兮，不能雲雨。龜之枿兮，不中梁柱。龜之大兮，衹以奄魯。如將頹隳兮，哀莫余伍。周公有鬼兮，嗟歸余輔。（《集釋》卷十一）

按《史記．孔子世家》：「桓子卒，三日不聽政，郊又不致膰俎於大夫。孔子時為大司寇，遂行，宿乎屯。而師己送曰：『夫子則非罪。』孔子曰：『吾歌可乎？』歌曰：『彼婦之口，可以出走；彼婦之謁，可以死敗，蓋悠哉游哉，惟以卒歲。』師己反，桓子曰：『亦何言？』師己以實告，桓子喟然歎曰：『夫子罪我以群婢也夫？』」漢．蔡邕則載其歌辭云：「予欲望魯兮，龜山㪔之。手無斧柯，奈龜山何？」至於韓愈〈龜山操〉則較前二首更富內涵。全詩十句，以騷體為之，假龜山為喻，嘲諷季氏無能而專擅，深哀魯國之將隤。「龜之氛兮」二句，謂龜山之山氣，不能出雲落雨。比喻季氏掌政，不能澤及下民。「龜之枿兮」二句，為季氏有若龜山之樹，歷經砍伐，重生之枝條，根本不堪任為樑柱。「龜之大兮」二句，謂龜山之大，不過奄有魯國。此譏季氏權勢再大，不過在魯國興風作浪而已。

「知將隳兮」二句，謂魯國即將縗隤，國人之中，無人比我更哀傷。「周公有鬼兮」二句，謂周公地下有知，必使我歸輔魯君。兩句結語，十分沉痛，頗能反映孔子綑款不移之忠心。本詩之作意，陳沆《詩比興箋》謂：「此刺執政之臣，智小謀大，力小任重，無鼎足之望，有棟橈之凶也。」[十九]古操貴在「取興幽渺，怨而不言。」假借古事，攄發憂思，以顯操持，是其述作之最高目的。德宗、憲宗朝，權傾相府，欺姦多端之輩，所在多有，韓愈在詩中，以「典誥之體」、「比興之義」、「忠怨之辭」，抒發「規諷之旨」，完全符合屈賦之精神，此種寫法，肯定學自《楚辭》。

再看韓愈〈拘幽操〉云：

> 文王羑里作。
> 目窈窈兮，其凝其盲。耳肅肅兮，聽不聞聲。朝不日出兮，夜不見月與星。
> 有知無知兮，為死為生？嗚呼　臣罪當誅兮，天王聖明。（《集釋》卷十一）

再如韓愈〈殘形操〉云：

> 曾子夢見一狸不見其首作。
> 有獸維狸兮，我夢得之。其身孔明兮，而頭不知。吉凶何為兮，覺坐而思。
> 巫咸上天兮，識者其誰？（《集釋》卷十一）

十九　見清．陳沆《詩比興箋》卷四（臺灣，藝文印書館，一九七〇年九月）頁四三九。

〈拘幽操〉最大之成就，不是「為人臣止於敬注腳。」（清．沈德潛語《唐詩別裁》卷七），而是傳神地呈現周文王之人格情操。具體而言，即「惟見己之不然，不見人之有不然。」（宋．黃震《日抄》語）之人格情操。關於〈殘形操〉，《詩比興箋》謂：「賈誼長沙，問吉凶於鵩鳥；屈放江南，託占筮於巫咸。此詩合而用之，明示放臣之慼，故以終篇。」[二十]若從韓愈貶潮州加以思考，則陳氏之說，未為無見。韓愈論天旱人飢，被貶陽山；諫迎佛骨，竟謫潮州，人生之荒謬，有過於此乎？清夜捫心，能無慨乎？韓愈所謂「巫咸上天兮，識者其誰？」此正慨歎吉凶休咎之荒謬無常。豈不正與屈原〈卜居〉、〈天問〉之心態相似？

再如：〈送陸歙州詩〉云：

我衣之華兮，我佩之光。陸君之去兮，誰與翱翔？斂此大惠兮，施於一州。今其去矣，胡不為留？我作此詩，歌於逵道。無疾其驅，天子有詔。（〈集釋〉卷二）

朱子〈韓集考異〉曾舉〈離騷〉、〈橘頌〉為例，對此詩前四句之用韻及語助作一番察考，並稱「韓公深於〈騷〉者」。並據〈騷經〉、賈誼〈弔屈原文〉首章為例，以考定本詩。[二十一]細察〈送陸歙州詩〉之句法與用韻，其取資於《楚辭》之處甚為明顯。

[二十] 見清．陳沆《詩比興箋》（臺灣，藝文印書館，一九七〇年九月）頁四四七。
[二十一] 詳見宋．朱熹《昌黎先生集考異》卷六（上海古籍出版社　一九八五年二月）頁二〇五至二〇六。

貳．韓愈詩與漢魏南朝文學

一．漢魏詩對韓詩之影響

上古時代詩樂不分，至漢朝則文士所作謂之詩，樂工協之律呂謂之樂。樂府歌詩，有「因聲作歌」者、有「因歌造聲」者、亦有「有辭無聲」者。後者雖名為「樂府」，實未曾被之管紘。如：杜甫所作歌行，大都因意命題，即事名篇，一無依傍。白居易則曾用古題，卻無古義。元稹〈樂府古題序〉云：「自風雅至於樂流，莫非諷興當時之事以貽後代之人。沿襲古題倡和，重複於文，或有短長於義，咸為贅賸，尚不如寓意古題，刺美見事，猶有詩人引古以諷之義焉。」[二十二] 宋．郭茂倩《樂府詩集》據《宋書》及吳競《樂府古題要解》之分類，加以補充，區分樂府詩為十二類，樂府詩之體製與性質，始獲得比較合理之銓別。《樂府詩集》卷八十一為「近代曲辭」、卷八十九為「雜歌謠辭」、卷九十一至卷一百為「新樂府辭」，皆為隋唐五代文人仿製之樂府詩。誠如邱師燮友〈樂府詩導讀〉所云：

唐時文人仿製的樂府詩，可歸為兩大類：一為盛唐以前沿襲舊題樂府所作的樂府詩，一為中唐

[二十二] 見唐．元縝《元氏長慶集》卷二十三轉引自羅師聯添編《隋唐五代文學批評資料彙編》（臺北，成文出版社，一九七八年九月）頁二〇三至二〇四。

以後白居易、元稹、李紳等所提倡的新題樂府，簡稱為「新樂府」，新樂府的精神，在於繼承《詩經》的六義，上接建安風骨的寫實諷諭詩，到初唐陳子昂的「漢魏風骨」，杜甫的「即事名篇」社會寫實詩，而開展為元和年間，以口語入詩，寫「因事立題」的新樂府詩。[二十三]

大體言之，古樂府皆有原始意旨，後人援用樂府古題，應知題意，以代其人措辭；新題樂府皆自製題目，大多諷諭時事，寓懲惡勸善之旨。古樂府寧拙毋巧、寧疏無鍊；新題樂府則事核而實，辭直而切。

清・王士禎《師友詩傳續錄》云：

問：唐人樂府，何以別於漢魏？

答：漢魏樂府，高古渾奧，不可擬議。唐人樂府不一，初唐人擬〈梅花落〉、〈關山月〉等古題，大概五律耳。盛唐如杜子美之〈新婚〉、〈無家〉諸別，〈潼關〉、〈石壕〉諸吏，李太白之〈遠別離〉、〈蜀道難〉，則樂府之變也。中唐如韓退之〈琴操〉，直溯兩周，白居易、元稹、張籍、王建刱為新樂府，亦復自成一體。[二十四]

由此可見漢魏樂府，不易仿作，而唐代文人所擬樂府，大體都有創新變革之處。惟韓愈〈琴操〉「直溯兩周」，在唐代樂府詩中，擁有極為特殊之地位。以下即先以韓愈〈琴操十首〉及其他詩例，說明

[二十三] 見邱師燮友《品詩吟詩》（臺北東大圖書公司，一九八九年六月）頁一三四至一三五。

[二十四] 引自臺靜農《百種詩話類編》下冊（臺灣，藝文印書館，一九七五年五月）頁一五五九。

韓愈援用樂府舊題而變其體式之情形，再論析韓愈對漢魏古詩之取資方式，以明韓詩之前承。

（一）援用樂府古題而變其體式

韓愈〈琴操十首〉原未定何年所作，清．方世舉《韓昌黎詩編年箋注》繫於憲宗元和十四年。韓愈在詩中代孔子、周公、文王、古公亶父、尹伯奇、牧犢子、商陵穆子、曾子發抒心聲。此詩之題材，可能來自《孟子》、《史記．周本紀》、《史記．孔子世家》、《孔叢子》、崔豹《古今注》、《水經注》等書。由於氣格高古，語法樸質，頗得古樂府之神韻。宋．郭茂倩特納入《樂府詩集》卷五十七〈琴曲歌辭〉之中。

現存琴曲歌辭共十二首，分別是：〈將歸操〉、〈猗蘭操〉、〈龜山操〉、〈越裳操〉、〈拘幽操〉、〈岐山操〉、〈履霜操〉、〈雉朝飛操〉、〈別鶴操〉、〈殘形操〉、〈水仙操〉、〈懷陵操〉。相傳漢．蔡邕曾將每一操之本事都詳為敘述，並附上原辭，因此蔡邕〈琴操〉很可能是流傳至今，最早之「琴曲歌辭」。郭茂倩《樂府詩集》引《樂府解題》云：「〈琴操〉記事，好與本傳相違。存之者，以廣異聞也。」[二十五]元．吳萊《古琴操九引曲歌辭》云：「古者琴有五曲、十二操、九引。……古辭或存或亡，而存者類出於後世之傳會。」[二十六]由此可知郭茂倩《樂府詩集》第五十七、五十八、

[二十五] 參見宋．郭茂倩《樂府詩集》第五十七卷〈琴曲歌辭〉一（里仁書局版）頁八二二。

[二十六] 參見《淵穎吳先生文集》卷九，引自吳文治《韓愈資料彙編》頁六五九。

五十九卷中〈拘幽操〉署名周文王、〈越裳操〉署名周公旦、〈履霜操〉署名尹伯奇、〈雉朝飛操〉署名齊犢沐子、〈猗蘭操〉、〈將歸操〉署名孔子、〈別鶴操〉署名商陵牧子，都是很有問題的，不可信以為真。韓愈對於十二操僅取其中十首，〈懷陵〉、〈水仙〉二操，棄而不擬。其餘十操悉依蔡邕〈琴操〉原次，未曾變更。極可能韓愈是在讀過蔡邕〈琴操〉後，基於相互競勝之心理，仿傚蔡作而成。[二十七]

「琴曲歌辭」之原始作意，大體都是用來舒散悲憂、表白自身之操持，所以語言形式極不固定。韓愈〈琴操十首〉之中，〈將歸操〉、〈龜山操〉、〈拘幽操〉、〈殘形操〉四首，使用騷體之句式寫作，朱熹收入〈楚辭後語〉之中，已如前述。而〈猗蘭操〉、〈岐山操〉、〈履霜操〉以整齊四言句式寫作，〈越裳操〉、〈雉朝飛操〉以四言長短句式寫作，〈別鶴操〉以五言長短句式寫作，句法極富變化。在韻律方面，〈將歸操〉協尤韻，〈猗蘭操〉協陽、先、宥、有韻，〈龜山操〉協霽韻，〈拘幽操〉協庚韻，〈岐山操〉協車、陽、語、支韻，〈履霜操〉協支韻，〈雉朝飛操〉協質、微韻，〈別鶴操〉協微韻，〈殘形操〉協支韻，韻部寬、換韻也極為自由，這些都頗符合古樂府之體式。

但是，韓愈援用樂府古題，亦作成若干變化。就作法而言，古樂府之命題皆有主意，琴曲歌辭更有其史實根據，代言古人心志，本已極為困難，何況韓愈撰作〈琴操〉之時，已有蔡邕等之「琴曲歌

二十七 參見朱熹《昌黎先生集考異》卷一（上海古籍出版社，一九八五年二月）頁十一。

辭」完成在先，韓愈之創作空間十分狹窄。韓愈本其精湛之學養、過人之想像能力，就前人未曾措意之處，契入古聖賢之心靈，將「代言」手法，發揮得淋漓盡致。如〈將歸操〉就「臨河不濟」代孔子抒心聲，〈猗蘭操〉借「蘭性」代言孔子之心志，〈龜山操〉全就「龜山」為喻，代孔子申述悃款不移之忠忱，〈越裳操〉以「歸美祖德」代言周公謙敬斂退之情操，〈拘幽操〉以「臣罪當誅，天王聖明」道出文王淳淨之人格，皆與蔡邕〈琴操〉之代言角度不同，因此，韓愈雖有可能受到蔡邕之影響，對於古聖賢心志之掌握，實更具體傳神。

就體製觀之，韓愈〈琴操十首〉誠屬假設模擬之作；然而就內涵而論，則有頗多創新之成分。例如：蔡邕〈將歸〉、〈龜山〉、〈越裳〉三首原辭甚短，僅三兩句；而韓愈則不但篇幅加長，內容增加，而且手法翻新。蔡邕〈拘幽操〉原辭甚長，韓愈則縮短篇幅，以更精確之語句，傳述文王之人格，境界遠高於蔡作。再如〈別鵠操〉，古辭為七言詩，共三句，且詞冗氣緩，韓愈則以五言長短句寫成。韓愈代孔子、周公、文王、古公亶父抒發心聲，都有對其嘉言懿行表達認同、景仰之意；代尹伯奇鳴冤，意在表彰純孝；代牧犢子訴苦，則在自歎遇合無期；代商陵穆子傾訴仳離之悲，則有憐憫家庭悲劇之意；代曾子說夢，則或有慨歎吉凶無常之意，凡此，皆為古琴操所無之內涵，可見韓愈雖以擬古之形式寫作，實有新義含藏其中。

總之，韓愈〈琴操十首〉雖前有所本，屬於沿襲舊題樂府所作的樂府詩；然而，韓愈本其淵博之學問根柢，銳敏之想像能力，精心結撰，不論形式、內涵、技巧，都有高度成就。夏敬觀〈說韓〉嘗云：「〈琴操〉、〈皇雅〉一類詩，皆非深於文者不能作。」（註二十八）[二十八]程學恂《韓詩臆說》甚至以為：「〈琴操十首〉皆勝原辭，皆能得聖賢心事，有漢魏樂府所不能及者。」[二十九]揆諸〈琴操十首〉，洵非虛言。

〈琴操十首〉之外，韓愈另有不少仿擬樂府舊題之作。如贈劉師命之〈劉生〉詩，便是一例。這首詩作於德宗貞元二十一年，時韓愈在陽山。劉師命本為俠士，胸懷灑落，有異凡庸；棄家遠游，浪跡天下；曾造訪韓愈於陽山，韓愈以聖賢之道誘進之，久而文字可觀。清．方世舉《韓昌黎詩編年箋注》云：

> 《古樂府解題》云：「劉生不知何代人，觀齊、梁以來所為劉生詩者，皆稱其任俠豪放，周游於五陵三秦之地，大抵五言四韻，意亦相類。」公以師命姓劉，其行事頗豪放，故用舊題贈之，而更為七言長篇。集中有用樂府舊題而效其體者，如：〈清清水中蒲〉及〈有所思聯句〉是也。有用樂府舊題而變其體者，如：〈猛虎行〉及此詩是也。[三十]

〈劉生〉原為古樂府橫吹曲，以五言為主，歌詠任俠豪放之題材。韓愈改為三十一句，句句入韻之七言長篇，朱彝尊稱之為「燕歌行體」。韓愈不但援用樂府古題，而且兼採其詠豪俠之本旨，然而通篇

[二十八] 夏敬觀《唐詩說》（臺灣，河洛圖書出版社，一九七五年十二月）頁七十七。
[二十九] 見程學恂《韓詩臆說》（臺灣商務印書館，一九七〇七月）頁五十四。
[三十] 引自錢仲聯《韓昌黎詩繫年集釋》卷二，頁二二三。

紀實，也形成一種新體製。由此不難看出韓愈脫化古樂府之方法。

相同之情況亦見之於韓愈〈有所思聯句〉、〈南山有高樹行贈李宗閔〉、〈猛虎行〉等詩。按〈有所思〉本為樂府古題，在漢代以長短句為主要形式，六朝以來，始改為五言八句體。韓愈用之以為聯句詩，前四為孟郊所作，後四為韓愈之手筆。變化運用之妙，令人稱賞。〈南山有高樹行贈李宗閔〉，其體本自古樂府〈飛來雙白鵠〉。韓愈在詩中託鳥為喻，虛構一則鳥類寓言，表達其對李宗閔貶官之看法。〈猛虎行〉亦為樂府古題，但是韓愈之〈猛虎行〉篇幅加長，而且託以新意，聲色具厲，不如〈南山有高樹行贈李宗閔〉蘊藉有味。

（二）援用漢代古詩而變其體式

韓愈之古體詩另一個取資來源為漢魏古詩，例如〈感春四首〉第一首云：

> 我所思兮在何所？情多地遐兮徧處處。東西南北皆欲往，千江隔兮萬山阻。
> 春風吹園雜花開，朝日照屋百鳥語。三盃取醉不復論，一生長恨奈何許！（《集釋》卷四）

按本詩前四句之體式仿自張衡〈四愁詩〉，且比興無端，頗有超越張衡之處。按張衡〈四愁詩〉云：「我所思兮在太山，欲往從之梁甫艱。」、「我所思兮在桂林，欲往從之湘水深。」、「我所思兮在漢陽，欲往從之隴阪長。」、「我所思兮在雁門，欲往從之雪紛紛。」太山、桂林、漢陽、雁門，分別代表東、南、西、北，明顯可知韓愈前四句倣自張衡〈四愁詩〉之意，但在句法方面，作了改變。

再如韓愈〈病鴟〉一詩係由東漢朱穆與劉伯宗絕交詩脫化而來。所謂鴟，據《說文》，即鳶鳥。是鳥中之貪惡者，性好攫奪而善飛。以鴟為喻，早在朱穆與劉伯宗絕交詩中已有先例。詩云：

> 北山有鴟，不潔其翼。飛不定向，寢不定息。飢則木攬，保則泥伏。饕餮貪汙，臭腐是食。填腸滿嗉，嗜欲無極。長鳴呼鳳，鳳之所趣，與子異域，永從此別，各自努力。[三十一]

韓愈〈病鴟〉則變四言之體為五言長篇，詩云：

> 屋東惡水溝，有鴟墮鳴悲。有泥揜兩翅，拍拍不得離。群童叫相召，瓦礫爭先之。計校平生事，殺卻理亦宜。奪攘不愧恥，飽餐盤天嬉。晴日占光景，高風送追隨。遂凌紫鳳群，肯顧鴻鵠悲？今者運命窮，遭逢巧丸兒，中汝要害處，汝能不得施。於吾乃何有，不忍乘其危。丐汝將死命，浴以清水池。朝餐輟魚肉，暝宿防狐狸。自知無以致，蒙德久猶疑。飽入深竹叢，飢來傍階基。亮無責報心，固以聽所為。昨日有氣力，飛跳弄藩籬。今晨忽徑去，曾不報我知。僥倖非汝福，天衢汝休窺。京城事彈射，豎子豈易欺？勿諱泥坑辱，泥坑乃良規。（《集釋》卷九）

韓愈先述鴟鳥落入水溝，群童爭相拋擲瓦礫，欲擊殺之。再述施以援手，畜養於庭中，療養傷勢。然

三十一 引自錢仲聯《韓昌黎詩繫年集釋》卷九，頁一〇二七。

而，鴟鳥「自知無以致，蒙德久猶疑」，「亮無責報心，固以聽所為」，最後之回應竟是「今晨忽徑去，曾不報我知」。此詩若持與朱穆之作相較，朱氏以鴟鳥與鳳鳥作為對比，表達其決裂之意；韓愈則集中表現鴟鳥「受恩而背去」之負面性格，於是鴟鳥遂成為負心人之象徵。再如韓愈〈利劍〉云：

利劍光耿耿，佩之使我無邪心。故人念我寡徒侶，持用贈我比知音。我心如冰劍如雪，不能刺讒夫，使我心腐劍鋒折。決雪中斷開青天，噫！劍與我俱變化歸黃泉。（《集釋》卷二）

本詩初看似在吟詠利劍，細繹詩意，實為譏刺讒夫而作。全詩語調奇險，迹近風謠。此種詩格顯然學自漢代古詩。再如〈寄崔二十六立之〉云：

童稚見稱說，祝身得如斯，儕輩妒且熱，喘如竹筒吹。老婦願嫁女，約不論財背。老翁不量分，累月笞其兒。攪攪爭附託，無人角雌雄。由來人間事，翻覆不可知。……（《集釋》卷八）

此詩之語調亦本古歌詞，波瀾反覆，極力鋪張，文法自漢、魏而來。清．張鴻即指出：從古樂府出，如：〈木蘭〉、〈羅敷〉諸詩。[三十二]詳細比對，則其排比之處，確實與古詩十分神似。此外〈嗟哉董生行〉一詩，長短句式交錯行之，顯然規橅古詩〈洛陽令王君歌〉而來。再如〈瀧吏〉一詩，通篇措辭詼諧，實乃揚雄〈解嘲〉、班固〈賓戲〉之變調。至於〈奉和虢州劉給事使君三堂新題二十一詠〉

[三十二] 引自錢仲聯《韓昌黎詩繫年集釋》卷八，頁八六六。

中〈孤嶼〉一詩：「朝游孤嶼南，暮戲孤嶼北。所以孤嶼鳥，與公盡相識。」（《集釋》卷八）句法明顯汲用〈江南可採蓮〉：「魚戲蓮葉南，魚戲蓮葉北。」並略作變化。

（三）師法建安詩歌之格調

建安詩歌，音情頓挫，明朗剛建。唐・陳子昂提倡漢魏風骨，就是要恢復、發揚建安文學之優良傳統。其〈與東方左史虯修竹篇序〉云：「文章道弊，五百年矣，漢魏風骨，晉宋莫傳。」韓愈對此頗有同感，在〈薦士〉詩中亦云：「建安能者七，卓犖變風操。逶迤抵晉宋，氣象日凋耗。」因此，對代表漢魏風骨之建安詩，亦有所師法。宋・范溫《潛溪詩眼》嘗論杜甫、韓愈學建安之作云：

> 建安詩辯而不華，質而不俚，風調高雅，格力道壯。其言直致而少偶對，指事情而綺麗，得風雅騷人之氣骨，最為近古者也。一變而為晉宋，再變而為齊梁。唐諸詩人，高者學寫陶謝，下者學徐庾。惟老杜李太白韓退之早年皆學建安，晚乃各自變成一家耳。如老杜〈崆峒〉、〈小麥熟〉、〈人生不相見〉、〈新安〉、〈石壕〉、〈新昏〉、〈垂老〉、〈無家別〉、〈夏日〉、〈夏夜歎〉，皆全體作建安語。今所存集第一第二卷中頗多。韓退之〈孤臣昔放逐〉、〈暮行河堤上〉、〈重雲〉、〈贈李觀〉、〈江漢〉、〈答孟郊〉、〈歸彭城〉、〈醉贈張秘書〉、

〈送靈師〉、〈惠師〉，並亦皆此體，但頗自加新奇。……[三十三]

明・胡震亨《唐音癸籤》卷七〈彙評三〉亦提出相同之論點：

> 昌黎博大而文，其詩橫鶩別驅，嶄絕崛強，汪洋大肆而莫能止。〈秋懷〉數首，及〈暮行河堤上〉等篇，風骨頗逼建安。但新聲不類，蓋正中之變也。[三十四]

細繹韓愈〈赴江陵途中寄贈王二十補闕李十一員外李二十六員外翰林三學士〉、〈北極一首贈李觀〉、〈重雲一首李觀疾贈之〉、〈江漢一首答孟郊〉、〈答孟郊〉、〈歸彭城〉、〈醉贈張秘書〉、〈送靈師〉、〈送惠師〉各詩或述離別、或攄懷抱、或慰友疾、或刺傷亂、或褒惜僧徒、無不感事陳詞，筆力馳騁；詳切懇惻，氣骨能勁。此當為韓愈枕藉建安，步武老杜之結果。因能於格調、氣象兩方面，上承漢魏風骨。

二・韓詩與六朝文學

（一）韓詩對《文選》之取資

[三十三] 見宋・范溫《潛溪詩眼》引自郭紹虞《宋詩話輯佚》（臺灣 華正書局 一九八一年十二月）頁三一一三。

[三十四] 見明・胡震亨《唐音癸籤》卷七《彙評三》轉引自吳文治《韓愈資料彙編》頁八三一。

韓愈雖於〈薦士〉詩云：「逶迤抵晉宋，氣象日凋耗。」然因唐代舉進士，試以詩賦，不能不熟讀《文選》，故於選詩，亦有所取資。最早提出此說者為樊汝霖。據宋．魏仲舉《五百家注昌黎文集》引樊汝霖曰：

〈秋懷詩〉十一首，《文選》體也。唐人最重《文選》學，公以《六經》為諸儒唱，《文選》弗論也。獨於李邾墓誌之曰：『能暗記《論語》、《毛詩》、《左氏》、《文選》。』而公詩如「自許連城價」、「傍砌看紅藥」、「眼穿長訝雙魚斷」之句，皆取諸《文選》，故此詩往往有其體。[三十五]

但是此說遭到宋．劉辰翁之反對，謂：「〈秋懷詩〉終是豪宕，非《選》體也。」（《集釋》卷五引）而朱熹〈跋病翁先生詩〉則云：

李、杜、韓、柳，初亦皆學選詩者。然杜、韓變多，而柳、李變少。變不可學，而不變可學。故自其變者而學之，不若自其不變者而學之。乃魯男子學柳下惠之意也。[三十六]

清．方世舉《韓昌黎詩編年箋注》云：

[三十五] 見宋．魏仲舉《五百家注昌黎文集》卷一（臺灣商務印書館，《景印四庫全書》集部二三）頁三〇至三一。

[三十六] 見朱熹《跋病翁先生詩》　引自吳文治《韓愈資料彙編》頁四一〇。

樊、劉二說皆有可取，蓋學〈選〉而自有本色者也。[三十七]

韓詩學選之問題，清人續有考徵，及前北大教授李詳〈韓詩證選〉一出，獲得更豐富之驗證。李詳先生長文，發表表於一九〇九年《國粹學報》第五十三、五十四、五十七、五十八等四期之中，全面察考韓愈詩，共有七十一首明顯取資《文選》之作品[三十八]。茲據此文，舉例說明韓愈詩取資於《文選》之情形：

「白露下百草，蕭蘭共彫悴」（〈秋懷詩〉十一首）

出自：宋玉〈九辯〉：「白露既下百草兮。」劉孝標〈廣絕交論〉：「蕭艾與芝蘭共盡。」

「賤嗜非貴獻」（〈秋懷詩〉十一首）

出自：嵇康〈與山巨源絕交書〉：「野人有快炙背而美芹子者，欲獻之至尊，雖有區區之意，亦已疏矣。」

三十七 轉引自錢仲聯《韓昌黎詩繫年集釋》卷五，頁五六一。

三十八 參見李詳《韓詩證選》，載《國粹學報》第五十三期七一四九至七一五五頁、第五十四期七二八九至七二九二頁、第五十六期七五七五頁至七五八二頁、第五十七期七七一三至七七一六頁，一九〇九年三、四、六、七月份，臺灣商務印書館合訂本。

「無為兒女態」（〈北極一首贈李觀〉）

出自：曹植〈贈白白馬王彪〉：「憂思成疾疢，無乃兒女仁。」

「妥貼力排奡」（〈薦士〉）

出自陸機〈文賦〉：「或妥貼而易施。」

「川原遠近蒸紅霞」（〈桃源圖〉）

出自左思〈蜀都賦〉：「蒸雲氣以為霞」

「天位未許庸夫干」（〈永貞行〉）

出自班固〈王命論〉：「又況么麼不及數子，而欲闇干天位者乎。」

「明珠青玉不足報」（〈鄭群贈簟〉）

出自：張衡〈四愁詩〉：「美人贈我貂襜褕，何以報之明月珠。」又「美人贈我錦繡緞，何以報之青玉案。」

「棗下悲歌徒纂纂。」（〈游青龍寺〉）

出自潘岳〈笙賦〉：「棗下纂纂」歌曰：「棗下纂纂，諸實離離。」

「朝暮盤差惻庭闈」（〈送區宏南歸〉）

出自束皙〈補亡詩〉：「眷戀庭闈，心不遑安，馨爾夕膳，絜爾晨餐。」

「川原曉服鮮，桃李晨妝靚。」（〈東都遇春〉）

出自顏延之〈三月三日曲水詩序〉：「靚妝藻野，炫服縟川。」

「已呼孺人戛鳴瑟，更遣稚子傳清杯」（〈感春〉）

出自江淹〈恨賦〉：「左對孺人，右顧孺子。」

「珊瑚碧樹交枝柯」（〈石鼓歌〉）

出自班固〈西都賦〉：「珊瑚碧樹，周阿而生。」

「文章自傳道，不仗史筆垂。」（〈寄崔二十六立之〉）

出自曹丕〈典論論文〉：「古之作者，寄身於翰墨，見意於篇籍，不假良史之辭，不託飛馳之勢，而聲名自傳於後。」

「長懷絕無已。」（〈遠游聯句〉）

出自江淹〈恨賦〉：「長懷無已。」

「從軍古云樂。」（〈晚秋郾城聯句〉）

出自王粲〈從軍行〉：「從軍有苦樂。」

「空聞漁父叩舷歌。」（〈湘中〉）

出自屈原〈漁父〉：「鼓枻而去。」

「郎署何須歎二毛。」（〈奉和盧四兄元日朝回〉）

出自潘岳〈秋興賦〉：「晉十有四年，余春秋三十有二，始見二毛。以太尉掾兼虎賁中郎將，寓直於散騎之署。」

「傍砌看紅藥。」（〈和韻八十二韻〉）

出自謝脁〈直中書省詩〉：「紅藥當階翻。」

「耳熱何辭數爵頻」（〈酒中留上襄陽李相公〉）

出自楊惲〈報孫會宗書〉：「酒酣耳熱。」曹植〈箜篌引〉：「樂飲過三爵。」

「遠勝登仙去，飛鸞不暇驂。」（〈送桂州嚴大夫〉）

出自江淹〈別賦〉：「驂鸞騰天。」

由此二十例觀之，可見韓愈對〈文選〉之取資集中在六朝詩文之字句方面，韓愈大體以六朝人之詩文字句為本源，而臨文之際，重加鑄鍊，此所以能既去陳言，又字字有來歷也[三十九]。

（二）韓詩對陶、謝之取資

陶潛天資既高，趨詣又遠，詩風沖淡自然。蘇軾謂其詩：「質而實綺，癯而實腴。」姜夔亦謂：「散而莊，澹而腴。斷不容作邯鄲步也。」（《白石道人詩說》）唐代詩人之中，王維、孟浩然、韋應物、柳宗元，都以學陶著稱。至於韓愈，其人格氣質與風格特徵，實與陶潛迥不相類。然而，陶詩之根柢，亦有自經術來者。例如〈榮木〉一首，歎流年之既往，恐術業之無成；〈詠貧士〉一詩，不

[三十九] 見清．章學誠《文史通義．文理》，引自吳文治《韓愈資料彙編》，頁一三四八。

啻為「君子固窮」注腳；〈飲酒〉末章，抱道統絕續之憂；此種襟懷，實與韓愈並無二致。

韓愈在〈薦士〉中論及詩家源流，雖遺漏陶潛，並不意味韓愈與陶詩毫無關聯。在文章方面，韓愈〈送王含秀才序〉曾提及陶潛，謂：

> 吾少時讀〈醉鄉記〉，私怪隱居者無所累於世，而猶有是言，豈誠旨於味邪？及讀阮籍、陶潛詩，乃知彼雖偃蹇不欲與世接，然猶未能平其心，或為事物是非相感發，於是有託而逃焉者也。若顏氏之操瓢與簞，曾參歌聲若出金石，彼得聖人而師之，汲汲每若不可及，其於外也固不暇，尚何麴蘗之託而昏冥之逃邪？吾又以為悲醉鄉之徒不遇也。（《校注》卷四）

可知韓愈讀阮籍、陶潛詩，洞悉其內蘊，視陶潛為「有託而逃者」，並以「不得聖人而師之」為憾。在詩歌方面，另有〈桃源圖〉涉及陶潛。此詩本為題畫詩，卻是反對道教神仙思想之代表作之一。

按陶潛〈桃花源詩并記〉云：「奇蹤隱五百，一朝敞神界。」本與神仙無涉，然因好事者　相祖述，遂附會神仙之說。王維〈桃源行〉云：「初因避地去人間，更問成仙遂不還。」又云：「春來遍是桃花水，不辨仙源何處尋。」已推求過度，混入神仙之語。劉禹錫有〈游桃源詩一百韻〉中述神仙事云：「羽人顧我笑，勸我稅歸軛，因話近世仙，聳然心神惕。……言畢依庭樹，如煙去無迹。」完全描述昇仙。康駢《劇談錄》云：「淵明所記桃花源，今鼎州桃花觀即是其處。自晉宋以來，由此上昇者六。」《雲笈七籤》引司馬紫微〈天地宮府圖〉云：「第三十五桃源山洞，周迴七十里，名曰白馬玄光天，在玄州武陵縣，屬謝真人治之。」錢仲聯先生曰：「公詩所破，乃此類神仙誕說，及夢得所詠近事也。」（註四十一）[四十]

韓愈取法陶潛之作，並非上述兩例，而是別有其他作品。如〈北極一首李觀疾贈之〉，蔣抱玄評曰：「不求奇而層折有致，頗得淵明沖淡之致。」（《集釋》卷一引）；〈秋懷詩十一首〉清．朱彝尊評曰：「以精語運淡思，兼陶謝兩公。」（《集釋》卷五引）；〈晚菊〉一首，清．朱彝尊評曰：「興趣近淵明，但氣脈太今。」（《集釋》卷七）；〈南溪始泛〉三首，宋．胡仔《苕溪漁隱叢話》引《蔡寬夫詩話》云：「退之詩豪健雄放，自成一家，世恨其深婉不足。〈南溪始泛〉三篇，乃末年所作，獨為閒遠，有淵明風氣。」（《集釋》卷十二引）由此可知韓愈確曾師法陶詩。然而這一類詩歌，在韓愈作品中，究竟屬於極少數之例子。韓愈嘗謂：「姦窮變怪得，往往造平淡。」關於韓詩學陶之問題，或許應作如是觀。

至於謝靈運，前賢多賞其天資奇麗，運思精鑿，以險為主，自然為工，鮑照比之為「初日芙蓉」，湯惠休擬之如「芙蓉出水」，敖孫陶喻之為「東海揚帆，風日流麗。」韓愈〈薦士〉謂：「中間數鮑謝，比近最清奧。」靈運好山水之遊，所作山水詩，於流覽閒適之餘，時時浹洽理趣。故清．方東樹《昭昧詹言》卷四嘗謂：

四十　參見錢仲聯《韓昌黎詩繫年集釋》卷八，頁九一三。

讀陶公詩，專取其真事、真景、真情、真理、真不煩繩削而自合，謝鮑則專事繩削，其佳處則在以繩削而造於真。[四十一]

「真實自然」與「巧奪天工」，殆為陶謝詩最大分野。誠如清・姚範所言：「康樂詩頗多六代強造之句，其音響作澀，亦杜韓所自出。」[四十二]謝詩匠心獨運，思深氣沉，不輕率為文，其用字之嚴，較之韓愈、黃庭堅，實不遑多讓。

方東樹《昭昧詹言》卷四又云：

……學者取鮑謝奇警句法，而仍須自加以神明作用乃妙。深觀杜韓，則謝之為謝，杜韓之為善學，而妙皆自見矣。蓋杜韓能兼鮑謝，鮑謝不能有杜韓也。[四十三]

方東樹《昭昧詹言》卷四又云：

謝之比杜韓，則謝似班固，杜韓似史遷。[四十四]

韓愈每作山水之遊，皆有詩紀其事。如遊洛北惠林寺有〈山石〉，貶陽山時，有〈湘中〉、〈同冠峽〉、

[四十一] 見清・方東樹《昭昧詹言》卷四（台北，廣文書局，一九六二年八月）
[四十二] 見清・方東樹《昭昧詹言》卷四（台北，廣文書局，一九六二年八月）
[四十三] 同上。
[四十四] 同上。

〈貞女峽〉；由郴州赴江陵途中遊衡嶽廟，有〈謁衡岳廟遂宿嶽寺題門樓〉、〈岣嶁山〉；過洞庭有〈岳陽樓別竇司直〉之作，都是著名的紀遊之作。至於〈送惠師〉、〈遠游聯句〉則為記載他人之游蹤，寫景入細，而句法峭折，清新遠奧，此種格調，當淵源有自。如〈同冠峽〉、〈次同冠峽〉，清．朱彝尊評謂：「大抵師謝客而加以俊快。」。〈南山詩〉，清．徐震自山水詩之發展角度評曰：

> 以韻語刻畫山水，原於屈宋。漢人作賦，鋪張雕繪，益增繁縟。謝靈運乃變之以五言短篇，務為清新清麗，遂能獨闢蹊徑，擅美千秋。昌黎〈南山〉，取杜陵五言大篇之體，攝漢賦鋪張雕繪之工，又變謝氏軌躅，亦能別開境界，前無古人。[四十五]

再看韓愈詩在字句方面，取資謝靈運詩之處，更能說明兩人之淵源關係。如：

> 「明昏無停態，頃刻異狀候。」（〈南山〉）

出自：謝靈運〈石壁精舍還湖中作〉：「昏旦變氣候。」

> 「顧盼勞頸脰。」（〈南山〉）

出自：謝靈運〈初發彊中作〉：「顧盼脰未悁。」

[四十五] 見清．方東樹《昭昧詹言》卷四（台北，廣文書局，一九六二年八月）

「空懷焉能果。」（〈赴江陵途中寄贈王二十補闕李十一員外李二十六員外翰林三學士〉）

出自：謝靈運〈富春渚〉：「始果遠游諾。」李善注曰：「果猶遂。」

「日擕青雲客，探勝窮濱涯。」（〈送惠師〉）

出自：謝靈運〈登石門最高頂〉：「安得同懷客，共登青雲梯。」

「輾轉嶺猿鳴，曙燈青睒睒。」（〈陪杜侍御游湘西兩寺獨宿有題一首因獻楊常侍〉）

出自：謝靈運〈從巾竹澗越嶺西行〉：「猿鳴誠知曙。」

「猿鳴鐘動不知曙。」（〈謁衡岳廟遂宿嶽寺題門樓〉）

出自：謝靈運〈從巾竹澗越嶺西行〉：「猿鳴誠知曙。」而翻用之。

「孤游懷耿介。」（〈送湖南李正字〉）

出自：謝靈運〈過始寧墅〉：「束髮懷耿介。」

「心跡兩屈奇」（〈寄崔二十六立之〉）

出自：謝靈運〈齋中讀書〉：「心跡雙寂寞。」

「孰謂衡霍期，近在王侯宅。」（〈和裴僕射相公〉）

出自：謝靈運〈初發石首城〉：「息必廬霍期。」

「祕魂安所求。」（〈遠游聯句〉）

出自：謝靈運〈入彭蠡口〉：「異人祕精魂。」[四十六]

上述諸例，縱不能完全印證韓詩師法謝詩，然而韓愈飽飫謝靈運之作品，變化運用其詞句、意旨，殆為不爭之事實。

[四十六] 同註三十八

參．結論

就本文之考察，韓愈對先秦文學之取資，堅守「建立本色」之原則。因此，不論是體製、內涵、風格、氣象，或句法、用韻各方面，都視作品實際需要變化運用。對於《詩經》特別重視其諷諭之精神、比興之手法；對於《楚辭》，則傚法其憂愁幽思、怨而不亂之情懷，此所以能創造出典雅而不失自我風格之作品來。

至於韓愈對於漢代詩歌，有（一）援用樂府古題而變其體式者，如：〈琴操〉十首、〈劉生〉、〈有所思聯句〉、〈南山有高樹行贈李宗閔〉、〈猛虎行〉等詩。（二）援用漢代古詩而變其體式者，如：〈感春四首〉、〈病鴟〉、〈利劍〉、〈寄崔二十六立之〉、〈嗟哉董生行〉等詩。（三）有師法建安之格調者，如：〈赴江陵途中寄贈王二十補闕李十一員外李二十六員外翰林三學士〉、〈暮行河堤上〉、〈北極一首贈李觀〉、〈重雲一首李觀疾贈之〉、〈江漢一首答孟郊〉、〈答孟郊〉、〈歸彭城〉、〈醉贈張秘書〉、〈送靈師〉、〈送惠師〉各詩或述離別、或攄懷抱、或慰友疾、或刺傷亂、或褒惜僧徒，無不感事陳詞，筆力馳騁；詳切懇惻，氣骨遒勁。此當為韓愈枕籍建安，步武老杜之結果。因能於格調、氣象兩方面，上承漢魏風骨。

韓愈雖於〈薦士〉詩云：「逶迤抵晉宋，氣象日凋耗。」然因唐代舉進士，試以詩賦，不能不熟讀《文選》，故於選詩，亦有所取資。本文曾舉二十詩例為證，說明韓詩學《文選》。由此二十例觀之，可見韓愈對《文選》之取資，集中在六朝詩文之字句方面。清．章學誠嘗謂：「韓退之曰：記事者必提其要，纂言者必鉤其玄。……蓋亦不過尋章摘句，以為撰文之資助爾。」韓詩之學《文選》亦可作如是觀。清．方東樹《昭昧詹言》卷五云：「以新意清詞意陳言熟意，惟明遠退之最嚴。政如顏魯公變右軍書，為古今一大界限。」[四十七]韓愈顯然激賞《文選》諸作之鍊字功夫，亦深知文字是日新之物，若陳陳相因，必日趨臭腐。故韓愈大體以六朝人之詩文字句為本源，而臨文之際，重加鑄鍊，此所以能既去陳言，又字字有來歷也。至於陶、謝詩，韓愈亦有所取資。於陶，取其天資高、趨詣遠，詩風沖淡自然。於謝，則取其運思精鑿，履險如夷。此所以韓愈山水之遊所作諸詩，每每鏤景入細，句法峭折也。

原載於：國立中興大學中文系主編：《興大中文學報》，第六期，（一九九三年一月）頁一一七至一四四。

[四十七]見清．方東樹《昭昧詹言》卷五（台北，廣文書局，一九六二年八月）

三、韓杜關係論之察考

壹・前言

韓愈繼李杜之後，崛起於中唐，成為貞元元和時期之大詩人。然而古人對韓愈之詩歌作品卻呈現愛憎參半之兩極態度；愛者認為「雖杜甫亦有所不及」，憎者則貶為「雖健美富贍，終不是詩」。其實，韓詩自有一種「雄直之氣，恢詭之趣，足以鼎峙天壤，模範百世。」[一]李、杜、韓三家詩各有極詣，早在唐司空圖〈題柳柳州集後〉，即已指出：「韓吏部歌詩數百首，其驅駕氣勢，若掀雷挾電，撐抉於天地之間，物狀奇怪，不得不鼓舞而徇其呼吸也。」[二]清沈德潛《唐詩別裁》卷七亦云：「昌黎從李杜崛起之後，能不相沿襲，別開境界，雖縱橫變化不迨李杜，而規模堂廡，彌見闊大，洵推豪傑之士。」[三]韓愈在詩史中獨樹一幟、自成家言之地位誠然不可動搖。然而論及韓愈與前輩作家之關係時，又以杜甫最受矚目。歷代詩文評論者，對杜韓關係也有較多討論。本文擬根據現存資料，針對韓詩學杜之問題，進行較為細密之探討。或能印證前賢之論見，對韓愈與杜甫之關係，更深入了解。

一　參見陳三立序程學恂《韓詩臆說》語。詳見程學恂《韓詩臆說》卷一（臺灣商務印書館，一九七〇年七月）

二　吳文治編《古典文學研究資料彙編：柳宗元卷》（北京：中華書局，一九六四年）頁十六。

三　詳見吳文治《韓愈資料彙編》（台北，學海出版社，一九八四年四月）頁一一三五。

貳・韓愈詩中之杜甫

就《韓昌黎集》來看，韓愈僅僅對少數當代詩人表示推許。如：〈送孟東野序〉云：「唐之有天下，陳子昂、蘇源明、元結、李白、杜甫、李觀，皆以所能鳴。其存而在下者，孟郊東野始以其詩鳴，其高出魏晉，不懈而及於古，其他浸淫乎漢氏矣。」就是一個明顯的例證。宋祈《新唐書・杜甫傳》特別指出：「昌黎韓愈於文章慎許可，至歌詩獨推曰：『李杜文章在，光燄萬丈長』誠可信云。」（《新唐書》卷二百零一）統計韓愈提及杜甫之詩篇，共有六首，分別是：〈醉留東野〉、〈感春四首〉之二、〈薦士〉、〈石鼓歌〉、〈酬司門盧四兄雲夫院長望秋作〉、〈調張籍〉。

貞元十四年春，孟郊離開汴州，臨行賦詩作別，韓愈作〈醉留東野〉以酬之。其中有四句云：「昔年因讀李白杜甫詩，常恨二人不相從。吾與東野生並世，如何復躡二子蹤？」在此，透露韓愈昔年嘗讀李杜詩，對於李杜不能長相過從，深感遺憾。細察李杜相互投贈之作，至少有下列數首：如杜甫〈送孔巢父〉詩云：「南尋禹穴見李白，道甫問訊今如何。」〈不見〉詩云：「不見李生久，佯狂真可哀。」〈春日憶李白〉詩云：「何時一樽酒，重與細論文？」李白〈送杜二〉詩云：「何時石門路，重有金樽開？」〈沙丘城下寄杜甫〉詩云：「思君若汶水，浩蕩寄南征。」這些詩，大概便是「常恨兩人不相從」一語之所本。而韓愈儼然將自己與李杜相提並論。

此外，韓愈在〈感春四首〉之二有六句云：「近憐李杜無檢束，爛漫長醉多文辭，屈原〈離騷〉

二十五，不肯餔啜糟與醨。惜哉此子巧言語，不到聖處寧非癡？」這四首詩是韓愈於憲宗元和元年掾江陵，擔任法曹參軍時所作。憲宗即位，雖使韓愈自郴州移官江陵，卻仍受到朝中政敵之制壓，心中之抑鬱，自不待言。因此不免認同李杜之頹廢好酒、爛漫長醉來！按李白〈春日醉起言志〉云：「處世若大夢，胡為勞其生？所以終日醉，頹然臥前楹。」又〈月下獨酌〉四首之三云：「一尊齊死生，萬事固難審。醉後失天地，兀然就孤枕。」杜甫〈杜位宅守歲〉詩云：「誰能更拘束，爛醉是生涯。」這種酒傾愁即不來，醉後不知有身之生活態度，對照堅持獨醒的屈原，那麼屈原顯然是個不到「聖處」（酒）之癡人。韓愈之真意其實並不是譏嘲屈原，而是借屈原發洩自身之感慨。

又韓愈在〈薦士〉詩中云：「國朝盛文章，子昂始高蹈。勃興得李杜，萬類困陵暴。後來相繼生，亦各臻閫隩。」這是就詩歌源流論述唐以來重要詩人。所謂「萬類困陵暴」，當是以奇險硬語形容李杜勃然崛起、無人抵擋之態勢，意在表達韓愈極度之推崇。至如〈石鼓歌〉曰：「張生手持〈石鼓文〉，勸我試作石鼓歌。少陵無人謫仙死，才薄將奈石鼓何？」又〈酬司門盧四兄雲夫院長望秋作〉曰：「嗟我小生值強伴，怯膽變勇神明鑑。馳坑跨谷終未悔，為利而止真貪饞。高揖群公謝名譽，遠追甫白感至誠。樓頭完月不共宿，其奈就缺行攕攕。」則以十分虔敬之語氣表示李杜在心中之份量。

韓集提及李杜之詩篇，最值得重視的當推〈調張籍〉，詩云：

> 李杜文章在，光焰萬丈長。不知群兒癡，那用故謗傷？蚍蜉撼大樹，可笑不自量。伊我生其後，

舉頸遙相望。夜夢多見之，晝思反微茫。徒觀斧鑿痕，不矚治水航。想當施手時，巨刃磨天揚。
垠崖劃崩豁，乾坤擺雷硠。惟此兩夫子，家居率荒涼。帝欲長吟哦，故遣起且僵。翦翎送籠中，
使看百鳥翔。平生千萬篇，金薤垂琳琅。仙官敕六丁，雷電下取將。流落人間者，太山一毫芒。
我願生兩翅，捕逐出大荒。精神忽交通，百怪入我腸。刺手拔鯨牙，舉瓢酌天漿。騰身跨汗漫，
不著織女襄。顧語地上友，經營無太忙。乞君飛霞珮，與我高頡頏。

這首詩，據清・方世舉《昌黎先生詩集注》之說法，是「有為而作」的。因為，同代詩人白居易在〈與元九書〉中大肆抨擊李杜詩缺乏風雅比興，頗有「李杜交譏」之傾向，而與白居易倡和之元稹也在〈杜工部墓系銘〉之中「揚杜貶李」；韓愈深不以為然，遂作此詩以平抑元、白。張籍雖為韓門弟子，其樂府詩卻與元、白之作風相近，因此，韓愈在詩題中著一「調」字，除了「調侃嘲戲」之外，恐怕也有一份「啟發調教」之意！

全篇四十句，起首六句是讚美李杜之名言。謂李杜詩文留存後世，如萬丈光燄，千古常照。不知何故，竟有愚兒，詆毀中傷？猶如蚍蜉欲撼大樹，可笑不知量力。「伊我」四句，描述自己對李杜之崇仰。所謂「舉頸相望」、「夜夢」、「晝思」，都在表白嚮慕之誠。「徒觀」六句，以夏禹治水作比，謙稱雖讀李杜詩文，未能窮源竟委，一探李杜之創作歷程。猶如雖見治水遺跡，卻難知夏禹治水之航程。續以夏禹疏鑿山峽比擬李杜之下筆為文，設想巨斧一揮，垠堐分裂，參天巨石，搖落谷底，發出如雷巨響。這種化虛為實之手法，雖非韓愈之獨創，然就比擬之巧、氣勢之雄、造語之奇而言，

韓愈堪稱獨步。「惟此」六句，筆峰一轉，接敘李杜家居荒涼、不遇於時之命運。韓愈將李杜在世之處境歸為天意，謂係天帝欲其永遠吟哦，遂使二人苦樂相繼、沉浮不定，一如剪去翎羽之籠鳥，無法振翅高翔。「平生」六句，敘李杜詩文留存至今，不過百千之一而已，其作有如金薤之書、琳琅美玉，早為天帝　令六丁六甲所收取，此蓋暗指今人所見，既非全文，豈可妄自謗傷？「我願」八句，謂己願化生兩翅，於天地八荒之中，上下求索；出於至誠，往往能與李杜之精神相感通，吸取千奇百怪之詩境，入我肚腸。吾詩遂能高至於酌天漿，深至於能拔鯨牙；騰身跨上汗漫宇宙，無需穿著織女之天衣。在此，韓愈自述追隨李杜之心得，可謂是對李杜無上之推崇。結尾四句，評論張籍作詩，經之營之，無乃太忙？因而奉勸他一同向李杜學習。

誠如宋・胡仔《苕溪漁隱叢話》引《雪浪齋日記》所評：「退之參李杜，透機關，於〈調張籍〉詩見之。」[四]韓愈在〈調張籍〉詩中，觝排後人對李杜詩之苛責，揭示李杜詩之精神特質，貢獻自己上下求索、追隨李杜之經驗，並且以這一首詩作為示範。不論創意鑄言，都是戛戛獨造，本身便是光燄萬丈之奇觀。

由於前述六首韓詩，皆為李杜並舉，因此，一些清代詩評者如：沈德潛在《唐詩別裁》卷七、趙翼《甌北詩話》卷三，皆主張：「昌黎則李杜並尊。」其實，韓愈學杜多於學李，歷代詩評者對於杜、

四　見宋・胡仔《苕溪漁隱叢話前集》卷十六，轉引吳文治《韓愈資料彙編》（台北，學）

韓關係之討論也遠超過李、韓。根據錢仲聯《韓愈詩繫年集釋》所附〈集說〉來統計，前人論及韓愈學杜或持與杜詩作比較之篇章，至少有：（一）〈青青水中蒲〉（二）〈此日足可惜一首贈張籍〉（三）〈古意〉（四）〈答張十一功曹〉（五）〈赴江陵途中寄贈王二十補闕李十一拾遺李二十六員外翰林三學士〉（六）〈岳陽樓別竇司直〉（七）〈永貞行〉（八）〈寒食日出游夜歸張十一院長見示病中憶花九篇因此投贈〉（九）〈答張徹〉（十）〈南山詩〉（十一）〈贈崔立之評事〉（十二）〈送文暢師北游〉（十三）〈祖席二首〉（十四）〈送侯參謀赴河中幕〉（十五）〈石鼓歌〉（十六）〈奉和庫部盧四兄曹長元日朝迴〉（十七）〈盆池五首〉（十八）〈晉公破賊回重拜台司以詩示幕中賓客愈奉和〉（十九）〈左遷至籃關示姪孫湘〉（二十）〈宿曾江口示姪孫湘二首〉（二一））〈詠燈花同侯十一〉（二二）〈早春呈水部張十八員外二首〉（二三）〈奉和杜相公太清宮紀事陳誠上李相公十六韻〉（二四）〈和水部張員外宣政衙賜百官櫻桃詩〉。而前人論及韓愈學李之篇章僅僅以下數篇：（一）〈調張籍〉（二）〈雜詩〉（三）〈盧郎中雲夫寄示送盤谷子詩兩章歌以和之〉。

清・王闓運《湘綺樓說詩》卷一便指出：「韓愈並推李、杜，而實專於杜。」[五]

考其原因，或是性情與信念上的差異所致。李白天才橫溢、狂放不羈、好酒鍊丹、學仙學劍、從來不是適合官場之人；而韓愈則為學問篤實、排拒佛道的官紳型詩人，一生宦海浮沉，飽經世故，卒

五　見清・王闓運《湘綺樓說詩》卷一　轉引自吳文治《韓愈資料彙編》（台北，學海出版社，一九八四年四月）頁一五六〇

於官守。按宋・周必大《二老堂詩話》云：

子美詩「自比稷與契」，退之詩云「事業窺稷契」。子美未免儒者大言，退之實欲踐之也。[六]

又清・方東樹《昭昧詹言》卷八云：

杜韓盡讀萬卷書，其志氣以稷、契、周、孔為心，又於古人詩文變態萬方，無不融會於胸中，而以其不世出之筆力，變化出之，此豈尋常齷齪之士所能辨哉！[七]

可見韓愈與杜甫有較多之相似性，韓愈學杜多於學李，也就不難理解。

參・前賢對杜韓關係之討論

歸納前人評論杜韓關係之資料，大概可分為五類：一是杜韓作風之比較，二是自用韻推測詩作之承襲關係，三是自句法之相類說明韓愈之學杜，四是自用意之相類推斷韓愈之學杜，五是自作法之相類推斷韓愈之學杜。

（一）關於杜韓作風之分析比較

（一）關於杜韓作風之分析比較。如宋・張戒《歲寒堂詩話》卷上有云：

六　見宋・周必大《二老堂詩話》轉引自吳文治《韓愈資料彙編》（台北，學海出版社，一九八四年四月）頁三八三

七　清・方東樹《昭昧詹言》卷八（臺北，廣文書局，一九六二年八月）

退之詩，大抵才氣有餘，故能擒能縱，顛倒崛奇，無施不可。放之則如長江大河，瀾翻洶湧，滾滾不窮；收之則藏形匿影，乍出乍沒，姿態橫生，變怪百出，可喜可愕，可畏可服也。蘇黃門子由有云：唐人詩當推韓、杜，韓詩豪，杜詩雄，然杜之雄亦可以兼韓之豪也。此論得之。詩文字畫，大抵從胸臆中出，子美篤於忠義，深於經術，故其詩雄而正；李太白喜任俠，喜神仙，故其詩豪而逸；退之文章侍從，故其詩文有廊廟氣。退之詩正可與太白為敵，然二豪不並立，當屈退之第三。八

此段評論分析比較李、杜、韓、三家詩之作風，十分精闢，值得注意。轉引蘇子由之精語，尤有意義。張介強調韓愈之才情，認為韓詩雄奇變怪、波瀾壯闊之風格，都是才情所致，若從〈進學解〉來看，韓愈其實下過極深的學者功夫。杜甫也自稱「讀書破萬卷」，可見杜韓都是以學問為根柢的詩人。韓文杜詩所以號稱「不蹈襲」，所以被譽為「無一字無來歷」，原因在此。韓愈「約六經為文」，杜甫「篤於忠義，深於經術」，卻同樣對於古人詩文種種技巧境界，融會胸中，變化運用。然因性情或際遇之相異，而有不同之作風。就所謂「韓詩豪，杜詩雄，然杜之雄亦可以兼韓之豪也。」不難獲悉杜甫之博大。此外，明．李東陽《懷麓堂詩話》云：

詩有五聲，全備者少，惟得宮聲者最優。蓋可以兼眾聲也。李太白、杜子美之詩為宮，韓退之

八 見清．張介《歲寒堂詩話卷上》轉引吳文治《韓愈資料彙編》（台北，學海出版社，一九八四年四月）頁二五八。

為角，以此例之雖百家可知也。[九]

其所謂「杜為宮聲，韓為角聲」從某一角度來看，正是「杜可以兼韓」之意。至於清・王士禎《帶經堂詩話》卷一則云：

宋明以來詩人，學杜子美者多矣。予謂退之得杜神，子瞻得杜氣，魯直得杜意，獻吉得杜體，鄭繼之得杜骨，它如李義山、陳無己、陸務觀、袁海叟輩又其次也，陳簡齋最下。《後村詩話》謂簡齋以簡嚴掃繁縟，以雄渾代尖巧，其品格在諸家之上，何也？[十]

則是從另一角度分析杜韓作風之關係。王士禎是清代「神韻說」之代表人物，其所謂「神」、「氣」、「意」、「體」、「骨」，皆有詩學批評之特定意義，在此不擬深入探討其內涵；但是，由此不難獲悉韓愈之學杜，絕非僅僅在形式一面，而是在精神氣象一面。清・方東樹《昭昧詹言》云：

韓、蘇之學古人，皆求與之遠，故欲離而去之以自立。明以來詩家，皆求與人似，所以成剽竊滑熟。[十一]

九　見明・李東陽《懷麓堂詩話》轉引自吳文治《韓愈資料彙編》（台北，學海出版社，一九八四年四月）頁七一二。
十　見清・王士禎《帶經堂詩話》卷一　轉引自吳文治《韓愈資料彙編》（台北，學海出版社，一九八四年四月）頁七一二。
十一　清・方東樹《昭昧詹言》卷八（臺北，廣文書局，一九六二年八月）。

清・高宗御選《唐宋詩醇》亦云：

其壯浪縱恣，擺去拘束，誠不簡於李，其渾涵汪洋，千彙萬狀，誠不減於杜。而風骨崚嶒，腕力矯變，得李杜之神而不襲其貌，則又拔奇於二子之外，而自成一家。[十二]

皆為極正確之看法。所謂「學古人，求與之遠」、所謂「得其神而不襲其貌」也是學古人作品之金科玉律。然則韓愈學杜，究在何處別開生面？清・吳喬《圍爐詩話》卷二云：

于李杜後，能別開生路自成一家者，惟韓退之一人。既欲自立，勢不得不行其心之所喜奇崛之路。于李杜韓後，能別開生路者，惟李義山一人。既欲自立，勢不得不行其心之所喜深奧一路。[十三]

清・趙翼《甌北詩話》卷三云：

韓昌黎生平所心摹力追者，惟李杜二公。顧李杜之前，未有李杜；故二公才氣橫恣，各開生面，遂獨有千古。至昌黎時，李杜已在前，縱極力變化終不能再闢一徑。惟少陵奇險處，尚有可推擴，故一眼覷定，欲從此闢山開道，自成一家。此昌黎注意所在也。然奇險處亦自有得失。蓋

十二 見清高宗御選《唐宋詩醇》卷二七（台北，臺灣中華書局）頁五六八。

十三 見清・吳喬《圍爐詩話》卷二 轉引自吳文治《韓愈資料彙編》（台北，學海出版社，一九八四年四月）頁九六三。

少陵才思所到，偶然得之；而昌黎則專以此求勝，故時見斧鑿痕跡。有心與無心異也。其實昌黎自有本色，仍在「文從字順」中，自然博大，不可捉摸，不專以奇險見長。恐昌黎亦不自知，後人平心讀之自見。若徒以奇險求昌黎，轉失之矣。十四

吳喬指出韓愈為求自立，勢不得不走「奇崛」之路，以「奇崛」作為韓詩之基本風格，自然是十正確之看法。但看韓愈〈調張籍〉、〈薦士〉、〈送無本師歸范陽〉、〈嘲鼾睡〉、〈南山詩〉諸作即可證明。趙翼進一步說明韓愈追求「奇險」之原因，認為韓愈生平心摩力追之人惟李白、杜甫，而李杜早已各有樹立、不易超越，惟有杜甫「奇險」一面，尚有開拓空間，遂專力於此。然而韓詩尚有「文從字順」一面堪稱本色，值得注意。細按趙氏之說，頗為近實，像〈陸渾山火一首和皇甫湜用其韻〉、〈月蝕詩效玉川子作〉、〈雙鳥詩〉之類怪怪奇奇之作，或〈嗟哉董生行〉之類介乎詩文之間的詩篇，固然眩人耳目；較受後世注目的仍是：〈答張十一〉、〈縣齋讀書〉、〈盆池五首〉、〈晚春〉、〈題楚昭王廟〉之類平易沖淡的律絕；或〈山石〉、〈秋懷詩〉、〈感春四首〉、〈岳陽樓別竇司直〉、〈八月十五夜贈張功曹〉、〈謁衡岳廟遂宿岳寺題門樓詩〉之類，揉合陽剛、陰柔風格之古體詩。

（二）自用韻之相類推斷韓詩學杜。如宋・邵博《邵氏聞見後錄》卷十八曰：

十四 見清・趙翼《甌北詩話》卷三（廣文書局一九八二年九月出版，古今詩話叢編本）

杜子美〈飲中八仙歌〉「知章騎馬似乘船」，又「天子呼來不上船」，用兩「船」字韻；「汝陽三斗始朝天」，又「舉頭白眼望青天」，用兩「天」字韻。「蘇晉長齋繡佛前」，又「皎如玉樹臨風前」，又「脫帽露頂王公前」，用三「前」字韻。「眼花落井水底眠」，又「長安市上酒家眠」，用兩「眠」字韻。〈牽牛織女詩〉「蛛絲小人態，曲綴瓜果中」，又「防身動如律，竭力機杼中」，用兩「中」字韻。李太白〈高陽歌〉云：「鸕鶿杓，鸚鵡杯，百年三萬六千日，一日須傾三百杯」，用兩「杯」字韻。〈廬山謠〉云：「影落前湖青黛光，金闕前開三峰長」，又「翠影紅霞映朝日，鳥飛不到吳江長」，用兩「長」字韻。韓退之〈李花〉詩「冰盤夏薦碧實脆，斥去不御慚其花」，又「誰將平地萬堆雪，剪刻作此連天花」，用兩「花」字韻。〈雙鳥〉詩「兩鳥各閉口，萬象銜口頭」，又「百舌舊饒聲，從此常低頭」，用兩「頭」字韻。〈示爽〉詩「冬豈不夜長，達旦燈燭然」，又「此來南北近，里閭故依然」，用兩「然」字韻。〈猛虎行〉「猛虎死不辭，但慚前所為」，又「親故且不保，人誰信汝為」，用兩「為」字韻。子美、太白、退之，於詩無遺恨矣。當自有體耶？[十五]

又宋・蔡夢弼《草堂詩話》卷二及宋・魏慶之《詩人玉屑》卷七亦有相似意見[十六]。《詩人玉屑》引《孔

十五 見宋・邵博《邵氏聞見後錄》卷十八 轉引自吳文治《韓愈資料彙編》（台北，學海出版社，一九八四年四月）頁二一〇。

十六 見宋・魏慶之《詩人玉屑》（臺灣商務印書館人人文庫本，一九八三年九月）頁一三三。

毅夫雜記》指責「韓愈好押狹韻累句以示工，而不知重疊用韻之為病也。」[十七]歷來都認為韓愈這類用韻方式學自杜甫〈飲中八仙歌〉。其實《昭明文選》所收〈古詩〉、曹子健〈美女篇〉、謝靈運〈述祖德詩〉、〈南圃〉、〈初去郡〉，陸機〈擬古詩〉、阮籍〈詠懷詩〉、江淹〈雜體詩〉、王粲〈從軍詩〉，都有重疊用韻之現象，例證甚多，履見不鮮。因此蔡夢弼以為「杜子美、韓退之蓋亦倣古人之作。」魏慶之又另舉出韓愈〈贈張籍〉、〈岳陽樓別竇司直〉、〈盧郎中雲夫寄示盤谷子詩兩章歌以和之〉、〈此日足可惜〉等作亦重疊用韻。

（三）自句法之相類推斷韓愈之學杜。如宋・王楙《野客叢書》卷七〈韓用杜格〉曰：

杜子美〈逢李龜年〉詩曰：「岐王宅裡尋常見，崔九堂前幾度聞。正是江南好風景，落花時節又逢君。」韓退之〈井〉詩曰：「賈宜宅中今始見，葛洪山下昔曾窺。寒池百尺空看影，正是行人　死時。」杜詩：「老妻畫紙為棋局，稚子敲針作釣鉤。」韓詩：「已呼儒人戛鳴瑟，更遣稚子傳清杯。」因知韓詩亦自杜詩來。[十八]

又宋・范晞文《對牀夜語》卷一也自句法說明韓愈之學杜甫：

[十七] 見宋・魏慶之《詩人玉屑》（臺灣商務印書館人人文庫本，一九八三年九月）頁一三三。
[十八] 見宋・王楙《野客叢書》卷七〈韓用杜格〉（新文豐出版公司一九八四年六月，叢書集選本）頁六十三。

子厚：「西岑極遠目，毫末皆可了。」老杜有：「齊魯青未了。」劉禹錫：「一方明月可中庭。」老杜有「清池可方舟。」退之：「綠淨不可唾。老杜：「自為青城客，不唾青城池。」乃知老杜無所不有。[十九]

杜甫聲稱「語不驚人死不休」，韓愈力求「橫空盤硬語，妥貼力排奡」，韓愈在句法上肯定學自杜甫。從上引二例，已使用「不易其意而造其語」之法，此種變化成句的方法，正是黃山谷的換骨法。

（四）自用意之相類推斷韓愈之學杜。宋．王楙《野客叢書》卷二三〈韓杜詩意〉曰：

子美〈螢〉詩曰：「幸因腐草出，敢近太陽飛。未足臨書卷，時能點客衣。隨風隔幔小，帶雨傍林微。十月霜露重，飄零何處歸。」退之詩曰：「朝蠅不須驅，暮蚊不須拍。蠅蚊滿八區，可盡與相革。得時能幾時，與汝恣啖咋。涼風九月到，埽不見蹤跡。」二詩皆一意，所以諷當世小人妄作威福者爾。[二十]宋．范晞文曰：「疾惡之意一也。然杜婉微而韓急迫。」[二十一]

此種不變詩旨而改變措辭之法，正是黃山谷「規模其意而形容之」的奪胎法。

十九 見宋．范晞文《對牀夜語》卷一 轉引自吳文治《韓愈資料彙編》（台北，學海出版社，七十三年四月）頁五九〇。

二十 見宋．王楙《野客叢書》卷二十三 〈韓杜詩意〉新文豐出版公司叢書選本，頁二二九。

二十一 見錢仲聯《韓昌黎詩繫年集釋》，頁二四四。

（五）自作法之相類推斷韓詩之學杜。 如清・方東樹《昭昧詹言》卷十一〈總論七古〉曰：

詩中夾以世俗情態、困苦危險之情，杜公最多，韓亦有之。山水風月，花鳥物態，千奇萬狀，天機活潑，可驚可喜，太白、杜公、坡公三家最長。古今興亡成敗，盛衰感慨，悲涼抑鬱，窮通哀樂，杜公最多，韓公亦然。以事實典重飾其用意，加以造創奇警，語不驚人死不休，此山谷獨有；然亦從杜中得來者，不過加以造句耳。雜以嘲戲，諷諫詼諧，莊語悟語，隨興生感，隨事而發，此東坡之獨有千古也。[二十二]

再如清・陳衍《石遺室詩話》卷二十四曰：

杜陵古詩，往往將後面意撮在前面預說，使人不易看出線索。退之作文之善於蔽掩，即此法也。[二十三]

杜韓在作法方面確有許多相似之處，據筆者之考察，杜甫詩〈惡樹〉、〈枯柟〉、〈病柏〉、〈枯椶〉、〈江頭五詠〉等託物為喻之手法，韓愈皆加以承襲，在韓詩〈岐山下〉、〈鳴雁〉、〈雜詩四首〉、〈雙鳥詩〉、〈病鴟〉、〈射訓狐〉、〈南山有高樹行贈李宗閔〉等託鳥為喻之詩作中，充分

[二十二] 見清・方東樹《昭昧詹言》卷十一，（臺北，廣文書局，一九六二年八月）。
[二十三] 見清・陳衍《石遺室詩話》卷二十四，轉引自吳文治編《韓愈資料彙編》頁一五八六。

發揮運用。詳見拙著〈試論韓愈七首託鳥為喻之古體詩〉。[二十四]

肆．韓詩學杜之審辨

在前賢論杜韓二家關係之資料中，亦有直指某首韓詩出於某首杜詩者，此種資料數量最多，出入也較大，茲舉數例。如宋・曾季貍《艇齋詩話》曰：「韓退之〈南山〉詩，用杜詩〈北征〉詩體作。」清・朱彝尊《批韓詩》謂韓愈〈岳陽樓別竇司直〉、〈赴江陵途中寄贈王二十補闕李十一拾遺李二十六員外翰林三學士〉「近〈北征〉」。清・黃鉞《昌黎詩增注證訛》謂韓詩〈此日足可惜一首贈張籍〉「頗似老杜〈北征〉，第微遜其紆餘卓犖耳。」清・沈欽韓《韓集補注》謂韓詩〈古意〉「與杜甫〈望西嶽〉作意趣同。」清・顧嗣立《昌黎先生詩集注》謂韓詩〈答張徹〉「通首用對句，而以生峭之筆行之，便與律詩大別。少陵〈橋陵〉詩便是此種。」清・李黼平《讀杜韓筆記》謂韓詩〈送侯參謀赴河中幕〉可以和杜甫〈送樊侍御赴漢中〉、〈送長孫侍御赴武威判官〉、〈送從弟亞赴河西判官〉、〈送韋評事充同谷判官〉諸作爭勝。清・朱彝尊謂韓詩〈盆池五首〉「俚語俚調，直寫胸臆，頗似少陵〈漫興〉、〈尋花〉諸絕。」宋・范溫《潛溪詩眼》謂韓詩〈和水部張員外宣政衙賜百官櫻桃詩〉蓋學老杜〈櫻桃詩〉，「然搜求事跡，排比對偶，其言出於勉強，所以相去甚遠。」[二十五]茲略作審辨如次：

[二十四] 詳見《文史學報》十九期，（國立中興大學，七十八年三月）頁三七至五三。

[二十五] 詳見錢仲聯《韓昌黎詩繫年集釋》各相關篇目。

首就韓愈〈古意〉與杜甫〈望岳〉來看，兩詩皆以華山之傳說為題材。韓愈是從華山之千葉蓮生出感興，強烈表示一種期待君上「膏澤下流」之意旨。而杜甫則句句點題，對華山路徑之險仄，極力形容一番，最後以華山多仙跡，亟欲尋訪仙源作結。二詩之作意，其實性質不同。

其次就韓愈〈縣齋有懷〉、〈答張徹〉來看，與杜甫〈橋陵三十韻因呈縣內諸官〉最大的相似處是：皆為五言長篇排律體。而〈縣齋有懷〉之篇幅達八十句，〈答張徹〉之篇幅達一百句，均較杜作六十句為長。〈答張徹〉刻意使用生峭之筆法、新奇之屬對，組構成篇；〈縣齋有懷〉還使用仄韻變格，不論運思、對仗都比杜作遒鍊。

再就韓愈〈此日足可惜一首贈張籍〉與〈南山〉來看，其承襲杜甫〈北征〉之跡象則較為明顯。〈此日足可惜一首贈張籍〉與〈北征〉同為一百七十句，七百字之長篇五古。韓愈在詩中追溯與張籍結交之初以至今日相別之經過，字字從胸中流出，時而縷敘自身之經歷，全無對偶，卻不覺冗長零散。至於〈南山〉一首極力鋪張南山形勢之險峻，靈異飄緲，光怪陸離。尤其中間連用五十一或字，再用十一疊字，雄奇恣縱，若無過人之才華，必不敢輕易嘗試。其實〈南山〉之格調與〈北征〉並不相同。清・方世舉以文章比況五言長篇，認為杜甫之〈北征〉屬「序體」，而〈南山〉屬「賦體」。程學恂《韓詩臆說》謂〈南山詩〉，乃「變杜之體與相抗者也」。如〈此日足可惜一首贈張籍〉則是「同杜之體與相和者也。」[二十六]張夢機先生曾比較杜甫〈北征〉與韓愈〈南山〉，謂：

在風格上，〈北征〉憂念時事，沉壯鬱勃，〈南山〉以賦為詩，奇崛壯麗。在用筆上，〈北征〉工敘情事，善用景情相契的創作手法；〈南山〉虛摹物狀，極盡翻空逞奇的高度技巧。在章法上，〈北征〉波瀾老成，開闔盡變；〈南山〉蹊徑曲折，鋮縷細密。至於聲律上，則〈北征〉〈南山〉都珞平側相諧，音調合古。四者之中，三異一同，各臻極詣，互有千秋。」[二十七]

由此可見韓愈學杜，又處處想超越杜甫之精神十分堅定。

再看韓愈〈送侯參謀赴河中幕〉與杜甫〈送樊侍御赴漢中〉、〈送長孫侍御赴武威判官〉、〈送從弟亞赴河西判官〉、〈送韋評事充同谷判官〉四首。據《舊唐書》：至德二載二月，肅宗幸鳳翔，杜甫至鳳翔在夏四月，拜左拾遺。杜甫在鳳翔所作之五古作品，送判官者即有四篇，各篇之章法、結構皆不同。其時戰亂方殷，天子蒙塵，朝中急需賢臣。杜甫在四首詩中，或敘時事、或詳委任，或表諸判官氣節、才幹、弘濟之能；或敘彼此交誼，或寫諸判官之勤於王事；無不感慨悲壯，諄諄付託，冀其撥亂反正，與尋常之送別迴然不同。韓愈與侯繼於貞元八年同舉進士，元和四年又曾同官學省，韓愈擔任過國子博士，侯繼擔任助教。當時侯繼應河中晉絳慈隰節度使王鍔之辟，因作〈送侯參謀赴

二十六 見程學恂《韓詩臆說》臺灣商務印書館，頁四。
二十七 見張夢機〈杜甫北征與韓愈南山詩之比較〉《學粹》十七卷二期，一九七五年六月。

河中幕〉一詩以贈之。此詩亦五古長篇，前半追敘彼此交誼，後半正敘赴河中幕；詩中殷殷寄望侯繼襄助王鍔討平亂事，活彼黎烝。韓愈此詩前人雖有「板實」、「粗硬」之誚，與杜甫四首，確有若干相近之處。然非亦步亦趨之仿擬，而是承襲杜甫真誠告語，諄諄付託之精神。

再看韓愈〈盆池五首〉與杜甫〈漫興〉、〈尋花〉諸絕句。杜甫經營草堂之時間大致是在上元元年，旅況客愁，極無聊賴，興之所至，遂用竹枝樂府之情調，寫成〈絕句漫興九首〉、〈江畔獨步尋花七絕句〉。〈絕句漫興九首〉是惱春之詞，失意之人，雖見春光爛漫，亦覺無所聊賴。「客愁」既為九首之主腦，因此，杜甫借春風以寄牢騷，借燕子以寓感慨；時而有及時行樂之意，時而有傲睨萬物之思。於是酌酒而飲，聊以自適，感慨以終篇。仇註引申涵光之評語謂此九首，頗有鄙俚之語如：「恰似春風相欺得，夜來吹折數枝花」、「莫思身外無窮事，且盡生前有限杯」、「糝徑楊花鋪白氈」，都是例子。這種絕句之寫法，既不似王龍標之渾圓一氣，亦不同於李太白之超軼絕塵，因此不可仿傚。〈江畔獨步尋花七絕句〉亦為徜徉於浣花溪畔之作，與九絕句可視為一類。這七首借「獨步尋花」自嘲顛狂。首章言為花所惱，末章卻疼惜花盡。原來「不是愛花即欲死，只恐花盡老相催」；「悲老惜少」才是全詩之主旨。綜觀杜甫十六首絕句之情調，除去「俚語俚調」、「諧語為戲」之外，與韓愈之〈盆池五首〉並不相同。韓愈多一份體物入微之情趣，而無客愁、悲老之牢騷，小小盆池，寫得熱鬧非凡；其中「忽然分散無蹤影，惟有魚兒作對行」、「且待夜深明月去，試看涵泳幾多星」頗為後人所樂道。

再看韓愈〈石鼓歌〉與杜甫〈李潮八分小篆歌〉。〈李潮八分小篆歌〉一向被視為韓愈、蘇軾〈石鼓歌〉之祖。李潮是杜甫之外甥，擅長八分書，留存後世之書跡有〈唐慧義寺彌勒像碑〉、〈彭元曜墓誌〉，在當時名氣很高。大曆初，相逢於巴東，杜甫作此詩盛讚其成就。此詩為七言古體，共二十八句，大略分為四節：先敘篆書源流，次稱李潮書法，中讚其書得古人真宗，末結以作歌之意。篇中敘書學源流十分詳備，拉雜緣引古今書家，作為陪襯，以突顯李潮八分書之特異出眾。「書貴瘦硬方通神」是杜甫論書之宗旨，又以「快劍長戟森相向」、「蛟龍盤拏肉倔強」等形像語形容李潮八分書之瘦硬，末尾「我今衰老才力薄，潮乎潮乎奈汝何」二句極力讚歎李潮作結。對照韓愈之〈石鼓歌〉起首四句，「張生手持〈石鼓文〉，勸我試作石鼓歌。少陵無人謫仙死，才薄將奈石鼓何？」歷來都認為學自杜甫。〈石鼓歌〉之章法，亦可分為四節：首敘石鼓之來源，次讚張生之紙本；中發議論，力促朝廷重視石鼓；末以石鼓亟待收拾，感歎作結。讚歎石鼓文紙本字形有「年深豈免有缺畫，快劍斫斷生蛟鼉。鸞翱鳳翥眾仙下，珊瑚碧樹交枝柯。金繩鐵索鎖紐壯，古鼎躍水龍騰梭。」之句，明顯承襲杜甫。清・王士禛《池北偶談》云：

〈筆墨閒錄〉云：退之〈石鼓歌〉，全學子美〈李潮八分小篆歌〉。此論非是。杜此歌尚有敗筆，韓〈石鼓〉詩雄奇怪偉，不啻倍蓰過之，豈可謂後人不及前人也。[二十八]

二十八 見清・王士禛《池北偶談》，轉引自錢仲聯《韓昌黎詩繫年集釋》頁八〇八。

清・翁方綱《石洲詩話》則謂：

〈石鼓歌〉固卓然大篇，然較之〈李潮八分小篆歌〉，則杜有停蓄抽放，韓稍直下矣。但謂昌黎〈石鼓歌〉學杜，則亦不然，韓此篇又自有妙處。[二十九]

李潮為杜甫之親戚，使杜甫作詩揄揚，不免著有主觀情感之色彩。頓挫節奏，較多縱橫轉折之妙。韓愈基於文物之關懷，較能客觀，為喚起朝廷重視石鼓，自不免一氣直下，缺乏「停蓄抽放」藻潤之美。然〈石鼓歌〉以形似之語，經營出典重瑰奇之氣勢，杜韓二詩其實各有所長。

最後看韓愈〈和水部張員外宣政衙賜百官櫻桃詩〉與杜甫〈野人送朱櫻〉。據唐・李綽《歲時記》云：「四月一日，內園薦櫻桃寢廟，薦訖，班賜各有差。」[三十]據《新唐書・文藝傳》：「中宗景龍二年夏，宴蒲桃園，賜朱櫻。」自此成為朝廷慣例。上元寶應年間，杜甫在成都，鄉民贈以西蜀朱櫻，忽憶昔日朝賜櫻桃之事，心有所感，因作七律〈野人送朱櫻〉一首。杜甫之外，唐人著名之詠櫻桃詩，尚有王維、韓愈二家。而韓愈一首，歷來皆被視為學杜之作。其實二詩感興不同。杜作發諸自然，韓詩則為唱和之作；杜作八句上四紀事，下四感懷，韓詩八句首二溯源，三四敕賜，五六正寫櫻桃，結二句慚汗欲報無路。杜甫因旅居成都，遙隔長安，故有「金盤玉箸無消息，此日嘗新任轉蓬」之歎；而韓愈則因

二十九 見清・翁方綱《石洲詩話》，轉引自錢仲聯《韓昌黎詩繫年集釋》頁八〇八。

三十 見清・仇兆鰲《杜詩詳註》卷十一，（台北里仁書局版），頁九〇二。

穆宗昏庸，不足有為，故有：「食罷自知無所報，空然慚汗仰皇扃」之感。可知韓愈〈和水部張員外宣政衙賜百官櫻桃詩〉或有取法杜甫〈野人送朱櫻〉之處，若謂此詩完全承襲杜甫，並不正確。

伍．結語

從以上之察考，可知宋代以降，論及韓愈與杜甫關係之資料，數量既多，且層面甚廣。韓愈平生心摹力追李杜，於杜甫詩藝，尤其嚮往。前賢不論自作風比較、、用韻模式、作法作意各方面進行銓衡，都能發現韓愈取法杜甫之蛛絲馬跡，「韓詩學杜」實為無可置疑之客觀事實。

宋人對杜韓下過極深工夫，對韓詩如何學杜，曾有發人深省之揭示，如：王楙《野客叢談》〈韓用杜格〉、〈韓杜詩意〉，已經指出韓愈學杜之密訣近似黃山谷「奪胎」「換骨」之法；只是為未曾理論化，並給與定名而已。宋・陳善《捫蝨新話》云：「文人自是好相採取，韓文杜詩號不蹈襲者，然無一字無來處。」又云：「大抵文字中自立語最難，用古人語又難於不露筋骨，此除是倒用大司農印手段始得。」[三十一]以高明之融鑄功夫，變化成句、吸納舊義，使之成為自家血肉筋骨，杜甫最是能手。韓愈詩之所以能橫空硬語、奇情鬱起，肯定學自杜甫。

清人趙翼對韓愈走向「奇崛」之路，作了甚具說服力之解釋，但亦提醒後人，韓愈「文從字順中自然博大」之作，更應重視。清人對韓愈繼承杜甫之後發揚光大之詩體，以五七言古體詩最為留意，

[三十一] 見宋．陳善《捫蝨新話》卷三，（台北新文豐出版公司，一九八四年六月版，叢書集選本），頁三〇。

認為：韓愈不僅不相沿襲，而且別開生面。這些意見，已是文學史之定論。

無可否認，某些直指某首韓詩「近似」杜詩，或某首韓詩「出於」杜甫之資料，固有其內在評斷標準，其說亦具一定參考價值；但是，單就題材、作法、結構方式之雷同，比附某首韓詩學杜，已不能饜足今人之要求，設若更從創作緣由、思想、意念、風格、諸層面檢視杜韓之類似性，或將更有理論意義。（完）

本文曾於：一九九〇年七月初在中國唐代學會編輯委員會主辦「唐代文化研討會」上宣讀，並發表於：國立中興大學中文系主編：《興大中文學報》第四期，（一九九一年）頁二一九至二三二。

四、論韓愈贈僧徒詩

韓愈一生以繼承孔孟，攘斥佛老為職志，在「匡救政俗之弊害，申明夷夏之大防」方面，確有其不可磨滅之功績，此為研究唐代文化史者所共知。但是，前賢在肯定韓愈闢佛的積極意義外，也對韓愈和僧徒道士交往頻繁不甚理解，由此引發不少質疑和討論。有的仍然肯定韓愈，有的自此否定闢佛；亦有採取調和之態度，以為韓愈雖闢佛，實於佛教有所取。

韓愈全集之中贈詩僧徒者十人，分別是：澄觀、惠師、盈上人、僧約、文暢、無本、廣宣、穎師、秀師；贈文者四輩，分別是：高閑、文暢、令縱、大顛。佛教對韓愈之影響，前修雖曾提出一些討論[一]，但是韓愈與僧徒之往來唱酬，究竟是別有所取？或如前人所謂的「存心戲侮」？仍有若干研議之餘地。以下擬以韓愈酬贈僧徒或與僧徒相涉諸詩為範圍，摭拾舊說，審辨作意，提出若干淺見；或能對此論題，略見廓清。

壹．前人對韓愈接觸僧徒之批評

由於韓愈一生文章，從未正面針對佛理加以論辯或指斥，因此歷來對於韓愈是否知曉佛理之問題，

一　以韓愈與佛教關係無論提之研究如：吳思裕〈韓愈李翱與佛教關係〉、董播〈韓愈與大顛〉、錢鍾書〈昌黎與大顛交往事〉、蘇文擢〈韓愈對佛教徒之接觸與態度〉、黎光蓮〈韓文公闢佛的研究〉，都有一定的價值。

有正反兩種對立之看法。最早柳宗元在〈送僧浩初序〉提出反面之意見：

儒者韓退之與余善，嘗病余嗜浮屠言，訾余與浮圖遊。近李生礎自東都來，退之又寓書罪余，且曰：「見送元生序，不斥浮圖。」浮圖誠有不可斥者，往往與《易》、《論語》合，誠樂之，其於性情奭然，不與孔子異道。退之所罪者跡也。……退之忿其外遺其中，是知石而不知韞玉也。[二]

此後宋人大都譏笑韓愈不知佛，宋僧契嵩《鐔津文集》更沿襲柳宗元之觀點，以龐大之篇幅非議韓愈，其基本的論據即韓愈不知佛。當然也有少數獨持異見的人，如宋．司馬光之〈書心經後贈紹鑑〉，便對韓愈是否通曉佛理題出正面之看法：

世稱韓文公不喜佛常排之。余觀其〈與孟尚書書〉論大顛云：「能以理自勝，不為事物侵亂。」乃知文公於書無所不觀，蓋嘗遍觀佛書，取其精粹而排其糟粕耳。不然，何以知「不為事物侵亂」，為學佛所先耶？今之學佛者自言得佛心、作佛事，然曾不免侵亂於事物。則其人果何如哉？[三]

二　見《柳宗元集》卷二十五，漢京文化事業公司，頁六七三。

三　見《溫國文正司馬公文集》卷六十九，轉引自吳文治《韓愈資料彙編》（台北，學海出版社，一九八四年四月）頁一二一。

此外宋・馬永卿《嬾真子》卷二亦云：

僕友王彥法善談名理，嘗謂世人但知韓退之不好佛，反不知此老深明此意。觀其〈送高閑上人序〉云：「今閑師浮屠氏，一死生，解外膠，是其為心，必泊然無所起；其於世，必淡然無所嗜。泊與淡相遭，頹隳委靡潰敗不可收拾。」觀此言語，乃深得歷代祖師向上休歇一路。其所見處，大勝裴休，且休嘗為《圓覺經・序》，考其造詣，不及退之遠甚。[四]

韓愈知佛不知佛，論者長期紛爭，未能取得共識。蘇文擢先生曾就天台、華嚴、禪宗三方面僧徒與韓愈師友弟子之接觸關係，推斷韓愈：「對佛『忿其外』而並不『遺其內』，『知石』，同時也是『知韞玉』的。」[五]對於韓愈闢佛而仍與僧徒往來接觸，前人之評騭也就有數種類型。第一種類型是認為韓愈踐道不純，流入異端而不自知。如宋・陳善《捫蝨新話》卷一云：

韓退之謂荀、揚為未純，以余觀之，愈亦恐未純。蓋有流入異端而不自知者。愈之〈原性〉以為喜怒哀樂皆出於情而非性，則流入佛老矣。〈原人〉曰：「一視而同仁，篤近而舉遠。」則流入墨氏矣。〈原道〉非莊周之剖斗折衡，而著論排三器，則與莊周何異？此則愈未純也。可

四　見吳文治《韓愈資料彙編》（台北，學海出版社，一九八四年四月）頁一二一。

五　見蘇文擢〈韓愈對佛徒之接觸與態度〉在氏所著《邃加室講論集》（文史哲出版社，七十四年十月增訂再版）頁三十一至五〇。

知愈闢佛老而事大顛，不信方士而服硫磺，未足多怪。[六]

陳善由此懷疑韓愈之學術立場與人格操持，當然是不公平的批評。況且〈原性〉、〈原人〉、〈原道〉、〈三器論〉諸文能否以陳善這種偏頗之角度來闡釋，實在大成問題。然而，與陳善之論見相似者卻頗不乏人。如元．李治《敬齋古今黈．逸文》卷二云：

退之論三子云：「孟氏醇乎醇者也；荀與揚，大醇而小疵。」然即韓之言而求韓之情，所謂荀揚之疵，亦自不免。退之生平挺特，力以周孔之學為學，故著〈原道〉等篇，觝排異端，至以諫迎佛骨，雖獲戾一斥幾萬里而不悔，斯亦足為大醇矣。奈何惡其為人而日與其親，又作為歌詩語言，以光大其徒，且示己所以相愛慕之深。有是心，則有是言；言既如是，則與平生所素蓄者，豈不大相反耶？[七]

所不同的是：李治僅對韓愈既排佛又親近僧徒所造成的矛盾提出異議而已，而未對韓愈之人格產生懷疑。但是，韓愈是否意在「光大其徒」，「示己所以相慕之深」亦有商榷餘地。

第二種類型是含混地揣摩韓愈贈詩贈文之用意。此又有正面肯定與負面否定之別。如元．方回《桐江集》卷二〈跋僧如川詩〉云：

六　轉引自吳文治《韓愈資料彙編》（台北，學海出版社，一九八四年四月）頁二五九。

七　轉引自吳文治《韓愈資料彙編》（台北，學海出版社，一九八四年四月）頁六一四。

> 韓子、歐陽子，於佛不喜其說而喜其人。韓之門有惠師、靈師、令縱、高閑、廣宣、大顛之徒。歐之門亦有秘演、惟儼、惠瓘、惠思。而契嵩之文，至以薦之人主。東坡山谷於佛喜其說，復喜其人。故辯材、淨東、補搃、佛印、參寥、琴聰、密殊順怡然、久逸老與坡遊。晦堂心死、心新、靈源、清、與谷尤相好也。士大夫嬰於簪紱，不有高人勝流為方外友，則其所存亦淺矣。[八]

方氏肯定韓愈雖不喜佛教，卻對僧徒無排斥之意。韓愈與僧徒之交接，與歐陽修、蘇東坡、黃山谷之與僧徒往來，在態度上並無不同。方氏大概以為「士大夫」必須要有「方外友」，才有這種看法。和方氏相反的是宋．劉克莊《後村詩話》云：

> 唐僧見於韓集者七人，惟大顛、穎師免嘲侮。高閑草書頗得貶抑，如惠、如靈、如文暢、如澄觀，直以為戲笑之具而已。靈尤跌蕩，至於醉花月而羅嬋娟，此豈佳僧乎？韓公方欲冠其顛。始聞澄觀能詩，欲加冠巾，及觀來謁，見其已老，則又潸然惜其無及，所謂善謔而不為虐者耶。[九]

按：《朱子語類》第一百三十九曾提及「唐僧多從士大夫之有名者討詩文以自華。」韓愈〈送文暢師北游〉便是應文暢之請所寫的，贈詩既為社交禮節，韓愈又有相當地位與聲望，不可能罔顧禮節，恣意戲嘲。與劉氏相同者還有趙令峙《侯鯖錄》：「退之不喜僧，每為僧作詩，必隨其深淺而侮之。」

八　轉引自吳文治《韓愈資料彙編》（台北，學海出版社，一九八四年四月）頁六二九。

九　轉引自吳文治《韓愈資料彙編》（台北，學海出版社，一九八四年四月）頁五一五至五一六。

都是可以修正之看法。

第三種類型是針對韓愈作品內容解釋結交僧徒之用意，此類意見比較具有理論意義。例按如明・孫緒《沙溪集》卷七〈贈道存上人署僧會序〉云：

昌黎詩不讀浮屠書，亦不作浮屠文字。然於大顛、高閑、文暢之屬，健羨丁寧，累書珍重，平日矜持之節，自待之嚴，乃若漠然而不暇顧者。昌黎且然，況其他乎？如燕、許，如歐、蘇、陳、黃、富、韓、司馬輩，闡其說，親禮其人，常若不及，固宜也。+

按佛教至唐，已滲入社會各層面，舉凡政治、經濟學術都有佛教之影響。孫氏指出韓愈都不能顧及平素之立場，何況其他文士？佛教勢力之不容忽視，由此不難概見。再如清・潘德輿《養一齋詩話》云：

李治仁卿譏彈退之，業已觝排異端，不應與浮屠之徒相親，又作為歌詩語言以光大之。此蓋未審退之之心者。夫退之之心，所憎者，佛也，非僧也。佛立教者，故可憎；僧或無生理而為之，或無知識而為之，可憫而不可憎也。觀退之〈送惠師〉云：「惠師浮屠者，乃是不羈人。」言其雖為浮屠，而人則不為彼教約束。故用「乃」字見意。〈送澄觀〉云：「皆言澄觀雖僧徒，公才吏用當今無。」是欲其歸正而用其才能，不以僧徒視之，故用「雖」字見意。〈送靈師〉云：「飲酒盡百䀂，嘲諧思愈鮮。」飲酒嘲諧，皆戒律所禁，靈師能爾，轉用以譽之，亦愛僧

+ 轉引自吳文治《韓愈資料彙編》（台北，學海出版社，一九八四年四月）頁七三四。

闢佛之意也，退之何嘗光大其教哉？[11]

按潘氏意在糾正李治之說，其實李治的看法很普遍，明．袁宏道《袁中郎全集》卷十七〈祇園寺碑文〉云：「若退之者，豈非善護佛法者哉？」清．汪琬《堯峰文鈔》卷三十《草堂合刻詩．序》針對韓愈〈送靈師〉一詩評曰：「上之叛吾周孔，次之干佛之戒律，雖工於詩，奚取焉？而昌黎不為之諱，反津津樂道不已，何也？」都是沒有認清韓愈作詩的用意，而惑於接觸僧徒的表象，所提出的質疑。潘氏認為：韓愈「所憎佛也，非僧也」佛徒之所以遁入空門，有其種種主觀之緣由，因而「可憫而不可憎也。」潘氏從〈送惠師〉、〈送僧澄觀〉、〈送靈師〉三首之用字，推斷韓愈「亦愛僧闢佛之意」未嘗「光大其教」，頗有知識上之意義。又清．方世舉《韓昌黎詩集編年箋注》云：

> 公牴排異端，攘斥佛老，不遺餘力，而顧與緇黃來往，且作序賦詩，何也？豈王仲舒、柳宗元、歸登輩之請，不得已耶？抑亦遷謫無聊，如所云：「逃空虛者，聞人足音，跫然而喜？」故與之周旋耶？然其所為詩文，皆不舉浮屠老子之說，而惟以人事言之。如澄觀之有公才吏用也，張道士之有膽氣也，固國家可用之才，而惜其棄於無用矣。至如文暢喜文章，惠師愛山水，太顛頗聰明，識道理，則樂其近於人情。穎師善琴，高閑善書，廖師善知人，則舉其閑於技藝。靈師為人縱逸，全非彼教所宜，然學於佛而不從其教，其心正有可轉者，故往往欲收斂加冠巾。

十一　轉引自錢仲聯《韓昌黎詩繫年集釋》卷一（台北，學海出版社，一九八五年一月）頁一三四。

而無本歲棄浮屠，終為名士，則不峻絕之，乃所以開自新之路也。若盈上人，愛山出無期，則不可化矣。僧約、廣宣，出家而猶擾擾，蓋不足與言，而方且厭之也。[十二]

方氏特別注意到韓愈贈僧徒詩中，「皆不舉浮屠老子之說，而惟以人事言之」；又從贈詩內容來看，受贈之僧徒亦間有值得觀注嘉許之條件。因此推斷：韓愈是站在惜才的立場，「接引」那些學佛而不限於佛之僧徒走向「自新之路」。就此看來，韓愈仍謹守一貫排佛之立場，並未猶疑動搖。方說之可貴，在於啟示吾人從詩歌本文去研究問題，所得的結論自然比較容易獲得信服。

貳．十二首贈詩作意之審辨

今本韓愈詩集有十一題與僧徒相涉之詩作，分別是〈送僧澄觀〉、〈送惠師〉、〈送靈師〉、〈別盈上人〉、〈和歸工部送僧約〉、〈送文暢師北游〉、〈嘲酣睡〉二首、〈送無本師歸范陽〉、〈廣宣上人頻見過〉、〈聽穎師彈琴〉、〈題秀禪師房〉等合計十二首。以下即逐首試作說明，以考察韓愈之作意：

（一）〈送僧澄觀〉

十二　轉引自錢仲聯《韓昌黎詩繫年集釋》卷二（台北，學海出版社，一九八五年一月）頁二一二。

李邕泗州普光王寺碑，僧伽者，龍朔中西來，嘗縱觀臨淮，發念置寺，既成，中宗賜名普光王寺，以景龍四年三月二日示滅於京，後澄觀建僧伽塔於泗州。

浮屠西來何施為，擾擾四海爭奔馳。構樓架閣切星漢，誇雄鬥麗止者誰。僧伽後出淮泗上，勢到眾佛尤恢奇。越商胡賈脫身罪，珪壁滿船寧計資。清淮無波平如席，欄柱傾扶半天赤。火燒水轉掃地空，突兀便高三百尺。影沈潭底龍驚遁，當晝無雲跨虛碧。借問經營本何人，道人澄觀名籍籍。愈昔從軍大梁下，往來滿屋賢豪者。皆言澄觀雖僧徒，公才吏用當今無。後從徐州辟書至，紛紛過客何由記。人言澄觀乃詩人，一座競吟詩句新。向風長歎不可見，我欲收斂加冠巾。洛陽窮秋厭窮獨，丁丁啄門疑啄木。有僧來訪呼使前，伏犀插腦高頰權。惜哉已老無所及，坐睨神骨空潸然。臨淮太守初到郡，遠遣州民送音問。好奇賞俊直難逢，去去為致思從容。

（《集釋》卷一）

按〈送僧澄觀〉作於貞元十六年秋，時韓愈居洛陽。據阮閱《詩話總龜》謂唐貞元時期有四位僧徒名曰澄觀，錢仲聯《韓昌黎詩繫年集釋》之〈補釋〉已辨其非。然韓愈贈詩之對象則非貞元十五年受封為鎮國大師之澄觀，而為另一華嚴宗之澄觀。全詩分為四段，第一段以問句起首，謂佛教東傳，有何施為？但見四海之內，攘攘奔馳而已。庶士豪家，爭捨資財，構建招提，架設寶塔，摩星切漢，誇雄鬥麗，無人能止。「僧伽」二句，爲僧伽大師在泗州臨淮建寺傳教，雖爲後至，然眾佛之勢，至此益加恢張。

自「越商胡賈」以下十句，為第二段，先述越商胡賈，為解脫罪孽，紛獻巨貲，珪璧滿船，難以計數。「清淮」六句，繼寫僧伽大師坐化之後，移至臨淮供養之寺塔。謂此塔瀕臨淮水，塔勢高聳，火燒水轉，迭經廢興。其中「影沈潭底龍驚遁」描寫塔影，「當晝無雲跨虛碧」呈示塔高，為賦塔名句。然後以倒插筆法，點出澄觀，謂此塔為澄觀所經營。

自「愈昔從軍」以下十句為第三段，分吏才、詩才二節正寫澄觀。先自敘從軍汴州開封時，往來賢豪，已多次提及：澄觀雖為僧徒，卻具公卿之能、為吏之用，乃天下罕見奇才。再自敘從事徐州幕時，紛紛過客，何能盡記？又測聞澄觀為詩人，舉座競吟，詩句最新。因生愛才之念，亟欲聚之門下，促其還俗，惜未能相見。

自「洛陽窮秋」以下十句，為第四段。敘己窮居洛陽，澄觀忽然來訪。「惜哉已老」二句謂澄觀已老，坐睨神骨，亦惟空自惋惜。尾四句，補敘澄觀係奉泗州刺史之命而來，既已相見，亦令其致意於泗守也。

就全詩內容而論，前幅兩段寫僧伽大師坐化之後，移至臨淮供養之寺塔，以寫塔景為主；後幅兩段則集中在澄觀之吏才與詩才，章法完整，讀之有味。由詩意可知澄觀之聲名籍甚，韓愈基於惜才之心而欲「收斂加冠巾」。則本詩之作，實與韓愈原有之闢佛立場完全一致。

（二）〈送惠師〉

愈在連州，與釋景常，元惠遊、惠師即元惠也。

惠師浮屠者，乃是不羈人。十五愛山水，超然謝朋親。脫冠翦頭髮，飛步遺蹤塵。發跡入四明，梯空上秋旻。遂登天台望，眾壑皆嶙峋。夜宿最高頂，舉頭看星辰。光芒相照燭，南北爭羅陳。茲地絕翔走，自然嚴且神。微風吹木石，澎湃文韶鈞。夜半起下視，溟波銜日輪。魚龍驚踴躍，叫嘯成悲辛。怪氣或紫赤，敲磨共輪囷。金鴉既騰翥，六合俄清新。常聞禹穴奇，東去窺甌閩。越俗不好古，流傳失其真。幽蹤邈難得，聖路嗟長堙。回臨浙江濤，屹起高峨岷。壯志死不息，千年如隔晨。是非竟何有，棄去非吾倫。凌江詣廬嶽，浩蕩極遊巡。崔崒沒雲表，陂陀浸湖淪。是時雨初霽，懸瀑垂天紳。

前年往羅浮，步戛南海濱。大哉陽德盛，榮茂恆留春。鵬騫墮長翮，鯨戲側修鱗。自來連州寺，曾未造城闉。日攜青雲客，探勝窮崖濱。太守邀不去，群官請徒頻。囊無一金資，翻謂富者貧。昨日忽不見，我令訪其鄰。奔波自追及，把手問所因。顧我卻興歎，君寧異於民。離合自古然，辭別安足珍。吾聞九疑好，夙志今欲伸。斑竹啼舜婦，清湘沈楚臣。衡山與洞庭，此固道所循。尋崧方抵洛，歷華遂之秦。浮游靡定處，偶往即通津。吾言子當去，子道非吾遵。江魚不池活，野鳥難籠馴。吾非西方教，憐子狂且醇。吾嫉惰遊者，憐子愚且諄。去矣各異趣，何為浪霑巾。

（《集釋》卷二）

按〈送惠師〉作於貞元二十年，時韓愈任連州陽山令。全詩八十六句，為五古長篇。惠師之生平不詳，由詩意知其人好做山水之游，全詩分為兩大幅：前幅五小段敘其游歷之勝概，後幅兩小段則抒作別之感。

起首六句，為前幅第一小段，先提惠師，謂其雖為浮屠，而才識高遠，不可拘繫。十五歲即酷愛山水，告謝朋親，脫髮為僧，隱去塵蹤。其中「不羈人」點明惠師之脾性，「愛山水」為一篇之骨幹。

自「發跡入四明」起二十句為第二小段。敘惠師遊四明山、天台山。先寫夜宿之景，再寫日出之景。謂其初遊四明，時當秋日，梯空而上；再登天台，山勢甚高，眾豁嶙峋。夜宿高頂，起視日出。所見所聞，甚為奇壯。其中「魚龍驚踴躍」六句最為工鍊，充滿奇崛之美。

自「常聞禹穴奇」以下十二句為第三小段，敘惠師遊禹穴閩越。先敘惠師欲循舜南巡之路以赴閩越，然以越人不好古蹟，流傳失真，聖路早已湮滅難尋。再敘赴錢塘觀潮，大興子胥未死、千年恍若隔晨之感。本段之妙，在於隸古事以寫今景。自「凌江詣廬嶽」以下六句為第四小段，敘惠師遊廬山，謂廬山之高，上沒雲表；靡迆之遠，下漏侵淪。當遊之時，雨勢初歇，懸瀑若紳。

自「前年往羅浮」六句為第五小段，敘惠師遊南海羅浮山。謂嶺海不寒，景物榮茂。鵬鶱飛舉，鯨戲修鱗，一片南國風光。細察本詩前幅，歷敘惠師遊四明、天台、浙濤、廬岳、羅浮，皆以山水形勝作為描述重點，錯落變化，氣勢壯闊。

「自來連州寺」以下十二句為後幅第一小段，謂惠師自來連州，猶窮幽探勝，不理刺史之邀、群官之請。其中「囊無一金資，翻謂富者貧」頗能曲傳惠師之風神氣度。「昨日忽不見」四句，既暗示韓愈、惠師二人之結交來往，亦點出作詩相贈之緣由。「顧我卻興歎」十四句為第二小段，是惠師即將離開連州，敘別之語。惠師自謂：離合自古如此，安足惋歎。此去擬遊九疑、衡山、洞庭；嵩、洛固當尋訪，華、秦亦在行程。遊蹤無定，興至即往。「吾言子當去」十句為韓愈抒感，亦以對話形式為之。韓愈自謂：雖不能同遵彼道，深知江魚不能池活、野鳥難以籠馴之理。已非佛徒，然能憐惜足下之狂醇愚誠，就此各異所趨，亦無需流淚沾巾矣。細察後幅兩段，摛字簡淨，充滿理趣。

綜觀全詩，以惠師好游作為住旨，因而歷敘惠詩之游蹤，兼寫各地之勝概。對惠師之賞識，亦謹限於其狂癡於山水之游而已。由「吾非西方教，憐子狂且醇；吾嫉惰游者，憐子愚且諄。」（《集釋》卷二）四句，不難看出韓愈與僧徒來往極有分寸，並未改變對佛教之既有觀感。

（三）〈送靈師〉

佛法入中國，爾來六百年。齊民逃賦役，高士著幽禪。官吏不之制，紛紛聽其然。耕桑日失隸，朝署時遺賢。靈師皇甫姓，胤胄本蟬聯。少小涉書史，早能綴文篇。中間不得意，失跡成延遷。逸志不拘教，軒騰斷牽攣。圍棋鬥白黑，生死隨機權。六博在一擲，梟盧叱回旋。戰詩誰與敵，浩汗橫戈鋋。飲酒盡百甌，嘲詣思逾鮮。有時醉花月，高唱清且綿。四座咸寂默，杳如奏湘弦。尋勝不憚險，黔江屢洄沿。瞿塘五六月，驚電讓歸船。怒水忽中裂，千尋墮幽泉。環回勢益急，仰見團團天。投身豈得計，性命甘徒捐。浪沫躄翻涌，漂浮再生全。同行二十人，魂骨俱坑填。

靈師不挂懷，冒涉道轉延。開忠二州牧，詩賦時多傳。失職不把筆，珠璣為君編。強留費日月，
密席羅嬋娟。昨者至林邑，使君數開筵。逐客三四公，盈懷贈蘭荃。湖游泛漭沆，溪宴駐潺湲。
別語不許出，行裾動遭牽。鄰州竟招請，書札何翩翩。十月下桂嶺，乘寒恣窺緣。落落王員外，
爭迎獲其先。自從入賓館，占吝久能專。吾徒頗攜被，接宿窮歡妍。聽說兩京事，分明皆眼前。
縱橫雜謠俗，瑣屑咸羅穿。材調真可惜，朱丹在磨研。方將斂之道，且欲冠其顛。韶陽李太守，
高步凌雲煙。得客輒忘食，開囊乞繒錢。手持南曹敘，字重青瑤鐫。古氣參彖繫，高標摧太玄。
維舟事干謁，披讀頭風痊。還如舊相識，傾壺暢幽悁。以此復留滯，歸驂幾時鞭？（《集釋》卷二）

按〈送靈師〉亦作於貞元二十年，全詩九十句，亦為五古長篇。第一段「佛法入中國」六句，為著名之闢佛文字。意謂：佛教東傳六百年，齊民逃避賦役，高士愛重幽禪，官吏放任發展，以致朝野日失氓隸，朝中時有遺賢。

第二段繼提靈師。謂其俗姓皇甫，胤胄不絕。自幼好學，能綴文篇。「中間不得意，失機成延遷」暗示其遁入佛門；「逸志不拘教，軒騰斷牽攣」，指其雖為佛徒，而不拘教戒。自「圍棋鬥白黑」句起，分就圍棋、六博、戰詩、飲酒、尋勝數端，寫靈師不拘教規。謂其下圍棋，則以白黑為鬥場，設機權以決生死；玩賭戲，則投六箸下六棋，呼盧叱雉；鬥詩歌，則陣勢浩汗，橫戈列鋋；飲美酒，則百甌不醉，高唱清綿；尋幽訪勝，由不畏險，多次罹難，幾捐性命，毫不掛懷，冒涉轉延，可知靈師

豈獨才高，更富膽勇。

自「開忠二州牧」起為第三段，歷敘靈師深受群公之愛重。先是開州牧唐次、中州牧李吉甫為編詩集，次為驩州使君，數開高筵；然後是連州司戶王仲舒，迎至賓館。由「強留費日月」「行裾動遭牽」可知靈師大受歡迎，身不由主。而靈師熟稔掌故，故曰：「聽說兩京事，分明皆眼前」。其口才便給，故曰「縱橫雜謠俗，瑣屑咸羅穿」，如此之才調，奈何流入異端，故歎曰「材調真可惜，朱丹在磨研」，亟思引入正道，令其還俗，故曰「方將斂之道，且欲冠其顛」。本段順敘直寫，詳細有餘，幾近冗雜，亦可看出靈師雖為佛徒，而籌應於官吏流俗之間。韓愈雖褒惜其才調，實隱含諷意。

第四段述韶陽李太守，有高逸之氣，生性好客、善施捨，的王仲舒贈靈師之序文，古意盎然，故曰「字重青瑤鐫。古氣參彖繫，高標摧太玄」，雖為干謁之作，讀之能癒頭風，此蓋極度讚賞也。末尾四句，謂此此番靈師因李太守之請，流滯韶陽，猶如舊識，傾壺暢敘，不知何日再鞭歸驂？

綜觀全詩，發端數語：「佛法入中國，爾來六百年。其民逃賦役，高士著幽禪。官吏不之制，紛紛聽其然。耕桑日失隸，朝署時遺賢。」氣壯而勢勇，本其儒家之立場，不稍假借，為著名之闢佛文字。中間數段則集中於靈師為人之縱逸，群公之愛重，而靈師忙於周旋酬酢，亦顯現特異之材調，故韓愈樂於接近。《唐宋詩醇》云：「退之闢佛，卻頻作贈浮屠詩。前篇但敘其放浪山水，後篇則干謁飲博，無所不有。其所以稱浮屠者，皆彼法之所戒。良以不拘彼法，乃始近於吾徒。且欲人其人而已，並未暇明先王之道以道之也。」[十三]所論甚確，可謂切中肯綮。

（四）〈別盈上人〉

山僧愛山出無期，俗士牽俗來何時。祝融峰下一回首，即是此生長別離。（《集釋》卷三）

按〈別盈上人〉為一首七絕，作於順宗永貞元年。盈上人即誠盈，居衡山中院。柳宗元〈衡山中院大律師塔銘〉云：「誠盈，蓋衡山中院大律師希操之弟子也。」本詩可能詩韓愈由陽山赦還，赴江陵、衡州，次衡山時所作。首句「山僧」指誠盈，次句「俗士」為韓愈自稱；山僧愛山，自無梨山之可能；俗士牽俗，自亦不知何時再訪衡山。兩句暗示別後已難相見。三四句重複此意，為此番衡山祝融峰下一回首，恐即是終身之別矣。清．朱彝尊稱此詩「古直可喜」，程學恂《韓詩臆說》云：「竟不似闢佛人語，此公之廣大也。」[十四]所論甚是，韓愈一生好作山水之游，所接觸之名僧大德應不在少，類似〈別盈上人〉之詩作，宜視為韓愈受到山僧接待之後，禮貌回報，與其原有之闢佛立場未必抵觸。

（五）〈送文暢師北游〉

昔在四門館，晨有僧來謁。自言本吳人，少小學城闕。已窮佛根源，粗識事輗軏。攣拘屈吾真，

[十三] 轉引自錢仲聯《韓昌詩繫年集釋》卷二，頁二一一二。

[十四] 見清高宗御選《唐宋詩醇》卷二十八，臺北中華書局，頁八〇五。

戒轄思遠發。薦紳秉筆徒，聲譽耀前閥。從求送行詩，屢造忍顛蹶。今成十餘卷，浩汗羅斧鉞。先生閟窮巷，未得窺剞劂。又聞識大道，何路補峑刖。出其囊中文，滿聽實清越。謂僧當少安，草序頗排訐。上論古之初，所以施賞罰。下開迷惑胸，窙豁斸株橛。僧時不聽瑩，若飲水救暍。風塵一出門，時日多如髮。三年竄荒嶺，守縣坐深樾。徵租聚異物，詭製怛巾襪。幽窮誰共語？思想甚含噦。昨來得京官，照壁喜見蝎。況逢舊親識，無不比鵷蟨。長安多門戶，弔慶少休歇。而能勤來過，重惠安可揭。當今聖政初，恩澤完畒狨。胡為不自暇，飄戾逐鸇鷹。僕射領北門，威德壓胡羯。相公鎮幽都，竹帛爛勳伐。酒場舞閨姝，獵騎圍邊月。開張篋中寶，自可得津筏。從茲富裘馬，寧復茹藜蕨。余期報恩後，謝病老耕浮。庇身指蓬茅，逞志縱獫猲。僧還相訪來，山藥煮可掘。（《集釋》卷五）

按〈送文暢師北游〉作於憲宗元和元年，時韓愈任國子博士。在此之前，有〈送浮屠文暢師序〉，乃貞元十九年春，為文暢東南之行而作。〈送浮屠文暢師序〉云：「浮屠師文暢，喜文章，其周游天下，凡有行，必請於縉紳先生，以求詠歌其所志。貞元十九年春將行東南，柳君宗元為之請，解其裝，得所得敘詩累百餘篇，非至篤好，其何能致多如是耶？」（《校注》卷四）由此可知文暢是一雅好詩文之僧徒，韓愈也基於此而樂於接近。然而文暢所獲贈之詩文中「無以聖人之道告之者。而徒舉浮屠之說贈焉」，「宜當告以二帝三王之道」，韓愈遂在序文中正告文暢：「道莫大乎仁義，教莫正乎禮義刑政」；並對文暢宣示：「堯以是傳之是傳之舜，舜以是傳之禹，禹以是傳之湯，湯以是傳之文武，文武以是傳之周公孔子。」的道統，此為韓愈與文暢首次之交接。元和元年秋末冬初，文暢二度北游，因有此首五古長篇之贈詩。

全詩依時間順序分為三大段：自「息在四門館」至「若飲水救暍」為第一段；「風塵一出門」至「重惠安可揭」為第二段；自「當今聖政初」至「山藥煮可掘」為第三段。首段先敘文暢昔日曾至四門館求謁，自言喜為文章，已求得十餘卷百餘篇諸公之詩文，冀望韓愈亦以大道補其宜闕，韓愈立即草序以相贈之往事。其中「已窮佛根源，粗識事輗軏。攣拘屈吾真，戒轄思遠發」四句頗能反映文暢學佛卻不拘於佛之性格。「從求送行詩，屢造忍顛蹶」二句見其不彈屢造、以求詩文之熱誠。「謂僧當少安，草序頗排訐」，正指出送浮屠文暢師序中，曾深詆浮屠，又譏諷贈詩之縉紳未告以聖人之道。因此又以「上論古之初」四句括述前序大意。「僧時不聽瑩」二句，則謂文暢當時深然吾言，有若飲水止渴之情狀。

次段自言貶官陽山，抑鬱難申，幸能移官長安，欣逢舊識，而與文暢之往來尤密。其中「三年竄荒嶺，守縣坐深樾」言己出為陽山縣令。「徵租聚異物，詭製怛巾襪」言嶺外黎庶衣食與中土迥異，令人驚懼。「幽窮誰共語？思想甚含噦」寫其抑鬱窮獨之狀。「昨來得京官」四句，言己北歸長安之樂。「長安多門戶」四句，則對文暢之勤於過訪，表示感謝。

第三段勸文暢以詩文為緣，自求富貴，並作異日相從之約。其中「當今聖政初，恩澤完亂猲」四句，謂憲宗初即皇位，恩澤廣被，烏無戾飛，獸不驚走，奈何此時，效彼鷗鷺，并急遠引？蓋指文暢北遊之時機不當。「僕射領北門」四句，告知文暢，此時河東帥嚴綬兼管藩部，威震群胡；節度劉濟，坐鎮幽都，動業彪炳。二人皆文暢舊識。「酒場舞閨姝，獵騎圍邊月」，則為北遊必將經歷之聲色之娛。「開張篋中寶」四句乃韓愈勸文暢以所得送行詩文為津筏，自求榮華富貴。《唐宋詩醇》評曰：「就北道主人作歆動語，純是聲色獲利事。昌黎胸次何等，乃作此腐鼠之嚇耶？緣其惡學甚於俗情也。」何義門《義門讀書記》也批評：「數語鄙甚」，其實韓愈不過是率直進言而已。「余期報恩後」六句，以他日辭官歸田，企望時相往訪作結。

綜觀全詩，先敘彼此交往之因緣，後敘過從之密。彼此之情誼實建基於詩文之愛好。韓愈以聲色貨利之歆動文暢，欲其脫離僧籍，自求富貴，前人雖有鄙俗之譏，然亦由此顯現韓愈之真實態度。其闢佛立場，並未因為與僧徒私交敦篤，而有絲毫游移。

（六）〈送無本師歸范陽〉

無本於為文，身大不及膽。吾嘗示之難，勇往無不敢。蛟龍弄角牙，造次欲手攬。眾鬼囚大幽，下覷襲玄窞。天陽熙四海，注視首不頷。鯨鵬相摩窣，兩舉快一啖。夫豈能必然，固已謝黯黮。狂詞肆滂葩，低昂見舒慘。姦窮怪變得，往往造平澹。風蟬碎錦纈，綠池披菡萏。芝英擢荒榛，孤翮起連菼。家住幽都遠，未識氣先感。來尋吾何能，無殊嗜昌歜。始見洛陽春，桃枝綴紅糝。遂來長安里，時卦轉習坎。老懶無鬥心，久不事鉛槧。欲以金帛酬，舉室常顑頷。念當委我去，

雪霜刻以憯。獰飆攪空衢，天地與頓撼。勉率吐歌詩，慰女別後覽。（《集釋》卷七）

按〈送無本師歸范陽〉作於憲宗元和六年冬，時韓愈在長安，任職方員外郎。無本即賈島，范陽人。初為佛徒，既來東都，韓愈教以為文之道，遂還俗。《劉賓客嘉話錄》所載「鳥宿池中樹，僧敲月下門。」之故事，宋．洪興祖、樊汝霖已辨其烏有。而從本詩則可略知無本、韓愈兩人之交誼與詩藝。

本詩分前後兩幅，前幅以無本之詩藝為主眼；後幅則以兩人之情誼為重心。起首四句謂其膽氣大、筆力強，任何難題，皆敢創作。「蛟龍」以下四聯，喻其大膽捕捉神奇變怪之境界，句法則刻意誇飾創新。「蛟龍弄角牙，造次欲手攬」謂蛟龍調弄爪牙，而無本於造次之間，敢於斂置手中。「眾鬼囚大幽，下覷襲玄窞」謂眾鬼囚於大幽，而無本敢於下覷坎窞。此夸飾言其詩膽也。「天陽熙四海，注視首不頷」，謂熙照四海之天陽，無本敢於凝視不頷；「鯨鵬相摩窣，兩舉快一噉」，謂鵬鳥摩天，鯨魚窣海，兩者，盡為無本噉食。亦上八句，即下文所謂「姦窮變怪」，目的在讚美其作詩之膽大也。「夫豈能必然，固已謝黯黮」，謂人皆疑無本何以能夠如此，而無本之作，自是昭然不昧。「狂詞」四句，夸飾其詩，謂無本之詩，狂詞滂沛，繽紛如葩，低昂之間，能見陽慘舒。更難得的是：能由極端變怪，歸於平淡。「風蟬」四句，即寫其詩之平淡一面。其中「風蟬碎錦纈」謂其詩如蟬翼錦纈，遭風則碎。「綠池披菡萏」，謂如綠池之中，批列菡萏。「芝英擢荒榛」，謂如拔擢芝英於荒榛之中。「孤翮起連菼」，謂如孤鳥矯起於叢葦之間。

以上十餘句以形象語夸言其詩境，謂其詩：時而如蟬文錦纈，遭風則碎；時而如綠池菡萏，彩色離披。又如於荒榛連荄、一望平蕪之間，忽見矯矯孤翮。表面在讚歎無本詩之造境，實則有韓愈自身之示範作用。

自「家住」四句以下為後幅，首二句謂無本原籍河北，始未相識，而趣味相投。，未見其人先識其氣性。前來學文，何異嗜食昌歜也。「始見」四句，謂其當春相見於洛陽，入冬則同往長安。「老懶」四句，謂已老懶，久不為文，本欲以金帛相贈，舉室飢寒，無能為力。結尾六句送別抒感。謂無本委我而去，心中如霜雪刻膚之憯，如狂風翻攪空衢、天地頓時震撼之傷感。

誠如清．余瑒所言：「凡昌黎先生論文，極有關係。其中次第，俱從親身歷過，故能言其甘苦親切乃爾。」清．朱彝尊亦謂：「閬仙詩雖尚奇怪，然稍落清苦一路，於此詩贊語，似尚未能稱。」實際上，韓愈是現身說法，借贈詩表白詩歌創作理念。前幅句句讚美無本之詩藝，則韓愈與無本之因緣，實無關乎佛教。

（七）〈聽穎師彈琴〉

昵昵兒女語，恩怨相爾汝。劃然變軒昂，勇士赴敵場。浮雲柳絮無根蒂，天地闊遠隨飛揚。喧啾百鳥群，忽見孤鳳皇。躋攀分寸不可上，失勢一落千丈強。嗟余有兩耳，未省聽絲篁。自聞穎師彈，起坐在一旁。推手遽止之，溼衣淚滂滂。穎乎爾誠能，無以冰炭置我腸。（《集釋》卷九）

按〈聽穎師彈琴〉作於憲宗元和十一年，時韓愈擔任太子右庶子。李賀〈聽穎師彈琴歌〉云：「竺僧前立當吾門。」可知穎師來自印度，元和間遊長安，以彈琴干謁長安之公卿文士。

本詩為五言古體，分為二段，上段純用譬喻，寫穎師琴韻之美。下段寫韓愈聽終而悲之感。起首二句喻琴聲有如男女綿綿情話，恩恩怨怨，卿卿我我。三四句喻琴聲猛然高揚，有若勇士奔赴敵場。以上四句寫穎師彈琴由清柔而突然變為高揚之情狀。「浮雲」二句，改為七言，謂琴聲有若無定之浮雲、無根之柳絮；天闊地遠，隨意飛揚。此蓋巧妙喻示琴音之悠揚遠引。「喧啾」二句，借鳥為喻，謂百鳥喧啾之間，忽有孤鳳長鳴。此蓋喻示琴聲啾啾，忽有清音突起。「躋攀」二句又改為七言，以登山為喻，謂躋攀而上，寸步難行，忽然下滑，一落千丈。此蓋喻示琴聲之抑揚起伏。「嗟余」四句自歎枉生雙耳，不知音樂之美。自聞穎師彈琴，一時坐立難安，乃遽然止之，熱淚滂沱沾濕衣襟。末尾二句以聽琴之後，冰炭滿懷、悲喜無端，盛讚穎師琴藝之高。

綜觀全詩，以形象語摩寫穎師彈琴，曲折道出境趣，堪為古今絕唱。韓愈之盛讚穎師一若盛讚無本，取其才藝之高超而已，並非因其為僧徒，而別生好感也。

（八）〈廣宣上人頻見過〉

三百六旬長擾擾，不衝風雨即塵埃。久慚朝士無裨補，空愧高僧數往來。學道窮年何所得，吟詩竟日未能迴。天寒古寺遊人少，紅葉窗前有幾堆。（《集釋》卷八）

按〈廣宣上人頻見過〉中之廣宣，為蜀人。元和間有詩名，居長安安國寺。與白居易、令狐楚、劉禹錫均有詩文唱和，喜奔走於公卿之門。唐．李肇《國史補》云：「韋尚書為尚書右丞入內，僧廣宣贊門曰：竊聞閣下不久拜相。貫之叱曰：安得此不軌之言？命紙草奏，僧恐懼走出。」廣宣之性格如此，故題曰「頻見過」微有厭煩之意。

此詩為七言律體，首聯謂已長年擾擾，不避風雨，以就塵埃。頷聯「朝士」乃韓愈自稱，「高僧」則指廣宣。謂己久為朝士，愧無裨補；而高僧往來，以徒領盛情。頸聯謂已為學道之人，則窮其一年，所得為何？曰：不過竟日吟詩、圖擲光陰而已。尾聯譏廣宣常離寺院，窗前紅葉，無人打掃。何焯《義門讀書記》云：「窮年擾擾，竟未立功立事，稍偷閒暇，又費之一談一詠。能不增落葉長年之悲乎？……結句妙借廣宣點出，更不說盡。宣既為僧，已有本分當行之事，奈何持末藝與朝士邀逐，不懼春秋迅速耶？言外亦以警覺之也。」[十五] 所言甚是。全詩之妙，正於不經意之中，暗寓諷意，韓愈表面上在自箴自砭，實則規勸廣宣勿再長年擾擾，以詩干謁，虛耗時日於俗流朝士之間，而有負息心修道之初志。

（九）〈和歸工部送僧約〉

早知皆是自拘囚，不學因循到白頭。汝既出家還擾擾，何人更得死前休。（《集釋》卷四）

[十五] 見吳文治《韓愈資料彙編》（台北，學海出版社，一九八四年四月），頁一〇五八。

按〈和歸工部送僧約〉為七言絕句，歸工部即歸登，順宗時拜工部尚書，曾與孟簡等人受詔翻譯《大乘本生心地觀經》，崇佛甚篤。劉禹錫〈贈別約師引〉云：「荊州人文約，市井生而雲鶴性，故去葷為浮圖，生寤而證。入興南，抵六祖始生之墟，得遺教甚悉。」可知僧約為荊州人，方崧卿《韓文年表》將本詩繫於憲宗元和元年，是年韓愈在江陵，六月召拜國子博士還朝，故本詩可能是元和元年，韓愈返朝之後，應工部尚書歸登之請所作。

本詩首句謂己與僧約，皆為自居之囚。次句正承，謂己自幼到老，皆不肯因循，所以為「自居囚」也。三四筆鋒一轉，謂僧約既已出家，猶苦於應酬，則何人死前能免於擾擾？筆勢兀傲，既揶揄僧約，亦隱隱諷刺歸登。王鳴盛曰：「妙絕。偏出家人比在家人更忙，其所以忙者，無非為名為利而已。」[十六]本詩與前首〈廣宣上人頻見過〉，皆就佛徒之酬應於俗流朝士之間，大作文章，嘲諷之意至為明顯。

（十）〈題秀禪師房〉

橋夾水松行百步，竹床莞席到僧家。暫拳一手支頭臥，還把魚竿下釣沙。（《集釋》卷十二）

按〈題秀禪師房〉作於元和十四年貶潮州赴任道中，秀禪師之生平不詳。首句寫禪房之位置，次句寫禪房之陳設，三句寫小憩之無拘無束，四句寫魚釣之悠閒自在。朱彝尊評曰：「四句四事，清迴絕俗。」

十六 引自錢仲聯《韓昌黎詩繫年集釋》卷四，頁三五五。

[十七]由詩意推斷，可能為韓愈赴潮州途中，借宿禪房，應寺僧之請而作。

（十一）〈嘲鼾睡二首〉

澹師晝睡時，聲氣一何猥。頑飆吹肥脂，坑谷相嵬磊。雄哮乍咽絕，每發壯益倍。有如阿鼻尸，長喚忍衆罪。馬牛驚不食，百鬼聚相待。木枕十字裂，鏡面生痱㿔。鐵佛聞皺眉，石人戰搖腿。孰云天地仁，吾欲責真宰。幽尋虱搜耳，猛作濤翻海。太陽不忍明，飛御皆惰怠。乍如彭與黥，呼冤受葅醢。又如圈中虎，號瘡兼吼餒。雖令伶倫吹，苦韻難可改。雖令巫咸招，魂爽難復在。何山有靈藥，療此願與採。

澹公坐臥時，長睡無不穩。吾嘗聞其聲，深慮五藏損。黃河弄濆薄，梗澀連拙　。南帝初舊槌，鑿竅洩混沌。迥然忽長引，萬丈不可忖。謂言絕於斯，繼出方衮衮。幽幽寸喉中，草木森苯梔。盜賊雖狡獪，亡魂敢窺閫。鴻蒙總合雜，詭譎騁戾很。乍如鬥呶呶，忽若怨懇懇。賦形苦不同，無路尋根本。何能堙其源，惟有土一畚。（《集釋》卷六）

按〈嘲鼾睡二首〉作於憲宗元和二年丁亥，時韓愈以國子博士分司洛陽。韓愈〈送諸葛覺往隨州讀書〉韓醇注云：「諸葛覺，或云即澹師。公有澹師鼾睡二首，為此人作。」清．何焯《義門讀書記》云：「諸葛覺，貫休集中作珏，其〈懷珏詩〉有『出山因覓孟，踏雪去尋韓。』注云：『遇孟郊、韓愈於

[十七] 同上，頁一一八一。

洛下。』又注云：『諸葛覺曾為僧，名澹然。』」據錢仲聯《韓昌黎詩繫年集釋》所考，〈懷玨詩〉不是貫休之作，然由此可略知澹師之生平。

第一首「澹師晝睡時」二句，總提澹師晝睡之猥鄙。以下即連用數喻形容之。其中「頑飆」二句，謂鼾聲有若頑飆，疾吹肥脂；有若坑谷，眾石危立。「雄哮」二句，謂鼾聲有若豕之驚叫，乍而咽絕，再發則益高。「有如」四句則以地獄為喻，謂其睡態有如待罪地獄之阿鼻尸，任由羅剎吞噉。然阿鼻獄中之馬牛百鬼，皆驚而不食，相聚以待。「木枕」四句，更以夸飾筆法謂木枕為鼾聲震裂，鏡面因鼾聲而增生痱瘤。鐵佛聞聲皺眉，石人聞聲腿顫。澹師晝寢，鼾聲如此驚天動地，韓愈不免大興天地不仁之感，故曰：「孰云天地仁？吾欲責真宰。」自「幽尋」句以下，繼就鼾聲大加嘲弄。謂鼾聲細小時，如風之搜耳；鼾聲大作時，則若濤之翻海。太陽為之晦暗，日御為之惰怠。又謂其聲忽如彭越、鯨布受葅醢時之呼冤，忽如圈中受瘡之餒虎，吼嘯叫號。「雖令」四句，謂雖有伶倫之能，無以改其苦韻；即令巫咸招魂，亦難促其精爽復反。最後以「何山有藥，願採療之」作結。

第二首「澹公坐臥時」二句，謂澹師特富異能，坐臥皆能穩睡。「吾嘗」二句深憂其五臟受損。以下又連用數喻形容之。其中「黃河」二句，謂澹師鼾睡之聲勢，有若黃河潰瀑，任何人欲梗止之，必如令鯀治水般枉然。「南帝」二句，謂南海之帝，奮槌鑿竅，混沌因此而死。韓愈蓋以此戲喻冒然止其鼾睡之危險。「迥然」四句戲謂澹師鼾睡時忽而一氣長引，有若萬丈之深，不可忖度，令人屏息以待。忽而一氣回反，眾人方敢出言，蓋澹師無氣絕之虞也。以上四句用意之妙，令人噴飯。「幽幽」

二句，謂澹師幽幽寸喉之中，似有草木繁生之空間。「盜賊」二句，則戲謂以盜賊之狡獪，亦聞聲亡走，不敢闚闖。此蓋大化鴻蒙，合雜萬物，自有詭譎奇怪之士，以驅騁戾狠不從之人。「乍如」二句，戲謂澹師之鼾聲如人之言語，忽而呶呶相爭，忽若懇懇輸誠。「賦形」二句，謂造物賦形各有其源，澹師之鼾睡，何以如此與眾不同，亦難究詰矣。最後，以無奈而嘲戲之語氣謂：何以堙塞此一異物？亦惟一畚墳土而已矣。

由於韓愈甚少用佛語為文，宋以來如周紫芝《竹坡詩話》、葛立方《韻語陽秋》皆稱此詩非韓愈之作，明清以來，則大致肯定為韓愈作品。韓愈在本詩中，大量運用佛語戲嘲澹師，造語之奇，嵌字之險，堪稱一絕。由於過於詼諧，已近文字遊戲。

參．結論

由以上之說明，大略可以了解，韓愈所接觸或贈詩之僧徒分成兩類：一是具有特殊才調者，一是泛泛往來者。對於具有特殊才調之僧徒，韓愈大體能本其儒家之立場，給予正面之評價。如〈送僧澄觀〉云：「愈昔從軍大梁下，往來滿屋賢豪者，皆言澄觀雖僧徒，公才吏用當今無。……又言澄觀乃詩人，一座競吟詩句新。向風長歎不可見，我欲收斂加冠巾。」又如〈送惠師〉云：「太守邀不去，群官請徒頻。囊無一金資，番謂富者貧。……吾非西方教，憐子狂且醇。吾嫉惰游者，憐子愚且諄。」再如〈送靈師〉云：「少小涉書史，早能綴文篇。」「逸志不拘教，軒騰斷牽攣。」「材調真可惜，朱丹在磨研。」都是韓愈誠心推許之例證。他如文暢為求詩文，不憚屢造公門；無本作詩「身大不及膽」，穎師善彈琴致使韓愈「冰炭置我腸」，「濕衣淚滂滂」，都使韓愈心生憐惜而樂於交往。對於這些僧徒，韓愈顯然未理會佛門之身份，僅重視其特異出眾之藝能。

對於泛泛往來之僧徒，或基於社交禮節，禮貌題贈，如〈別盈上人〉、〈題秀禪師房〉；或就其負面人格特質，善意規諷，如〈廣宣上人頻見過〉、〈和歸工部送僧約〉。唐代僧侶雖有結交公卿文士之風，韓愈對虛耗時日於俗流之僧徒顯然缺乏好感。例如：「天寒古寺遊人少，紅葉窗前有幾堆」之暗諷廣宣，以及「汝既出家還擾擾，何人更得死前休」之痛快譴責僧約，都是極佳之例證。如此看來，前人批評韓愈「喜僧」或「不喜僧」皆失之片面。

此外，韓愈在與僧徒詩文往來時，立場堅定，極有分寸。〈送僧澄觀〉云：「浮圖西來何施為？擾擾四海爭奔馳。構樓架閣切星漢，誇雄鬥麗紙者誰？」〈送靈師〉云：「佛法入中國，爾來六百年。齊民逃賦役，高士著幽禪。官吏不之制，紛紛聽其然。耕桑日失隸，朝署時遺賢。」都是義正辭嚴，不稍假借。對於有才行之僧徒，往往急欲聚於之門下，使其還俗。此於唐代某些文士在與佛門往來之時，急於投合僧徒，不惜扭曲自身立場者，實在大不相同。

原載：國立中興大學中國文學系主編：《興大中文學報》，第二期，（一九八九年一月）頁一〇三至一一九。

五、韓愈詩之諷諭色彩與思想意識

壹．韓愈詩之諷諭色彩

世人論及中唐之諷諭詩，常以元稹、白居易為代表，實則韓愈亦有出色之諷諭詩。韓詩之諷諭色彩，常以寓言寄意、託物諷諭、借題發揮，或就事議論之形式呈現。以詩議論，宋人視為病疵。嚴羽《滄浪詩話》云：「近代諸公以議論為詩，終非古人之詩。」明．楊慎《升庵詩話》亦云：「唐人詩主情，去《三百篇》為近；宋人詩言理，去《三百篇》卻遠。」然而，古詩並非完全不可議論。清．沈德潛《說詩晬語》卷下即云：「人謂詩主性情，不主議論。似也，而不盡然。試思二〈雅〉中，何處無議論？老杜古詩中〈奉先詠懷〉、〈北征〉、〈八哀〉諸作；近體中，〈蜀相〉、〈詠懷〉、〈諸葛〉諸作，純乎議論。但議論須帶情韻以行，勿行傖父面目耳。戎昱〈和番〉云：『社稷依明主，安危託婦人。』亦議論之佳者。」[一]就《韓昌黎集》來看，韓詩之議論，固不乏「湊韻」、「取妍」之缺失，大體能帶情韻以行，而非乾枯之論說。其內涵包括「評議時政」、「反映民情」、「規戒官場」、「嘲諷世人」等。此外，亦有針對某些特定人、事、物之諷刺詩，茲舉具體詩例說明之。

一　見蘇文擢《說詩晬語詮評》（文史哲出版社，一九八五年十月版）頁五一四。

一．評議時政，反映民情

韓愈於德宗貞元十二年，應董晉之聘擔任汴州推官，自此步入仕途。三年之後董晉逝世，汴州兵變。總留後事之行軍司馬陸長源被殺。四鄰諸鎮，坐視不救。朝廷君相，更無積極處置。韓愈作〈汴州亂〉二首，記述此一事件。詩中所謂：「諸侯咫尺不能救，孤士何者自興哀。」、「廟堂不肯用干戈，嗚呼奈汝母子何？」皆為針對當日局勢所發之感歎。此詩在韓愈批評時事諸作中，雖非最早，卻是韓愈以藩鎮屬僚身份，對朝廷政策提出質疑之第一首。

貞元十五年三月，朝廷以河陽、懷州節度使李元淳為昭義節度使，韓愈在〈送河陽李大夫〉詩中，又云：

> 四海失巢穴，兩都困塵埃。感恩由未報，惆悵空一來。裘破氣不暖，馬羸鳴且哀。主人情更重，空使劍峰摧。（《集釋》卷一）

即對於時局之紊亂，深感無奈。是年，鄭州、滑州大水，朝士仍無作為，韓愈又作〈齪齪〉以譏之。詩云：

> 齪齪天下士，所憂在飢寒，但見賤者悲，不聞貴者歎。大賢事業異，遠抱非俗觀。報國心皎潔，念時心汍瀾。妖姬坐左右，柔指發哀彈，酒肴雖日陳，感激寧為歡？秋陰欺白日，泥潦不少乾，

> 河堤決東都，老弱隨驚湍。天意固有屬，誰能詰其端？願辱太守薦，得充諫諍官。排雲叫閶闔，披腹呈琅玕。致君豈無路，自進誠獨難。（《集釋》卷一）

吾人僅需誦讀前八句，必為韓愈襟期之宏大，氣度之深厚所震懾。所謂「願辱太守薦，得充諫諍官。排雲叫閶闔，披腹呈琅玕。」絕非一時之虛言，因為四年後，韓愈在長安任監察御史，即曾上〈天旱人饑疏〉。可知韓愈所感至深，而劍及履及之大賢風範，令人感佩。

貞元十六年，韓愈赴京師朝正，旋歸徐州，作〈歸彭城〉一詩，再次對於彰義軍節度使吳少誠反，鄭州、滑州水災，所帶來之動亂饑饉，表示關切。詩云：

> 天下兵又動，太平竟何時？訏謨者誰子？無乃失所宜。前年關中旱，閭井多死飢。去歲東郡水，生民為流屍。上天不虛應，禍福各有隨。我欲進短策，無由至彤墀。刳肝以為紙，瀝血以書辭。上言陳堯舜，下言引龍夔。言詞多感激，文字少葳蕤。一讀已自怪，再尋良自疑。食芹雖云美，獻御固已癡。
>
> 緘封在骨髓，耿耿空自奇。昨者到京城，屢陪高車馳。周行多俊異，議論無瑕疵，見待頗異禮，未能去皮毛，到口不敢吐，徐徐侍其巇。歸來戎馬間，驚顧似羈雌，連日或不語，終朝見相欺。乘間輒騎馬，茫茫詣空陂，遇酒即酩酊，君知我為誰？（《集釋》卷一）

詩中充滿無從發洩之痛苦，因為韓愈憂時傷亂、感憤無聊之情懷，無法藉此次進京之機會，進言於當局。而朝中雖多「俊異」之士，見待亦頗周至，在韓愈看來，不過是虛禮而已；因為，他們對百姓之痛苦，根本缺乏關顧之心。因此，「歸來戎馬間，驚顧似羈雌，連日或不語，終朝見相欺。乘間輒騎馬，茫茫詣空陂，遇酒即酩酊，君知我為誰？」數句，較之窮途之哭，更為沉痛。

再如韓愈〈讀東方朔雜事〉云：

> 嚴嚴王母宮，下維萬仙家。噫欠為飄風，濯手大雨沱。方朔乃豎子，驕不加禁訶，偷入雷電室，輷輘掉狂車。王母聞以笑，衛官助呀呀。不知萬萬人，生身埋泥沙。簸頓五山踣，流離八維蹉。曰吾兒可憎，奈此狡獪何？方朔聞不喜，褫身絡蛟蛇，瞻相北斗柄，兩手自相挼。群仙急乃言，百犯庸不科？向觀睥睨處，事在不可赦，欲不布露言，外口實喧嘩。王母不得已，顏嚬口齎嗟，頷頭可其奏，送以紫玉珂。方朔不懲創，挾恩更矜誇。詆欺劉天子，正晝溺殿衙。一旦不辭訣，攝身凌蒼霞。（《集釋》卷八）

據宋・魏仲舉《五百家注》引樊汝霖曰：「《漢武帝內傳》云：『帝好長生，七夕，西王母降其宮。有頃，索桃七枚，以四枚與帝，自食三枚，曰：此桃三千年一實。時東方朔從殿東廂鳥牖中窺母，母謂帝曰：此窺牖兒嘗三來偷吾此桃，昔為太山上仙官，令到方丈，擅弄雷電，激波揚風，風雨失時，陰陽錯遷，致令蛟鯨陸行，崩山壞境，海水暴竭，黃馬宿淵，於是九源丈人乃言於太上，遂謫人間。其後朔一旦乘雲龍飛去，不知所在。』」韓愈素不喜神仙之說，然本詩全本《漢武帝內傳》，意有所譏刺。清・朱彝尊謂：「刺天后時事。」方世舉謂：「刺張宿也。」陳沆《詩比興箋》謂：「此為憲宗用中官吐突承璀而作也。」[二]。三家對詩旨之推測，出入甚大。程學恂《韓詩臆說》之意見最為可採。

誠如程氏所云：「此詩本事點染，以刺當時權倖，且諷時君之縱容，已釀為禍害也。」[三]韓愈在詩中，以「王母」比時君，以「東方朔」比權倖，「噫欠為飄風，濯手大雨沱。」喻時君之權勢，無可比擬。「入電室」，「掉狂車」，喻權倖之興風作浪、翻雲覆雨。「不知萬萬人，生身埋泥沙。」四句，正說明時君寵倖權臣，為百姓帶來無窮禍害。韓愈或為全身遠禍，刻意汲取〈漢武內傳〉之故事結構，以遊戲之筆調，譏刺時君。詩旨容或刻意隱誨，欲以此詩「補察時政」之用心則十分明顯。

韓愈除對於時政有所評議之外，於百姓之疾苦，亦有所反映。如〈古風〉一首，即為貞元以來，各方藩鎮之賦役煩苛而作。詩中所謂：「彼州之賦，去汝不顧；此州之役，去我奚適？」正是善良百姓為賦役所困，走頭無路之悲慘寫照。再如貞元十九年，京畿饑荒，韓愈在〈赴江陵途中寄贈王二十補闕李十一拾遺李二十六員外翰林三學士〉一詩曾詳盡描述，詩云：

是年京師旱，田畝少所收，上憐民無食，征賦半已休。有司恤經費，未免煩徵求。富者既云急，

二　見清・陳沆《詩比興箋》卷四（臺北藝文印書館，一九七〇年九月）頁四八一。

三　見程學恂《韓詩臆說》卷三（臺灣商務印書館，一九七〇年七月）頁五〇。

貧者固已流。傳聞閭里間，赤子棄渠溝。持男易斗粟，掉臂莫肯酬。我時出衢路，餓者何其稠？親逢道邊死，佇立久咿嚘。歸舍不能食，有如魚中鉤。適會除御史，誠當得言秋，拜疏移閤門，為忠寧自謀？上陳人疾苦，無令絕其喉；下言畿甸內，根本理宜優。……（《集釋》卷三）

詩中所述，與魏．王粲〈七哀詩〉所述後漢民間之慘狀，前後輝映。蔣之翹云：「此詩詳切懇惻，其述饑荒離別二段，亦彷彿工部，較勝〈南山〉數籌。」再如：〈宿曾江口示侄孫湘二首〉之一云：

雲昏水奔流，天水漭相圍。三江滅無口，其誰識涯圻？暮宿投民村，高處水半扉。雞犬俱上屋，不復走與飛。篙舟入其家，暝聞屋中唏。問知歲長然，哀此為生微。海風吹寒晴，波揚眾星輝。仰視北斗高，不知路所歸。（〈集釋〉卷十一）

所謂曾江口，指廣東增江入東江之口，元和十四年，韓愈貶潮州，途經此地，又見百姓為水患所苦。大水漭漭，不見涯圻，雞犬上屋，篙舟入家，寫出一幅災民圖。生民之苦、逐客之感，交揉於一詩之中。語語沉痛，悲不能抑。此種反映百姓疾苦之作，惟杜甫〈三吏〉、〈三別〉可以媲美。

二．隱喻政情，攄發感慨

韓愈夙負青雲之志，頗有用世之忱，然而官場生涯屢遭挫折。故韓詩每於觸事讒謗，感慨憤激之餘，以隱曲之筆，揭示當時之政治情態。如貞元十九年所作〈苦寒〉、〈詠雪贈張籍〉、〈題炭谷湫祠堂〉三首，以曲折之筆法，揭示之內容，正是德宗末年任用京兆尹李實、及王叔文、韋執誼等朋黨比周之情形。

以〈詠雪贈張籍〉為例，全詩之前半，寫雪之飄颻；後半寫雪之積累。但是，字裡行間，充滿弦外之音。此詩前四句云：「只見縱橫落，寧知遠近來。飄颻還自弄，歷亂竟誰催？」清．朱彝尊之評語即謂：「全是隱刺時相，起四句已見大意。以此意看去，方有味。只鑿空形容，更不用套語，真是妙手。」[四]本詩後半自「松篁遭挫抑，糞壤獲饒培」起，嘲諷政局之跡象，更為鮮明。例如：「隔絕門庭遽，擠排陛級纔。豈堪裨嶽鎮，強欲效鹽梅。隱匿瑕疵盡，包羅委瑣該。」再如：「水官夸傑黠，木氣怯胚胎。……巧借奢豪便，專繩困約災，威貪陵布被，光怪離金罍。」這些句子，其形容刻繪既寓不平之氣，其指摘之具體對象，顯然指向王叔文、韋執誼。此詩雖有清人姚範認為「凡陋可笑」，然韓愈亟欲揭示德宗朝末期之政治情態，十分明顯。

再如〈題炭谷湫祠堂〉亦為譏訕王、韋之作。詩云：

萬生都陽明，幽暗鬼所寰。嗟龍獨何智，出入人鬼間。不知誰為助？若執造化關。厭處平地水，
巢居插天山。列峰若攢指，石盂仰環環。巨靈高其捧，保此一掬慳。森沉固含蓄，本以儲陰姦。
魚鼈蒙擁護，群嬉傲天頑。翾翾棲託禽，飛飛一何閑，祠堂像侔真，擢玉紆煙鬟。群怪儼伺候，

四　見清．顧嗣立《昌黎先生詩集注》卷九，朱彝尊評語（臺北，學生書局，一九六七年版）頁四六五。

恩威在其顏。我來日正中，悚惕思先還。寄立尺寸地，敢言來途艱。吁無吹毛刃，血此牛蹄殷。至令乘水旱，鼓舞寡與鰥。林叢鎮冥冥，窮年無由删。姸英雜豔實，星瑣黃朱班。石級皆險滑，顛躋莫牽攀。尨區雛眾碎，付與宿已頒。棄去可奈何，吾其死茅菅。（《集釋》卷二）

詩中之炭谷湫祠堂在長安城終南山下，祈雨之所也。韓愈表面題詠炭谷湫祠堂，實則所有筆墨皆集中在湫中之龍及倚附其旁之魚鼈禽鳥。詩中之湫龍「出入人鬼間」，「巢居插天山」，且有石盂仰環、巨靈高捧、魚鼈擁護、禽鳥託棲。但是，韓愈以「陰姦」形容之；又謂「群怪儼伺候，恩威在其顏」，又此龍不獨執造化之關，且司恩威之柄。若對照王叔文、王伾等人之傳記，則知詩中數語正指王、韋黨之借機掌權，及德宗幸臣李齊運、李實之倚附亂政。奈此時之王、韋黨人氣燄方殷，故謂「尨區雛眾碎，付與宿已頒。」，鑑於此妖之作怪滋甚，因有有「吁無吹毛刃，血此牛蹄殷」之歎。韓愈自恨不能手刃此妖，僅可伏處待盡，故謂「棄去可奈何，吾其死茅菅」。總之，此詩不論自創作緣動機或詩歌內容來考察，皆與德宗末期之政事相關。

順宗即位，不能親政。韋皋上表，請皇太子監國，時憲宗在東宮，已成海內屬心。韓愈作〈東方半明〉云：

東方半明大星沒，獨有太白配殘月。嗟爾殘月勿相疑，同光共影須臾期。殘月暉暉，太白睒睒。雞三號，更五點。（《集釋》卷二）

詩中以「東方半明大星沒」喻指順宗使太子監國之事。王叔文、韋執誼時已孤立，仍互為表裡，故以「太白」喻韋執誼，以「殘月」喻指王叔文。據王元啟《讀韓記疑》，順宗時，王叔文用事，執誼不敢違逆叔文，及叔文母死，執誼遂不用其語。王叔文甚為震怒，擬於復起之後，盡誅悖逆之徒。故篇中殘月相疑之句，正指王叔文之怨怒於韋執誼也。[五]

再如〈龍移〉一詩，則以更為隱曲之筆調，揭示順宗傳位後之情態。詩云：

天昏地黑蛟龍移，雷驚電激雄雌隨。清泉百丈化為土，魚鼈枯死吁可悲。（《集釋》卷三）

據清．方世舉《韓昌黎詩編年箋注》云：「以愚推之，此是寓言，乃為順宗傳位而作。『天昏地黑』謂永貞朝事，『蛟龍移』謂內禪，『魚鼈枯死』謂伾、文以及黨人皆斥逐也。」[六]有關順宗朝王、韋黨之記述，尚有〈永貞行〉、〈憶昨行和張十一〉，本文第三章已論及，茲不贅述。

韓愈在元和以後所作詩，亦有多首涉及憲宗朝事。如〈元和聖德詩〉頌揚朝廷討平劉闢、楊惠琳之亂；〈陸渾山火一首和皇甫湜用其韻〉，與元和三年詔舉賢良方正，皇甫湜、牛僧孺、李宗閔指斥時政相關。〈月蝕詩效玉川子作〉為宦官吐突承璀而作。〈瀧吏〉譴責臣僚誤國；〈猛虎行〉為殘忍、

五 見錢仲聯《韓昌黎詩繫年集釋》卷二錢仲聯《韓昌黎詩繫年集釋》卷一（台北，學海出版社，一九八五年一月）頁二五五。

六 見清．方世舉〈韓昌黎詩編年箋注〉轉引錢仲聯《韓昌黎詩繫年集釋》卷一（台北，學海出版社，一九八五年一月）頁三三一。

暴虐、不恤將士諸節度作。皆有其反映現實，揭示真象之用意。

以〈瀧吏〉而言，韓愈借瀧頭吏之口，罵盡天下不適任之官員。詩云：

……聖人於天下，於物無不容。比聞此州囚，亦有生還儂。官無嫌此州，固罪人所徙。官當明時來，事不待說委。官不自謹慎，宜即引分往。胡為此水邊，神色久戃慌？瓨大缾甖小，所任自有宜。官何不自量，滿溢以取斯？工農雖小人，事業各有守。不知官在朝，有益國家不？得無虱其間，不武亦不文，仁義飾其躬，巧姦敗群倫。（《集釋》卷十一）

此詩作於元和十四年貶謫潮州途中，本欲表現貶所之遠、環境之惡。卻藉瀧頭吏以吳語野諺，訓誡一番。韓愈在此以設為問答之方式，數落自己，亦何嘗不是對朝中官僚之批評？因此，瀧吏口中所謂「官不自謹慎，宜即引分往」、「瓨大缾甖小，所任自有宜。官何不自量，滿溢以取斯」、「得無虱其間，不武亦不文，仁義飾其躬，巧姦敗群倫。」皆有強烈批判現實之意義。再如〈猛虎行〉云：

猛虎雖云惡，亦各有匹儕。群行深谷間，百獸望風低。身食黃熊父，子食赤豹麛。擇肉於熊豹，肯視兔與貍？正晝當谷眠，眼有百尺威。自矜無當對，氣性縱以乖。朝怒殺其子，暮還食其妃。匹儕四散走，猛虎還孤棲。虎鳴門兩旁，烏鵲從噪之。出逐猴入居，虎不知所歸。誰云猛虎惡？中路正悲啼。豹來銜其尾，熊來攫其頤。猛虎死不辭，但慚前所為。虎坐無助死，況如汝細微。故當結以信，親當結以私。親故且不保，人誰信汝為？（《集釋》卷十一）

韓愈此詩，取古樂府〈猛虎行〉名篇，當非無為之作。方世舉以為：「大抵為殘忍受暴虐不恤將士諸節度作。其人非一人，其文非一事也。歷考《唐書》如貞元間宣武劉士寧、橫海程懷直，元和間魏博田季安、振武李進賢，或淫虐游畋，或殺戮無度，後皆為將士所逐，奪其兵柄，故詩以猛虎比之。『群行山谷間』以下，寫其殘忍受暴虐之狀也。『出逐猴入居，虎不知所歸』以下，寫其為將士所，或奔京師，或奔他軍，或死於將士之手也。故當結以私，為大眾說法也。」沈欽韓注謂：「此篇似指李紳輩作。大約為爭臺參事也。」錢仲聯《補釋》則謂：「〈南山有高樹行〉，通篇皆比體，篇中汝字指何山鳥，亦即指李宗閔，故大體可以人物比附。此詩則借虎為興，至『虎坐無助死，況如汝細微』，方轉入所刺之人。兩汝字皆指人而非虎。其上敘猛虎事，固不必全以人事附合坐實也。謂刺宗閔或李紳皆可通，惟謂為刺宗閔則可，謂為贈宗閔則不可。」七

由前賢之論見觀之，〈猛虎行〉之譏刺對象不論指李宗閔或者李紳，都難以確鑿之資料，加以驗證。若喻指德宗、憲宗時期之藩鎮跋扈，則較有合理詮釋之可能。依筆者愚見，「狐鳴」、「鵲噪」等八句，寫狐鳴鵲噪於外，猛虎出逐，猴入其穴，虎不所知歸；「誰云猛虎惡」八句，寫熊、豹聯手攻擊，猛虎無助而死；此正為當時藩鎮相互攻伐、彼此虐殺之寫照。韓愈或因有感於此，遂借虎取興，規諷當時之藩鎮，切莫乖縱氣性，而應以愛（私）、信相交結。

七　見錢仲聯《韓昌黎詩繫年集釋》卷十二錢仲聯《韓昌黎詩繫年集釋》卷一（台北，學海出版社，一九八五年一月）頁一二一六至一二一七。

三．規戒官場，嘲諷世人

韓愈明道入世，託庇官場，對官場百態所作臧否，極為深刻。韓愈批評之對象有權臣、僚友，甚至唐代皇帝之陵寢制度，亦勇於提出異議。如：憲宗元和元年七月所作之〈豐陵行〉即為顯例。豐陵為順宗李誦之陵寢，順宗於永貞元年十月病逝，次年七月，葬於豐陵。韓愈有感於當時之葬儀、陵制，奢華而荒唐，故作此詩以諷之。詩云：

羽衛煌煌一百里，曉出都門葬天子。群官雜沓馳後先，宮官穰穰來不已。是時新秋七月初，金神按節炎氣除。清風飄飄輕雨灑，偃蹇旂旆卷以舒。逾梁下阪笳鼓咽，嵽嵲逐走玄宮閭，哭聲訇天百鳥噪，幽坎晝閉空靈輿。皇帝孝心深且遠，資送禮備無贏餘，設官置衛鎖嬪妓，供養朝夕象平居。臣聞神道尚清淨，三代舊制存諸書。墓藏廟祭不可亂，欲言非職知何如。（《集釋》卷四）

按唐代葬儀制度，皇帝陵寢皆置宮殿，內設官曹嬪妓侍衛，一如在世之時。陳寅恪《元白詩箋證稿》引《通鑑》二四九《唐紀．宣宗紀》大中十二年二月甲子條，胡注亦略云：「凡諸帝升遐，宮人無子者悉遣詣山陵供奉朝夕，具盥櫛，治衾枕，事死如事生。」此當然是不合人道之制度。韓愈認為事死之道應以清淨為要，三代舊制，具載典籍之中，昭昭可考，不可淆亂。奈何身為國子博士，不具進諫資格，故有「欲言非職知何如」之感歎。

在韓愈規戒官場諸作中，〈南山有高樹行贈李宗閔〉，藉用寓言表達規戒之意，無疑為最特出之一首。詩云：

南山有高樹，花葉何衰衰！上有鳳凰巢，鳳凰乳且棲。四旁多長枝，群鳥所託依。黃鵠據其高，眾鳥接其卑。不知何山鳥，羽毛有光輝。飛飛擇所處，正得眾所希。上承鳳凰恩，自期永不衰。中與黃鵠群，不自隱其私。下視眾鳥群，汝徒竟何為？不知挾丸子，心默有所規。彈汝枝葉間，汝翅不覺摧。或言由黃鵠，黃鵠豈有之？慎勿猜眾鳥，眾鳥不足猜。無人語鳳凰，汝屈安得知？黃鵠得汝去，婆娑弄毛衣。前汝下視鳥，各議汝瑕疵。汝豈無朋匹，有口莫肯開。汝落蒿艾間，幾時復能飛？哀哀故山友，中夜思汝悲。路遠翅翎短，不得持汝歸。（《集釋》卷十二）

此詩作於穆宗長慶元年，時韓愈擔任國子監祭酒，受贈之對象李宗閔，正貶為劍州刺史。李宗閔在唐代「牛李黨爭」中，屬於牛黨。元和十二年，董晉征淮西，韓愈為行軍司馬，李宗閔擔任節度判官。但兩人是董晉幕下之僚友。〈南山有高樹行贈李宗閔〉自然是對宗閔之貶官，表達深切同情與關懷。因詩中出現多種鳥類，且以擬人化之寫作方式，敘述一曲折之故事情節，於是引起種種臆測。據清・王元啟《讀韓記疑》之察考，〈南山有高樹行贈李宗閔〉有一複雜之寫作背景。李宗閔之所以貶官，與錢徽、楊汝士知貢舉時，未能錄取段文昌、李紳推薦之人選有關。王元啟云：「《資治通鑑》長慶元年：錢徽與楊汝士同知貢舉，段文昌、李紳各以書屬所善進士於徽。榜出，皆不預。而宗閔之婿、

汝士之弟皆獲第。文昌、紳及德裕、元稹共言不公。徽貶江州刺史，宗閔劍州刺史，汝士開江令。」八

韓愈託鳥為喻，虛構一個鳥類社會，揭示一則關於政治生態環境之寓言，表達自身對於李宗閔貶官之看法。南山高樹此一鳥類社會，正是人間官場之縮影。韓愈在此一則寓言中，以「何山鳥」來規諷李宗閔，委婉地暗示他，既已「飛飛擇所處，正得眾所希。」那麼，「上承鳳凰恩，自期永不衰。中與黃鵠群，不自隱其私。下視眾鳥群，汝徒竟何為？」便是極大之錯誤。如今，既已「彈汝枝葉間」，所該做的是「慎勿猜眾鳥，眾鳥不足猜。」，是深入檢討在官場上之所做所為。尤其應反醒何以朋匹之中，「有口莫肯開」。如此，則雖暫時落入蒿艾之間，假以時日，未嘗無再飛之可能。韓愈作此詩時，已近晚年，三年之後，即已離開人世。一生宦海浮沉，飽經滄桑，對官場生涯，有獨特深入之體驗，故能給與李宗閔充滿政治智慧之建言。

韓愈除規戒官場，亦將如椽之筆，指向時俗風氣。如〈短燈檠歌〉云：

長檠八尺空自長，短檠二尺便且光。黃簾綠幕朱戶開，風露氣入秋堂涼。裁衣寄遠淚眼暗，搔頭頻挑移近床。太學儒生東魯客，二十辭家來射策。夜書細字綴語言，兩目眵昏頭雪白。此時提攜當案前，看書到曉那能眠。一朝富貴還自恣，長檠高張照珠翠。吁嗟世事無不然，牆角君看短檠棄。（《集釋》卷五）

八　轉引自錢仲聯《韓昌黎詩繫年集釋》卷十二（台北，學海出版社，一九八五年一月）頁一二一二。

唐代士人，皆有強烈之功名欲望。未登第前，孜孜矻矻；既已得志，則鄙棄糟糠，前後判如兩人。韓愈作此詩時，官國子博士，故所諷陳之對象，正為當時之太學生。前人以燈檠為題，甚為多見，古詩有：「燈檠昏魚目」之句，王筠有〈燈檠詩〉，均較韓愈為早。至如東坡〈侄安節遠來夜坐〉：「免使韓公悲世事，白頭還對短燈檠。」已是韓愈影響之產物。

此詩借燈檠為喻，旨在諷刺貧士得志忘本。先以對照之方式，點出短檠之實用，再寫思婦燈下裁衣念遠；「太學」六句，敘離家在外之太學生，燈下讀書作文之勤勉。但是，一朝得志，富貴到手，即放縱自恣。此時，長檠高張，燈下所照已非糟糠之妻，而是滿頭珠翠之美人。末句回至本題，戛然而止，世態炎涼，躍然紙上。與此意旨接近之詩作尚多，如〈秋懷詩十一首〉第二首云：

> 白露下百草，蕭蘭共雕悴。青青四牆下，已復生滿地。寒蟬暫寂寞，蟋蟀鳴自恣。運行無窮期，稟受氣苦異。適時各得所，松柏不必貴。（《集釋》卷五）

這些詩篇，顯然承襲《楚辭》託草木為喻之傳統，以翻案之語，對世俗風氣，進行嘲諷。他如〈雜詩四首〉以朝蠅暮蚊、烏噪鵲鳴，譏諷競進之徒；〈利劍〉託劍為喻，以刺讒夫；〈射訓狐〉託鵂鶹為喻，嘲諷時人朋黨相扇；〈病鴟〉託鴟為喻，嘲諷背德負恩之人。揆其內涵，都有針砭時俗之意。

貳．韓愈詩之思想意識

韓愈〈答竇秀才書〉云：「愈少駑怯，於他藝能自度無可努力，又不通時事，而與世多齟齬，念終無以樹立，益發憤於文學。又〈上宰相書〉自謂：「其業則讀書著文歌頌堯舜之道，孜孜焉亦不為利，其所讀皆聖人之書，楊、墨、釋、老之學無所入於其心，其所著皆約《六經》之旨而成文」。可知韓愈之文章，以《六經》為根源。再看韓愈〈納涼聯句〉云：「儒庠恣游息，聖籍飽商搉。」，〈招揚之罘〉云：「先王遺文章，綴緝實在余。《禮》稱獨學陋，《易》貴不遠復。作詩招之罘，晨夕抱飢渴。」，則韓愈作詩，亦每在理念之層面，接續儒家思想。以下擬分「觝排異端，攘斥佛老」、「篤志好古，張皇儒術」及「頌揚節行，樂道人善」三點，論析說明之。

一．觝排異端，攘斥佛老

唐代佛、道二教盛行，知識分子無不深受影響。對於唐代文學與宗教之關係，吾人應釐清「迷信與教義」、「宗教與宗教文化」、「宗教思想與唐朝文人之接受、理解、發揮」三方面之不同。[九] 韓愈雖與僧徒、道士時有往來，在少數詩文中，也有接受佛教教義與佛教藝術之傾向；然而，其思想立場卻始終堅定，對於佛道信仰為政經社會及倫常禮教所帶來之弊害，經常大力抨擊。其〈送僧澄觀〉云：

九　上述觀念，採自孫昌武先生而略作修改。詳見氏所著《唐代文學與佛教》前言（臺北　谷風出版社，一九八七年五月）

浮屠西來何施為？擾擾四海爭奔馳。構樓架閣切星漢，跨雄鬥麗止者誰？僧伽後出淮泗上，勢到眾佛尤恢奇。越商胡賈脫身罪，珪璧滿船寧記資……。（《集釋》卷一）

此雖針對被唐中宗尊為國師之僧伽大師而發，但是佛教勢力，至此益加恢張，殆為不爭之事實。詩中描述越商胡賈爭捨資財以祈福攘災，則王侯貴臣、庶士豪家之誇雄鬥麗，不難推想而知。為求福田利益，於是招提櫛比，寶塔駢列；社會更出現被供養之新興僧侶階級，他們不事生產，賦役全免，對唐代社會經濟，日益產生不良影響。〈送靈師〉所述正是此種情況，詩云：

佛法入中國，爾來六百年。齊民逃賦役，高士著幽禪。官吏不之制，紛紛聽其然。耕桑日失隸，朝署時遺賢……。（《集釋》卷二）

此與〈原道〉、〈論佛骨表〉之基本觀念，完全相同。誠如陳寅恪〈論韓愈〉所言：「其所持排斥佛教之論點，此前已有之。實不足認為退之之創見。特退之所言更較精闢，勝於前人爾。」[十]又云：「蓋唐代人民擔負國家直接稅及勞役者為『課丁』，其得享有免除此種賦役者為『不課丁』，『不課丁』為當日統治階級及僧尼道士女冠等宗教徒。而宗教徒中佛教徒佔最多數，其有害國家財政社會經濟之處在諸宗教中，尤為特著，退之排之亦最力，要非無因也。」[十一]

十　見羅師聯添編《中國文學史論文選集》第三冊（臺北，學生書局，一九七九年三月）頁九八五。

十一　同註十。頁九八六。

至於韓愈排擊道教神仙之篇章，則見諸〈題木居士二首〉、〈遊青龍寺贈崔大補闕〉、〈記夢〉、〈誰氏子〉、〈桃源圖〉、〈謝自然詩〉、〈華山女〉等作。〈題木居士二首〉之一云：

> 火透波穿不計春，根如頭面幹如身。偶然題做木居士，便有無窮求福人。（《集釋》）

所謂「木居士」類似臺灣民間庶物崇拜之「樹頭公」，此詩前賢或謂譏諷趨赴王伾、王叔文之徒。但對於聾俗無知，諂祭庶物之荒謬，無異一語勘破。又如〈記夢〉云：「乃知仙人未聖賢，護短憑愚邀我敬。我能屈曲自世間，安能從女巢仙山。（《集釋》）」〈誰氏子〉云：「神仙雖然有傳說，知者盡知其妄矣。」〈桃源圖〉云：「神仙有無何渺茫，桃源之說何荒唐。」其基本論點，都集中在神仙思想之虛妄。

〈謝自然〉與〈華山女〉則採較長之篇幅，大力抨擊道徒之妖媚惑眾。謝自然是出身於果州南充（今四川省南充縣）之貧家女，入道學仙，相傳於貞元十年十一月二十日辰時白日飛昇。郡守李堅奏報長安，朝廷賜詔褒諭，可謂轟動一時之奇聞。韓愈寫作此詩，當亦得自傳聞，因此前幅複敘謝自然之事蹟，後段則斷言謝自然係妖道幻術所貿遷。故義正詞嚴，力陳此事之無妄。詩云：

> ……余聞古夏后，象物知神姦，山林民可入，魍魎莫逢旃。逶迤不復振，後世恣欺謾。幽明紛雜亂，人鬼更相殘。秦皇雖篤好，漢武洪其源；自從二主來，此禍竟連連。木石生變怪，狐狸騁妖患。莫能盡性命，安得更長延。人生處萬類，知識最為賢；奈何不自信，反欲從物遷。往

> 者不可悔，孤魂抱深冤；來者猶可誡，余言豈空文。人生有常理，男女各有倫，寒衣及飢食，在紡織耕耘。下以保子孫，上以奉君親。苟異於此道，皆為棄其身。噫乎彼寒女，永託異物群。感傷遂成詩，昧者宜書紳。（《集釋》卷一）

由詩中「莫能盡性命，安得更長延。」、「人生有常理，男女各有倫」、「苟異於此道，皆為棄其身。」諸句，可知韓愈對轟傳一時之謝自然飛昇事件，採取不為所惑之理性態度，直斷為虛妄，從而發出「孤魂抱深冤」、「永託異物群」之悲憫。

至於〈華山女〉，則寫出身華山之女道士，借其姿色，以仙靈之說惑眾。詩云：

> 街東街西講佛經，撞鐘吹螺鬧宮廷。廣張罪福資誘脅，聽眾狎恰排浮萍。黃衣道士亦講說，座下寥落如晨星。華山女兒家奉道，欲驅異教歸仙靈。洗粧拭面著冠帔，白咽紅頰長眉青。遂來昇座演真訣，觀門不許人開扃，不知誰人暗相報，訇然振動如雷霆。掃除眾寺人跡絕，驊騮塞路連輜軿。觀中人滿坐觀外，後至無地無由聽。抽釵脫釧解環佩，堆金疊玉光青熒。天門貴人傳詔召，六宮願識師顏形。玉皇頷首許歸去，乘龍駕鶴來青冥。豪家少年豈知道，來繞百匝腳不停。雲窗霧閣事慌惚，重重翠幔深金屏。仙梯難攀俗緣重，浪憑青鳥通丁寧。（《集釋》卷十一）

此詩作於憲宗元和十四年，前四句所述正是憲宗迎佛骨時之景象。「華山女兒」以下十四句，敘華山女道亦升座演述仙家真訣。但見她洗粧拭面，身著冠帔；頸白頰紅，黛眉修長。離奇的是閉門說道，不許開扃，此種神秘作法，反而招來無數慕道之群眾，大家爭捨金銀環釧，以為奉獻。「天門貴人」以下十句，韓愈以迷離惝恍之語句傳述諷刺之意。朱子指出：「譏刺時君未能詳察真偽，竟使失行婦人得入宮禁耳。觀其卒章，豪家少年，雲窗霧閣，翠幔金屏，青鳥丁寧諸語，褻慢甚矣。豈真似神仙處之哉？」[十二]此詩之諷意全在結尾數句。從天門貴人傳詔入宮，至豪家少年圍繞不去，再由「雲窗霧閣」、「翠幔金屏」之重重阻隔，步步暗示華山女道在宮中之活動真象令人「慌惚難明」。結以「仙梯」二句，字面似在說明登仙之難；而更強烈之諷意，全隱在言外。

相較之下，〈誰氏子〉一詩，略顯直致，對道徒力行險怪，戕害倫常之弊端，有更深之譴責。詩云：

> 非癡非狂誰氏子？去入王屋稱道士。白頭老母遮門啼，挽斷衫袖留不止。翠眉新婦年二十，載送還家哭穿市。或云欲學吹鳳笙，所慕靈妃媲蕭史。又云時俗輕尋常，力行險怪取貴仕。神仙雖然有傳說，知者盡知其妄矣。聖君賢相安可欺，乾死窮山竟何俟？嗚呼余心誠豈弟，願往教誨究終始。罰一勸百政之經，不從而誅未晚耳。誰其友親能哀憐，寫吾此詩持送似？（《集釋》卷七）

十二　轉引自錢仲聯《韓昌黎詩繫年集釋》卷十一（台北，學海出版社，一九八五年一月）頁一〇九六。

據清．方世舉《韓昌黎詩編年箋注》，此詩寫河南少尹李素之子李炅抛妻棄母入王屋山學道之事。既知其名而稱「誰氏子」，顯然在表達賤惡之意。起首六句寫李炅入山學道，老母、新婦挽之不止。「所云」八句，先按後斷，謂「慕靈妃」、「取貴仕」皆不可能如願，因為，神仙之說，世人皆知其妄；倘若欲藉入道，作為仕宦捷徑，聖君賢相，必將洞悉其用心。末尾六句，揭出勸戒教誨之主旨。

二．篤好古道，張揚儒術

韓愈〈進學解〉藉弟子之口云：「觝排異端，攘斥佛老，補苴罅漏，張皇幽眇。尋墜緒之茫茫，獨旁搜而遠紹。障百川而東之，迴狂瀾於既倒。先生之於儒，可謂有勞矣。」其〈答陳生書〉坦率指出：「愈之志在古道，又甚好其言辭。」韓愈曾於若干詩篇中顯現篤好古道之態度。如〈秋懷〉之五云：「歸愚識夷途，汲古得修綆。」〈秋懷〉之八云：「退坐西壁下，讀詩盡數篇。作者非今士，相去時已千，其言有感觸，使我復悽酸。」前者說明回歸愚拙，體認出人生之坦途；而汲取古道，獲得智慧的線索。後者則顯示其篤好古人作品，因此對於千年之前的古人情懷，也能感通共鳴。

由於好古，韓愈對於〈石鼓歌〉未能收進《詩經》深感遺憾，如〈石鼓歌〉即云：「陋儒編詩不收入，二雅褊迫無委蛇。孔子西行不到秦，掎摭星宿遺羲娥。嗟余好古生也晚，對此涕淚雙滂沱。」，也由於對古道之了解，韓愈堅信：「文書自傳道，不仗史筆垂。」（〈寄崔二十六立之〉），同時也在〈符讀書城南〉之中訓戒兒子：「人不通古今，馬牛而襟裾。」

然則，韓愈所尊奉之古道，其內涵若何？在〈赴江陵途中寄贈王二十補闕李十一拾遺李二十六員外翰林三學士〉透露：「生平企仁義，所學皆周、孔。」在〈君子法天運〉有四句云：「君子法天運，四時可前知。小人惟所遇，寒暑不可期。」可知其所謂古道：超越言之，為常行常則；具體言之，便是周公、孔子之學說。

在〈讀皇甫湜公安園池詩書其後二首〉韓愈即告誡皇甫湜，為學應務其大，誠能通曉古道，必可盱衡古今。他舉《春秋》與《爾雅》為例，認為孔子作《春秋》進行人物褒貶，揆其用意，不在誅責其人而已，而是在替萬世訂立常則，此種襟期，豈是《爾雅》之類，蟲魚瑣碎者所能比？故曰：「《春秋》書王法，不誅其人身。《爾雅》注蟲魚，定非磊落人。」區區園景，何足掛懷；孔、顏事業，才是終身努力之目標，故韓愈勸勉皇甫湜：「用將濟諸人，捨得業孔、顏。」，務必及時進業，勿再流連光景，耗費心思於無意義之事物上。

韓詩之中，最富於儒家色彩者，當推〈琴操十首〉。〈琴操十首〉有：〈將歸操〉、〈猗蘭操〉、〈龜山操〉、〈越裳操〉、〈拘幽操〉、〈岐山操〉、〈殘形操〉七首之內容牽涉到儒家人物。〈將歸操〉之主要意念來自〈史記·孔子世家〉，乃以代言之手法，描述孔子聞殺鳴犢之後，不入趙國之心聲。〈猗蘭操〉借蘭為喻，大力頌揚蘭性，以發抒孔子不遇於時之心聲。〈龜山操〉代孔子表達悃款不移之忠心。〈越裳操〉代周公歌詠周之先祖，以彰顯周公謙謙之德。〈拘幽操〉代文王表達囚禁於羑里之心情，傳神呈現文王之人格情操。〈岐山操〉以周公之語氣，代古公亶父表達遷居岐山意在避免戰爭。〈殘形操〉代曾子敘述夢見無頭狸之經過。這些詩，若就形式而言，誠然為假設模擬之作；就其內涵而言，韓愈代孔子、周公、文王、古公亶父抒發心聲，都有對其嘉言彝行表示敬仰認同之意。韓愈借〈琴操〉張揚儒門之用心，十分明顯。

三．頌揚彝行，樂道人善

韓愈本於儒家立場，對於愛好古學、遵行古道或忠、孝、節、義之士總是極力頌揚。例如貞元二年，韓愈曾至河中，對於隱居在中條山之高士陽城萬分仰慕，深以未能從學為憾，因作〈條山蒼〉表示心意；此為韓詩頌揚節行諸作，最早一首。再如貞元九年，韓愈已登進士第，應博學宏辭科尚未有成，即曾作詩二首頌揚孟郊。其一為〈長安交游者一首贈孟郊〉，另一為〈孟生詩〉。

〈長安交游者一首贈孟郊〉云：「長安交游者，貧富各有徒。親朋相過時，亦各有以娛。陋室有文史，高門以有笙竽。何能辨榮悴？且欲分賢愚。」（《集釋》卷一）此詩指出：貧者文史之樂，勝於富者笙竽之樂。其原意本在撫慰孟郊在〈長安道〉、〈長安羈旅行〉等詩怨誹之言，然而，韓愈也在詩中以顏回、曾參為典範，道出窮居陋室、安貧樂道之可貴。

〈孟生詩〉則為韓愈薦孟郊於張建封之作。由詩中：「孟生江海士，古貌又古心。嘗讀古人書，謂言古猶今。作詩三百首，窅默咸池音。騎驢到京國，欲和薰風琴。」與「朅來游公卿，莫肯低華簪。諒非軒冕族，應對多差參。」以及「誰憐松桂性，競愛桃李陰。」等句觀之，韓愈最激　孟郊之「古貌」、「古心」、「讀古人書」及不諧俗之品格。

在〈此日足可惜一首贈張籍〉詩中，韓愈先是感歎：「孔丘歿已遠，仁義路久荒，紛紛百家起，鬼怪相披猖。長老守所聞，後生習為常。少知誠難得，純粹古已亡。譬彼植園木，有根易為長。」（《集釋》卷一）再述張籍嶄露頭角之情形：

> 州家舉進士，選試謬所當，馳辭對我策，章句何煒煌。相公朝服立，工席歌〈鹿鳴〉，禮終樂亦闋，相拜送於庭。之子去須臾，赫赫流盛名，竊喜復竊歎，諒知有所成。

韓愈在詩中對於張籍應舉時，對策得當、文章煒煌，誠心推許；又對張籍在上流公卿間，漸有盛名，而感慶幸。此種愛才之心，頗令後人感佩。相同之情況，見諸〈贈族姪〉、〈題合江亭寄刺史鄒君〉、〈贈崔立之評事〉、〈送區弘南歸〉、〈送劉師服〉、〈送侯參謀赴河中幕〉、〈寄盧仝〉、〈送諸葛覺往隨州讀書〉、〈別趙子〉等詩。韓愈在這些詩中，或稱其術，或美其政，或勸以韜養，或勉其行道，或勉其收斂讀書，或許其抱才，或稱其氣高。不論尊卑貴賤，無不就其才行、文德加以稱美，或寄以厚望。當韓愈獲知張建封不顧生命安全，進行危險之馬球遊戲，韓愈曾作〈汴泗交流贈張僕射〉微諷之：

> ……此誠習戰非為劇，豈若安坐行良圖。當今忠臣不可得，公馬莫走須殺敵。（《集釋》卷一）

含蓄敦促張建封保有健全之身體，以便報　君國。此雖引起張建封之不悅，韓愈似乎毫未顧及。此種與人為善之態度，顯然出於天性。

當韓愈聞知壽州董召南有慈孝之名，更以樂府詩之句調作〈嗟哉董生行〉一詩加以頌揚。詩云：

> 淮水出桐柏山，東馳遙遙千里不能休。淝水出其側，不能千里，百里入海流。壽州屬縣有安豐，唐貞元時，縣人董生召南隱居行義於其中。刺史不能薦，天子不聞名聲。爵祿不及門，門外惟有吏，日來徵租更索錢。嗟哉董生朝出耕，夜歸讀古人書。盡日不得息。或山於樵，或水於漁。入廚具甘旨，上堂問起居。父母不慼慼，妻子不咨咨。嗟哉董生孝且慈。人不識，惟有天翁知。生祥下瑞無休期。家有狗乳出求食，雞來哺其兒，啄啄庭中拾蟲蟻，哺之不食鳴聲悲，徬徨躑躅久不去，以翼來覆待狗歸。嗟哉董生誰將與儔？時之人夫妻相虐兄弟為讎，食君之祿，而令父母愁。亦獨何心？嗟哉董生無與儔！（《集釋》卷一）

本詩前半敘董召南隱居行義於壽州安豐縣，朝耕夜讀，採樵捕魚以維生計。父母無憂慼之感，妻兒無咨嗟之歎，有慈孝之名。下半敘物類相感，刻意將家中雞狗相乳鋪張一番，說明董召南之慈孝，已感應於雞狗等家畜。此種思想，源於《易經．中孚》「信及豚魚」；細碎描述處，又有《詩經．東山》一詩之影響。屬於直白少文、句法參差之作，卻十分警動人心。

參．結論

韓愈為官紳型詩人，豐富之官場生涯，使其有機會觀察德宗、憲宗時期政壇底層真相，以多樣之形式、新穎之技巧，撰成出色之諷諭詩。經由本文論析，可知韓愈初涉宦途，即以藩鎮僚屬身份，作〈汴州亂〉二首，對朝廷政策提出批評。其後在〈送河陽李大夫〉、〈齪齪〉、〈歸彭城〉中，又對時局之紊亂、朝士之無所作為、水災帶來之動亂饑饉，徑直提出批評。〈讀東方朔雜事〉更及於當時之權倖，暗諷時君之縱容，這種作詩之意圖，與元、白以詩「補察時政，泄導人情」並無不同。

韓愈另有一些詩如〈苦寒〉、〈詠雪贈張籍〉、〈題炭谷湫祠堂〉、〈東方半明〉、〈龍移〉、〈猛虎行〉則改以極端隱曲之筆法寫成，這些詩不論其動機在言事、譏刺、或自我解嘲，其主要意旨大多在反映現實政治，解讀這些詩篇，即多少能掌握德宗、憲宗朝之政治情態以及韓愈之感興。此外，〈豐陵行〉對唐代皇室之陵寢制度，勇敢提出異議；〈南山有高樹行贈李宗閔〉，借用寓言表達規戒之意；〈短燈檠歌〉，以如椽之筆暗示貧士得志忘本，皆對世俗風氣，進行毫不留情之嘲諷。

韓愈以古文觝排佛道，張揚儒家思想，詩中亦不例外。其〈送僧澄觀〉、〈送靈師〉兩詩對佛教所作之抨擊，實與〈原道〉、〈論佛骨表〉之基本觀念，完全相同。而其批評道教神仙之篇章，則見諸〈題木居士二首〉、〈遊青龍寺贈崔大補闕〉、〈記夢〉、〈誰氏子〉、〈桃源圖〉、〈謝自然詩〉、〈華山女〉等詩。篇篇義正辭嚴，不稍寬假。或明言、或暗喻，總在指斥佛教信仰，妨礙社會經濟之正常發展；道教神仙之說，敗壞倫常、蠱惑庶眾。諸詩雖因過度使用議論，以致削弱其藝術性，卻最能突顯韓愈之思想立場。再如〈琴操十首〉這一組作品，若純就形式言，誠然為假設模擬之作；而就其內涵言，則韓愈代孔子、周公、文王、古公亶父抒發心聲，實有對其嘉言彝行表示敬仰認同之意。韓愈借〈琴操〉張揚儒門之用心，十分明顯。至如〈條山蒼〉頌揚陽城之節行、〈孟生詩〉之頌讚孟郊堅守古道、〈嗟哉董生行〉頌揚董召南之慈孝，更是韓愈儒家立場之具體表現。

原載：國立中興大學中文系主編：《興大中文學報》，第七期，（一九九四年一月），頁一一七至一三二。

六、韓愈詩形式之分析

壹．韓詩體式之承襲與創新

韓愈承李杜之後，崛起於中唐，各體詩歌，皆有特色。誠如清．方東樹《昭昧詹言》所言：「韓公詩，文體多，而造境造言，精神兀傲，氣韻沉酣，筆勢馳驟，波瀾老成，意象曠達，句字奇警，獨步千古，與元氣侔。」而其詩歌體式方面之承襲與創新，向為後世所矚目。

若依體式區分，今傳韓詩共計樂府三十四首，四古三首，五古一百二十三首，七古五十三首，古體詩在全集之中所佔比例最高，且往往務於奇響，言人所不能言。至於近體，五律尚有不少同門唱和之作共四十七首，七律則全集僅十四首，五排十六首，五絕二十七首，七絕七十七首，五言聯句十五首。韓愈之所以不肯多作律詩，與其才力雄厚有關聯，蓋惟以古體足供馳驟；拘以聲律，則難展所長。

五、七言古詩，雖僅二字之別，意境、風格、聲律，卻大有差異。清．劉熙載《藝概．詩概》曾作比較，大體認為：「五言如《三百篇》，七言如〈騷〉」，「五言質，七言文；五言親，七言尊。」，「平澹天真，於五言宜；豪蕩感激，於七言宜。」，「五言尚安恬，七言尚揮霍。」，「五言無閒字易，有餘味難；七言有餘味易，無閒字難。」，「七言詩第五字要響，五言詩第三字要響」，「五言第二字與第四字，第三字與第五字，七言第二字與第四字，第四字與第六字，第五字與第七字，平仄相同則音拗，異則音諧。講古詩聲調者，類多避諧取拗。然其蓋有天籟，不當止以能拗為古。」[一]劉氏之論見，實可作為考索韓愈五、七言古體之參考。

自前賢論韓資料觀之，頗有強調其古體詩之成就者。清．施補華《峴傭說詩》云：「退之五古，橫空硬語，妥帖排奡，開張處過於少陵，而變化不及。中唐以後，漸近薄弱，得退之而中興。」[二]而清．施山《望雲詩話》卷二云：「五古學李、杜、韓三家，變化自多，即或未成，刻鵠猶能類鶩。學陶、謝恐如畫虎，學漢魏，恐如優孟。」[三]清．李重華《貞一齋詩說》云：「七言成於鮑照，而李杜才力，廓而大之，終為正宗。厥後韓愈、蘇軾稍變之。然論七古，無逾此四家者。」[四]清．方東樹《昭昧詹言》更謂：「七古宜從韓公入。」[五]可見韓愈古體詩在歷史上之地位深受肯定。雖然如此，韓愈古體之作，實有許多變革，殆為前所未有。而其今體詩，亦有嶄新開闢，優雅穩妥者。茲分古體、今體兩方面，略論其特異出眾之處。

一 見清．劉熙載《藝概》卷二〈詩概〉（臺北，華正書局，一九八五年六月）頁六十九至七十。
二 見清．施補華《峴傭說詩》轉引自吳文治《韓愈資料彙編》（臺北，學海出版社，一九八四年四月）頁一五六一。
三 見清．施山《望雲詩話》卷二 轉引自吳文治《韓愈資料彙編》（臺北，學海出版社，一九八四年四月）頁一五六一。
四 見清．李重華《貞一齋詩說》 轉引自吳文治《韓愈資料彙編》（臺北，學海出版社，一九八四年四月）頁一一五〇。
五 見清．方東樹《昭昧詹言》卷十四（臺北，廣文書局，一九六二年八月）

一・韓愈對古體詩之因革

（一）五古之承創

五言詩之發展，至唐朝將近千載，詩格紛呈，作者輩出。即以有唐一代論之，陳子昂、張說為先聲，王維、孟浩然為正響。常建之渾然天成，李頎、王昌齡之豪邁自得，岑參之喜詠邊情，儲光羲之善言田家。李白之集建安六代之大成，杜甫之沉鬱頓挫，氣韻沉雄。韋應物、柳宗元以澄淡為宗，錢起、李端以風標相尚，白居易之平平無奇，韓愈、孟郊之戛戛獨造，都各有畛域，自成一家。

韓愈在貞元、元和之間，對古詩體製既有承繼，亦有興革。所作五古、七古長篇不轉韻，蓋為繼承漢魏者；以排偶句法創作古體及奇數句古詩，則為杜甫之後，對古詩所作之興革。清・葉燮《原詩》卷四〈外篇〉下云：

> 五古漢魏無轉韻者，至晉以後漸多。唐時五古長篇，大多轉韻矣，惟杜甫五古，終集無轉韻者。畢竟以不轉韻為得。韓愈亦然。六

可知韓愈五古不轉韻，係回歸漢、魏之傳統。試看獨用一韻之詩例，例如：〈病中贈張十八〉為江韻

六 見清・葉燮《原詩》卷四〈外篇〉下 轉引自吳文治《韓愈資料彙編》（臺北，學海出版社，一九八四年四月）頁九四三。

獨用、〈答張徹〉為青韻獨用。〈送文暢師北游〉月韻獨用、〈薦士〉為號韻獨用、〈赴江陵途中寄贈王十二補闕李十一拾遺李二十六原外三學士〉尤韻獨用。這些長篇，皆不傍借，一韻到底。對於一些窄韻（如：青韻）、險韻（如：江韻）則刻意展現非凡筆力，頗有因難見巧之意。

（二）七古之雄傑

七言古詩最難於氣象雄渾，句中有力，紆徐不失言外之意。韓愈筆力雄傑，所作七古，卓具特色。尤其終篇一韻，最為難能。按清．錢泳《履園譚詩總論》云：

> 七古以氣格為主，非有天姿之高妙，筆力之雄健，音節之鏗鏘，未易言也。尤須沉鬱頓挫以出之，細讀杜韓詩便見。若無天姿、筆力、音節三者，而強為七古，是猶秦庭之舉鼎，而絕其臏矣。[七]

清．葉燮《原詩》卷四〈外篇〉下云：

> 七古終篇一韻，唐初絕少，盛唐間有之，杜則十有二三，韓則十居八九，……此七古之難，難尤在轉韻也。若終篇一韻，全在筆力能舉之，藏直敘於縱橫之中，既不患錯亂，又不覺平蕪，

七　見清．錢泳《履園譚詩總論》轉引自吳文治《韓愈資料彙編》（臺北，學海出版社　一九八四年四月）頁一三七七。

似較轉韻差異。韓之才無所不可，而為此者，避虛而走實，任力而不任巧，實啟其易也。[八]

清・王鳴盛《蛾術篇》卷七十六云：

若七言古詩，長篇一韻到底，不轉他韻，則又必到昌黎方定此格，而杜無之也。[九]

由以上資料顯示韓愈七古長篇不轉韻，為極其難能之創作體式。就《韓昌黎集》來看，如〈寄盧仝〉止韻獨用、〈寒食日出游〉映諍勁韻通押（《唐韻》同用）、〈游青龍寺贈崔大補闕〉旱緩韻通押（《唐韻》同用）、〈陸渾山火〉元魂痕通押（《唐韻》同用）、〈崔立之評事〉軫準通押（《唐韻》同用）、〈石鼓歌〉歌戈通押（《唐韻》同用）、〈劉生詩〉尤侯幽通押（《唐韻》同用）皆為明顯之詩證。

（三）古體之變化

除上述二者之外，韓愈在古詩體式方面，尚有雜入排偶句法寫成之古體詩。如〈縣齋讀書〉、〈縣齋有懷〉、〈答張徹〉、〈新竹〉四首。其中〈縣齋讀書〉八韻十六句，通首對句；〈縣齋有懷〉全詩四十韻八十句，亦通首對句；〈答張徹〉五十韻一百句，通首除首聯「辱贈不知報，我歌爾其聆」

八　同註六。

九　見清・王鳴盛《蛾術篇》卷七十六，轉引自吳文治《韓愈資料彙編》（臺北，學海出版社　一九八四年四月）頁一二七〇。

末聯「勤來得晤語，勿憚宿寒廳」為古句之外，通首對句；〈新竹〉八韻十六句，亦為首聯「筍添南堦竹，日日成清閟」末聯「何人可攜翫？清景空瞪視」為古句之外，通首對句。關於四首詩之性質，前賢大多視為「排律體」，但因皆押仄韻，而非正常之平韻，故又稱之為「仄排律」或「側排律」，其實此種分類係錯誤之分類。[十]僅可視為雜入排偶句法之古體詩。此種詩格，在七言歌行中，亦有所見，稱為「古詩中律句」，且被視為轉韻之方法。清．沈德潛《說詩晬語》卷上云：

轉韻初無定式，或二語一轉，或四語一轉，或連轉幾韻，或一韻疊下幾語，大約前則舒徐，後則一滾而出，欲其節拍以為亂也。此亦天機自到，人工不能勉強。[十一]

又云：

歌行轉韻者，可以雜入律句，借轉韻以運動之，軟中自有方也。一韻到底者，必須鏗金鏘石，一片宮商，稍混律句，便成弱調也。不轉韻者，李杜十之一二（原註：李如〈粉圖山水歌〉，杜如〈哀王孫〉、〈瘦馬行〉類。）韓昌黎十之八九。後歐蘇諸公，皆以韓為宗。[十二]

十　柯萬成先生曾對排律與古體作成精采之比較分析，詳見《韓愈詩研究》（香港，新亞研究所碩士論文，一九八三年六月）頁三七四至三八一。

十一　參見蘇文擢《說詩晬語銓評》卷上，頁二二六。

十二　同前書，頁二四二。

清・王士禎《古詩平仄論》云：

七言自有平仄，若平韻到底者，斷不可雜以律句。若仄韻到底者，間似律句無妨。以用仄韻本非近體，若換韻者已非近體，用律句無妨也。蘇文擢按曰……韓〈石鼓歌〉全用五歌，惟「孔子西行不到秦」及「憶昔初蒙博士徵」兩句律句。[十三]

清・沈德潛《說詩晬語》卷上又云：

或問：「何者古詩中律句？」曰：「不漏文章世以驚，未辭翦伐誰能送？」「何者別於律句？」曰：「五岳祭秩皆三公，四方環鎮嵩當中。」[十四]

足見韓愈詩有此一格。質實言之：就五古而言，或可視為韓愈詩之絕詣；就七古而言，詩中雜入律句，則未可視為韓愈之創獲。

（四）奇數句古詩

我國古代詩歌，大多以偶數句成篇，但在韓愈詩中，卻有十三首詩以奇數句成篇。分別為：

〈苦寒歌〉九句

十三 同上引。

十四 見蘇文擢《說詩晬語銓評》卷上，頁二四五。

〈鳴雁〉十三句
〈河之水二首寄子姪老成〉兩首各十一句
〈利劍〉九句
〈劉生〉三十一句
〈晝月〉七句
〈八月十五夜贈張功曹〉二十九句
〈岣嶁山〉九句
〈永貞行〉三十九句
〈李花贈張十一署〉十九句
〈陸渾山火一首和皇甫湜用其韻〉五十九句
〈將歸操〉十三句
〈越裳操〉十五句

其中〈苦寒歌〉疑有脫字，故成為奇數句詩；〈將歸操〉及〈越裳操〉為古樂歌，字句形態本即不穩定；〈鳴雁〉為句句入韻之柏梁臺體，在第十三句收束；〈河之水二首寄子姪老成〉、〈劉生詩〉、〈利劍〉皆為樂府詩。漢魏樂府頗多奇數句成篇，韓愈既模擬風謠，以示古質，故以奇數句收束，亦可理解；至於〈晝月〉、〈八月十五夜贈張功曹〉、〈岣嶁山〉、〈永貞行〉、〈李花贈張十一署〉、

〈陸渾山火一首和皇甫湜用其韻〉則為純粹之奇數句詩。此種詩歌體式，杜甫亦有之。據李立信〈論杜甫奇數句詩〉之考察，杜甫全集中之奇數句詩，共十八篇合計二十七首。[十五]杜甫之奇數句詩全係七言，或雜言或歌、行、引體，用韻一反常態，且更換促數。相較之下，韓愈之奇數句詩，亦無一首為五言詩，除〈將歸操〉、〈越裳操〉為四言之外，其餘皆為七言詩。杜甫奇數句詩最長為三十五句（如：〈兵車行〉），韓愈則多至五十九句（如：〈陸渾山火〉）。故知韓愈以奇數句成篇，前有所承，當非即興之舉。

二・韓愈對近體詩之創改

韓愈詩中，律詩最少，前賢常謂韓愈不善律詩。宋・劉攽《中山詩話》即云：「韓吏部古詩高卓，至律詩雖稱善，要有不工者。而好韓之人句句稱述，未可然也。」[十六]然則，韓愈果不能作律詩乎？是又不然。清・趙翼《甌北詩話》卷三指出：「五律之中，〈詠月〉、〈詠雪〉諸詩，極體物之工，措辭之　；七律更無一不完善穩妥，與古詩之奇崛判若兩手，則又極隨物賦形，不拘一格之能事。」[十七]

十五　見李立信〈論杜甫奇數句詩〉，臺北，中國唐代學會《唐代文化研討會論文集》（臺北，文史哲出板社，一九九一年七月）頁五二一至五四一。

十六　見宋・劉攽《中山詩話》　轉引自吳文治《韓愈資料彙編》（臺北，學海出版社，一九八四年四月）頁一三〇。

十七　清・趙翼《甌北詩話》卷三　轉引自吳文治《韓愈資料彙編》（臺北，學海出版社，一九八四年四月）頁一三一八。

顯然就韓愈之近體詩而言，並非毫無是處。具體言之，如三韻律體、拗律體、（古風式之律體、一二聯排對之律體），均為韓愈近體詩中，極有特色之詩體。

（一）三韻律體

在律詩發展過程中，有一種六句三韻之律體。至南宋嚴羽《滄浪詩話．詩體》曾加以記載。謂：

有律詩止三韻者。唐人有六句五言律，如李益詩：「漢家今上郡，秦塞古長城，有日雲常慘，無風沙自驚。當今天子聖，不戰四方平」是也。[十八]

據郭紹虞之考察，所謂三韻律詩，李益之外，儲光羲亦有類似之作。按儲光羲〈幽人居〉詩云：「幽人下山徑，去去夾清林。滑處沒苔濕，暗中蘿薜深。春朝煙雨散，猶帶浮雲陰。」儲光羲〈石子松〉詩云：「盤石清巖下，松生盤石中。冬春無異色，朝暮有清風。五鬣何人采，西山舊兩童。」又清．趙翼《陔餘叢考》卷二十三〈六句律詩〉亦云：[十九]

律詩有六句便成一首者。李太白〈送羽林陶將軍〉……此為六句律詩之首。以後惟白香山最多。

十八　見郭紹虞《滄浪詩話校釋》（台北，河洛圖書出版社，民國六十八年十二月）頁六十八。

十九　見清．趙翼《陔餘叢考》卷二十三　轉引自吳文治《韓愈資料彙編》（臺北，學海出版社，一九八四年四月）頁一三二趙翼提及之作，指白居易〈聽談古涤水〉一首、〈小池〉二首、〈枯桑〉一首等詩。然而韓愈全集中，亦有一首三韻律體，此即〈李員外寄紙筆〉，詩云：

題是臨池後，分從起草餘。兔尖針莫并，繭淨雪難如。莫怪殷勤謝，虞卿正著書。（《集釋》卷二）

此詩就內容而言，屬應酬之作，酬贈之對象為郴州刺史李伯康。用字簡淨而親切有味。就詩體而言，此詩為李白、李益、儲光羲後，白居易之前，所存在之三韻律詩，在律詩發展過程中，有其一定程度之歷史意義。

（二）拗律體

清・宋長白《柳亭詩話》卷五云：

詩有拗體，所謂律中帶古也。初、盛唐時或有之，然自有意到筆隨之妙。至昌黎、樊川，則先用意而後落筆，欲以矯一時之弊，是亦不得已而趨蜀道也。宋人厭故喜新，覺有非此不足以鳴高者。續鳧截鶴，形雖具，弗善也。[二十]

[二十] 見清・宋長白《柳亭詩話》卷五 轉引自吳文治《韓愈資料彙編》（臺北，學海出版社，一九八四年四月）頁九五八。五。

據宋氏之說，則所謂「拗律」，是指「律中帶古」，乃初唐時期，律詩尚未成熟之失律現象，本非正體。（嗣後所謂拗律，則為救律詩平仄之窘所作之拗救）至宋，卻蔚成風氣。韓愈〈落葉一首宋陳羽〉即為拗律之作。詩云：

落葉不更息，斷蓬無復歸。飄颻終自異，邂逅暫相依。悄悄深夜語，悠悠寒月輝。誰云少年別？流淚各霑衣。（《集釋》卷一）

再如：〈贈河陽李大夫〉云：

四海失巢穴，兩都困塵埃。感恩由未報，惆悵空一來。裘破氣不暖，馬羸鳴且哀。主人情更重，空使劍峰摧。（《集釋》卷一）

亦為拗律。此外，如：〈祖席〉在律體之中運以古風；〈獨釣〉四首，有宜平而仄之古句；〈送李員外院長分司東都〉第一、第二聯排對，又是另一種格式。但是「文致鬆動，殊可吟誦也。」（蔣箸超《詳註韓昌黎詩集》語）這些特殊律體，與其視為詩病，不如視作一種嶄新之變革；因為宋人對此種詩歌體式，有後續之發展。

三．五言長篇聯句詩體之確立

韓愈在詩歌體式方面最大之特色，當為寫作長篇聯句詩。所謂聯句，淵源甚早。據梁．劉勰《文心雕龍．明詩篇》云：「聯句共韻，柏梁餘製。」可溯至西漢。蘇文擢《說詩晬語詮評》卷上〈韓孟聯句〉條，云：

《古文苑》卷八曾載漢武帝元封三年作柏梁臺。詔群臣二千石能為詩者，乃得上坐。自武帝之「日月星辰和四時」至東方朔「迫窘詰屈幾窮哉」，作者凡二十六人，二十六句。顧炎武《日知錄》卷二十一反覆考證，已證其為後人偽作。一人一句，共韻成篇，遂開聯句體式。[二十一]

又據蘇文擢《說詩晬語詮評》之考證：

自晉至南北朝之聯句，其體各異。有五言一句，人各二句者，如：賈充與李夫人〈聯句〉是也（《全晉詩》卷二）。有七言一句，人各二句者，如：北魏孝文帝與臣僚縣瓠方丈竹堂饗侍臣〈聯句〉是也。（《全北魏詩》）。有五言一句，人各八句者，如：鮑照與謝莊三〈聯句〉（《全宋詩》卷四）是也。有五言一句，人各四句者，為數最多。以《陶淵明集》卷四〈與愔之循之聯句〉為最早。其他見於諸家文集者三十餘首。在人各四句之聯句之中，有同用一韻者，亦有

[二十一] 見蘇文擢《說詩晬語詮評》卷上〈韓孟聯句〉條。（臺北，文史哲出版社版，民國七十四年十月）頁二一三至二一四。

共用一韻者。

就韓愈以前之聯句詩來看，《陶靖節集》有聯句一篇，《謝宣城集》有聯句一篇，《杜工部集》有聯句一篇，若謂聯句為韓愈嶄新開闢，有違歷史事實。例如宋．魏慶之《詩人玉屑》卷十五、宋．許顗《彥周詩話》、明．吳訥《文章辨體序說》，均曾論及此一問題。宋．許顗《彥周詩話》即謂：「聯句之盛，退之、東野、李正封也。」明．吳訥《文章辨體序說》亦以為：「聯句始著於《陶靖節集》，而盛於退之、東野。」就唐以前之聯句來看，篇幅皆小，體式、用韻不固定，筆力亦不相稱。能否視為定體，猶有疑問。唐朝以後，惟顏真卿、韓愈、白居易多聯句之作。顏真卿之聯句時雜詼諧，白居易之聯句以五排撰作，因此，五言長篇聯句，必迨韓、孟互為敵手，各極才思，始稱確立。

今傳韓孟聯句十五首全以五言詩為之，其寫作年代、參與聯吟詩人以及構造方式如下：

〈遠游聯句〉作於貞元十四年，全詩共七十六句，與孟郊、李翺聯吟，起首人各二句，自第九句起，人各八句、十句、十二句、十六句不等。

〈會合聯句〉作於元和元年，全詩共六十八句，與張籍、張徹、孟郊聯吟，起首人各二句，以下人各四句、人各八句不等。

〈納涼聯句〉作於元和元年，全詩共八十四句，與孟郊聯吟，起首人各二句，以下孟郊各十六句，韓愈各二十二句成篇。

〈同宿聯句〉作於元和元年，全詩三十四句，與孟郊聯吟，全篇人各二句，至末尾八句，由孟郊續成。

〈雨中寄孟刑部幾道聯句〉作於元和元年，全詩六十句，與孟郊聯吟，全篇起首人各二句，以下人各十句、十二句不等。

〈秋雨聯句〉作於元和元年，全詩七十六句，與孟郊聯吟，全篇起首各二句，以下人各四句、八句、十句不等。

〈城南聯句〉作於元和元年，全詩三百零六句，與孟郊起句、結句各一，中間一人唱句，一人和句，為誇句格。

〈鬥雞聯句〉作於元和元年，全詩五十句，與孟郊聯吟，起首人各二句，以下人各四句，末尾孟郊六句續成。

〈征蜀聯句〉作於元和元年，全詩八十八句，與孟郊聯吟，起首人各四句，以下人各六句、八句、十句不等，末尾韓愈十二句成篇。

〈有所思聯句〉作於元和元年，全詩八句，與孟郊人各四句成篇。

〈遣興聯句〉作於元和元年，全詩二十句，與孟郊人各二句成篇。

〈贈劍客李園聯句〉作於元和元年，全詩二十句，與孟郊人各二句成篇。

〈莎柵聯句〉作於元和二年，全詩四句，與孟郊聯吟，人各二句成篇。

〈石鼎聯句〉作於元和七年，全詩六句前綴韓愈序。係由軒轅彌明（疑即韓愈）、劉師服、侯喜聯吟，人各二句成篇。

〈晚秋郾城夜會聯句〉作於元和十二年，全詩二百句，與李正封聯吟，人各四句成篇。

對於這十五首聯句詩，前賢有贊歎亦有批評。宋．黃庭堅即謂：「退之與孟郊意氣相入，故能雜然成篇，後人少聯句者，蓋由筆力難相追爾。」聯句詩之寫作，重在對偶精切，辭意均敵，若出一手，韓愈、孟郊工力相稱，確為其聯句詩成功之要素。由於對雕鏤字句深下功夫，因能展現高度之表現力。宋．許顗《彥周詩話》曾舉〈城南聯句〉與〈征蜀聯句〉為例：

〈城南聯句〉云：「紅皺晒簷瓦，黃團掛門衡。」是說乾棗與瓜蔞，讀之猶想見西北村落間氣象。〈征蜀聯句〉云：「刑神詫犛旄，陰焰颭犀札。」盡雕刻之工，而語仍壯。[二十二]

宋．周紫芝《竹坡詩話》亦云：

韓退之〈城南聯句〉云：「紅皺晒簷瓦，黃團掛門衡。」「黃團」當是瓜蔞，「紅皺」當是棗。退之狀二物而不名，使人瞑目思之，如晚秋經行，身在村落間。[二十三]

[二十二] 見宋．許顗《彥周詩話》　何文煥編《歷代詩話》（臺北，木鐸出版社，一九八二年二月）頁三八七。

[二十三] 見宋．周紫芝《竹坡詩話》　何文煥編《歷代詩話》（臺北，木鐸出版社，一九八二年二月）頁三四二。

雖然如此，韓、孟聯句字難韻險，誇多靡，不乏段落不清，句意難明者。清．趙翼《甌北詩話》已指出：「〈鬬雞〉一首，通篇警策。〈遠遊〉一首，不致散漫。〈征蜀〉一首，至一千餘字，已覺太冗，而段落尚覺分明。至〈城南〉一首，則一千五六百字，自古聯句，未有如此之冗者。」清．沈德潛《說詩晬語》卷上云：「韓孟聯句體，可偶一為之，連篇累牘，有傷詩品。」雖然如此，韓愈對聯句體式之確立，有其一定程度之作用，殆為不爭之事實。

總結而言，韓愈挾其雄厚之才學，超凡之筆力，在詩歌體式方面，既有因襲亦有興革。不轉韻長篇五古及七古、長篇聯句，實為罕見之偉觀。律體雖非所長，亦在三韻小律、拗律體，有所創改。他如奇數句成篇之古詩，乃至於涉及作法之排偶句法古詩、剛硬筆法之絕句，皆有其創造性及歷史意義。

貳．韓愈詩格律之設計

一．古詩之平仄遞用

平仄為一種聲調關係。平仄遞用，構成詩歌之節奏。詩歌之美感，詩情之奧妙，常在聲調之抑揚抗墜間顯現。因此古人常強調靜心按節，恬吟密詠之重要；作者亦無不在平仄清濁，宮商律呂深下功夫，務期口吻調利，穆耳協心。近體詩固應字有定聲，調有定式，韻有定處；即使古體，亦須音節頓挫，聲調鏗鏘。

清人對於詩歌聲律，曾作系統研究。清・王漁洋歸納前賢詩例，撰《古詩平仄論》、其後趙執信撰《談龍錄》、《聲調前後譜》、翁方綱《小石帆亭著錄》、董文煥《聲調四譜說》、黃庭詩《古詩平仄集說》、《五古平仄略》，皆信古詩有聲調之規律。根據前賢之論見，古風之平仄以避免入律為原則。所謂「入律」，即合於近體詩之平格式。如對句似律，其出句必拗，務使之不與律句相亂。據王力《中國詩律研究》，歸納出平韻五古之規律如次：

1．第二字與第四字同聲（指平仄），否則：2．第三字與第五字同聲；否則：3．出句用平腳。

另一種五古正體之規律為：

1．第二字與第四字不同平仄；2．出句不用平腳。[二十四]

此外，張夢機先生《古體詩的形式結構》，歸納王漁洋《古詩平仄論》等論見，提示七古之調平仄模式爲：

1．出句第二字多用平，第五字多用仄。如第五字間有用平者，則第六字多仄。

2．落句第五字必平，第四字必仄。第四五字平仄既合，第二字可平可仄，然不如平之諧也。

3．出句第二字平，第五字仄，其餘四仄五仄亦諧。落句第五字平，第四字仄，上有三仄四仄，亦皆古之正式。

[二十四] 見王力《中國詩律研究》，頁三八二。

4．古大家亦有別律句者，然出句終以二平五仄為憑，落句終以三平（第五六七字）為式。間有雜律句者，行乎不得不行，究亦小疵也。[二十五]

然而，不論五古七古二者共同之規律為：

無論五言或七言，以每句之下三字為主，而腹節（五言之第三字，七言之第五字）之下字尤為重要。平腳之句子，腹節下字以用平聲為原則；仄腳之句子腹節下字以用仄聲為原則。[二十六]

專就下三字論，下列四種模式為古體詩平仄遞用之常軌：

平腳：1．平平平　2．平仄平　仄腳：1．仄平仄　2．仄仄仄茲以「。」代表平聲，以「．」代表仄聲，舉韓詩詩句以驗之：

屑屑水帝魂，謝謝無餘輝。（〈譴瘧鬼〉）

弄閒時細轉，爭急忽驚飄。（〈春雪〉）

二十五 見張夢機《古典詩的形式結構》（臺北，尚友出版社，一九八一年十二月）頁九九。

二十六 見王力《中國詩律研究》，頁三八二。

上無枝上蜩，下無盤中蠅。（〈秋懷詩〉之四）
豈無一樽酒，自酌還自吟。（〈幽懷〉）
犬雞斷四聽，糧絕誰與謀。（〈洞庭湖阻風贈張十一署〉）
士生為名累，有似魚中鉤。（〈送劉師服〉）
人皆餘酒肉，子獨不得飽。（〈答孟郊〉）
瞰臨眇空闊，綠淨不可唾。（〈題合江亭寄刺史鄒君〉）
臨當背面時，裁詩示繾綣。（〈贈別元十八協律六首〉之一）
平生每多感，柔翰遇頻染。（〈陪杜侍御游湘西兩寺獨宿有題一首〉）
規模背時利，文字覷天巧。（〈答孟郊〉）

主人孩童舊，握手乍忻悵。（〈岳陽樓別竇司直〉）

我念乾坤德泰大，卵此惡物常勤劬。（〈射訓狐〉）

百年未滿不得死，且可勤買拋青春。（〈感春四首〉之四）

天星牢落雞喔咿，僕夫起餐車載脂。（〈天星送楊凝郎中賀正〉）

將軍仰笑軍吏賀，五色離披馬前墮。（〈雉帶箭〉）

關山遠別固其理，寸步難見始知命。（〈寒食日出遊夜歸〉）

春風吹園雜花開，朝日照屋百鳥語。（〈感春四首〉之一）

又云時俗輕尋常，力行險怪取貴仕。（〈誰氏子〉）

這些詩句之落句，腹節以下皆遵守「平平平」、「平仄平」、「仄平仄」、「仄仄仄」之模式。因此是古句。再以〈重雲一首李觀疾贈〉一詩為例，說明韓愈詩平仄聲調之設計。詩云：

天行失其度，陰氣來干陽。重雲閉白日，炎燠成寒涼。
小人但咨怨，君子惟憂傷。飲食為減少，身體豈寧康。
此志誠足貴，懼非職所當。藜羹尚如此，肉食安可嘗。
窮冬百草死，幽桂仍芬芳。且況天地間，大運自有常。
勸君善飲食，鸞鳳本高翔。（《集釋》卷一）

本詩押下平聲七陽韻，除「且況天地間，大運自有常。」一聯，第二字平側不諧，其餘每聯出句第二字與落句第二字，皆能平仄相諧。律句如「此志誠足貴」，其對句用古句救之。因此全詩是符合五古之聲調之古體詩。再如〈南山詩〉云：

吾聞京城南，茲維群山囿。東西兩際海，巨細難悉究。

嘗昇崇丘望，戢戢見相湊。晴明出棱角，縷脈脆分繡。
蒸嵐相澒洞，表裏忽通透。無風自飄簸，融液煦柔茂。
橫雲時平凝，點點露數岫。天空浮修眉，濃綠畫新舊。
孤撐有巉絕，海浴褰鵬噣。春陽潛沮洳，濯濯吐深秀。
巖巒雖嵂崒，軟弱類含酎。夏炎百木盛，蔭鬱增埋覆。
神靈日歆歔，雲氣爭結構。秋霜喜刻轢，磔卓立癯瘦。
參差相疊重，剛耿陵宇宙。冬行雖幽墨，冰雪工琢鏤。
新曦照巍峨，億丈恆高袤。明昏無停態，頃刻異狀候。（節錄自《集釋》卷四）

此詩每韻出句落句都以平仄相諧，每兩句第二字，不獨平仄相協，且上句多為平聲，下句多為仄聲。正符「前有浮聲，後須切響」之理論。律句部分皆以全仄古句拗對；因此是符合五古之聲律。清・施山《望雲詩話》卷一嘗云：「唐賢五古，第二字必用平仄相對。李、杜、韓三家，尤百不一亂。蓋風格降於漢、魏，而聲調不得不加嚴矣。」揆之韓詩，所論甚確。

在七言古體方面，試看〈謁衡嶽廟遂宿嶽寺題門樓〉云：

五嶽祭秩皆三公，四方環鎮嵩當中。火維地荒足妖怪，天假神柄專其雄。
噴雲泄霧藏半腹，雖有絕頂誰能窮？我來正逢秋雨節，陰氣晦昧無清風。
潛心默禱若有應，豈非正直能感通。須臾靜掃眾峰出，仰見突兀撐晴空。
紫蓋連延接天柱，石廩騰擲堆祝融。森然魄動下馬拜，松柏一逕趨靈宮。
粉牆丹柱動光彩，鬼物圖畫填青紅。升階傴僂薦脯酒，欲以菲薄明其衷。
廟令老人識神意，睢盱偵伺能鞠躬。手持盃珓導我擲，云此最吉餘難同。

竄逐蠻荒幸不死，衣食纔足甘長終。侯王將相望久絕，神縱欲福難為功。

夜投佛寺上高閣，星月掩映雲朣朧。猿鳴鐘動不知曙，杲杲寒日生於東。

（平聲一東韻）

此詩在清代研究古詩聲律諸家眼中，一向被視為七古聲調之典範。在出句方面，大都遵守二平五仄之規律。其中僅有「紫蓋連延」、「廟令老人」、「竄逐南方」三句不合。落句方面，完全遵守四仄五平，「能感通」、「堆祝融」、「能鞠躬」，使用平仄平之模式外，其餘皆用三平落腳之聲調。[二十七]再如〈鄭群贈簟〉云：

蘄州簟竹天下知，鄭君所寶尤瓌奇。攜來當晝不得臥，一府傳看黃琉璃。

體堅色淨又藏節，盡眼凝滑無瑕疵。法曹貧賤眾所易，腰腹空大何能為？

自從五月困暑濕，如坐深甑遭烝炊。手摩袖撫心語口，曼膚多汗真相宜。

二十七 同註二十五，頁一〇一。

日暮歸來獨惆悵，有賣直欲傾家資。誰謂故人知我意，卷送八尺含風漪。
呼奴掃地鋪未了，光彩照耀驚童兒。青蠅側翅蚤蝨避，肅肅疑有清飆吹。
側身甘寢百疾瘉，卻願天日恆炎曦。明珠青玉不足報，贈子相好無衰時。
（平聲支韻）

本詩在出句方面大都遵守二平五仄之規律。「手摩袖撫心語口」、「呼奴掃地鋪未了」，採二平六仄之模式；「日暮歸來獨惆悵」用二仄六平，為例外。落句全為四仄五平之三平落腳之聲調，可見聲調合古。再如〈山石〉詩云：

山石犖确行徑微，黃昏到寺蝙蝠飛。昇堂坐階新雨足，芭蕉葉大梔子肥。
僧言古壁佛畫好，以火來照所見稀。鋪床拂席置羹飯，糲亦足飽我飢。
夜深靜臥百蟲絕，清月出嶺光入扉。天明獨去無道路，出入高下窮煙霏。

山紅澗碧紛爛漫，時見松櫟皆十圍。當流赤足蹋澗石，水聲激激風吹衣。
人生如此信可樂，豈必局束為人鞿。嗟哉吾黨二三子，安得至老不更歸。
（平聲微韻）

本詩在出句方面，用二平五仄之模式有五句，用二平六仄之模式有五句；落句方面，全詩均為四仄，但是全詩落句第五字平者有七句，大多遵守第四字仄聲之規律，因此仍為聲調合古之作。

韓愈在古體平仄聲調方面，另有一獨特之現象，此即「押韻反平為側，移側為平」。據宋．孫奕《履齋示兒篇》卷九云：

韓吏部押韻，或反平為側，移側為平亦復多。〈江漢〉云：「華燭光爛爛（原註：音闌。）」〈此日足可惜〉云：「往往副所望。（原註：音忘。）」〈別竇司直〉云：「婉孌不能忘。（原註：音望。）」〈詠笋〉云：「得時方張王（原註：音帳旺。）」〈東都遇春〉云：「渚牙相緯經（原註：音徑）」〈送劉師服〉云：「貴者橫難售（原註：音酬）」〈食蝦蟆〉云：「余初不下喉，近亦能稍稍（原註：所教反。）」〈讀東方朔雜詩〉云：「事在不可赦（原註：音奢）」〈方橋〉云：「方橋如此作（原註：音做）」〈送區宏南歸〉云：「我念前人譬葑菲。

（原註：音霏）」〈望秋作〉云：「怯膽變勇神明鑑（原註：音監。）」[二十八]

除此之外，另有不顧詩歌平仄相諧之規律，造出孤平、孤仄之句，或奇特之古句。清・沈德潛《說詩晬語》卷上曾論李義山七言全平、全仄之句云：

> 七字每平仄相間，而義山〈韓碑〉一篇中，「封狼生貙貙生貔。」，七字平也。「帝得聖相相曰度」，七字仄也。氣盛則言之短長與聲之高下皆宜。[二十九]

清・趙翼《陔餘叢考》卷二十三〈詩有全平仄者〉云：

> 古詩一句全用平仄者，並有一句平一句仄相連成文者，如青蓮〈北上行〉，．．．．少陵〈述懷〉之「摧頹蒼松根，地冷骨未朽。」．．．．韓昌黎之〈南山〉詩之「橫雲時平凝，點點露數岫」〈瀧吏〉之「官當明時來，事不待說委」．．．．皆一句全平，一字全句。至昌黎〈南山〉詩「或散若瓦解，或赴若輻輳，或錯若繪畫，或繚若篆籀。」，則並二句全仄矣。．．．．昌黎之〈贈劉生〉之「青鯨高摩波山浮」、〈送僧澄觀〉云：「浮屠西來何施為」．．．．此又七言全平

二十八 見宋・孫奕《履齋示兒篇》卷九 轉引自吳文治《韓愈資料彙編（臺北，學海出版社，一九八四年四月）頁四五一。

二十九 見蘇文擢《說詩晬語銓評》卷上（臺北，文史哲出版社，一九八五年十月）頁二四六。

仄者。[三十]

前述之外，韓詩特殊之平仄古句甚多，茲舉二例以概其餘：

「幾欲犯嚴出薦口，氣象硉兀未可攀。」（〈雪後寄崔二十六丞公〉）

「歸來殞涕揜關臥，心之紛亂誰能刪。」（〈雪後寄崔二十六丞公〉）

（《集釋》卷八）

總結而言，韓愈古體詩一方面直承漢、魏古詩之傳統；另一方面，基於自身之才學與氣質，亦不肯完全模擬前人之聲律。「氣盛則言之短長與聲之高下皆宜。」一語實能說明韓愈創造特殊平仄句法之原因。

[三十] 見清．趙翼《陔餘叢考》卷二十三〈詩有全平仄者〉轉引自吳文治〈韓愈資料彙編〉（臺北，學海出版社，一九八四年四月）頁一三二六。

二・韓詩之用韻

中國古書甚早便知用韻。章學誠《文史通義・詩教》云：「演疇皇極，訓誥之韻者也，所以便諷誦，志不忘也。」指出韻之作用在便於記誦。朱光潛《詩論》認為：「韻的最大作用在把渙散的聲音聯貫起來，成為一個完整的曲調。」其目的在增強音樂性，加強感染力。我國自齊梁時代盛行四聲研究，文人對用韻日漸講究，至唐代孫愐修訂隋・陸法言《切韻》改為《唐韻》，成為官書，自此作詩押韻，已有官書可據。[三十一]王力《中國詩律研究》亦云：

唐宋詩人用韻所根據的韻書是〈切韻〉或〈唐韻〉，凡韻書中註明『同用』的韻就可以認為同韻；到了元末，索與把同用的韻，歸併起來，稍加變通，成為一百零六個韻。這一百零六個韻就是後代所謂〈平水韻〉，也就是明、清時代普通所謂〈詩韻〉。由此看來，若說唐宋詩人用韻是依照〈平水韻〉的，雖然在歷史上說不過去，而在韻部上，卻大致不差。[三十二]

有關韓詩之用韻，自宋・歐陽修《六一詩話》、宋・張戒《歲寒堂詩話》中稱揚韓愈「工於用韻」以來，成為古代詩論家矚目之焦點。韓愈在近體詩方面之用韻，大體根據《廣韻》所注獨用、同用之狀

[三十一] 詳見張夢機《古典詩的形式結構》（臺北，尚友出版社，一九八一年十二月）頁四三。
[三十二] 見王力《中國詩律研究》，頁四一。

況；而其古體詩，則韻部體系較寬，且卓具特色。綜觀古今論韓資料顯示，韓愈之古詩，有多用古韻及追求奇險兩大特色。古韻較寬，韓愈並非不知，卻故意泛入鄰韻，實有仿古之用意；今韻較嚴，韓愈之長古卻一韻獨用，連允許同用之韻，皆不泛入，自是刻意展現筆力之舉。以下即舉具體詩例說明韓詩用韻之特色。

（一）用寬韻故入鄰韻

近體詩之用韻，不許通韻，此為世人所共知。古體雖較自由，亦非可以任意出韻。韓愈在寫作古體詩時，卻時於較寬之韻部，故意泛入鄰韻。茲以「東韻」、「陽韻」、「庚韻」為例，說明韓愈用韻之情形。

1．東韻：《廣韻》「東韻」獨用，「冬」、「鍾」同用。試看：〈贈徐州族姪〉以中（東）、蓬（東）、窮（東）、充（東）、戎（東）、空（東）、悰（冬）、宗（冬）、工（東）、通（東）、雍（鍾）為韻，顯示在韓愈詩中，「東」、「冬」、「鍾」三韻通用。

2．陽韻：《廣韻》「陽韻」獨用，「陽」、「唐」同用。例如：〈此日足可惜贈張籍〉以嘗（陽）、光（唐）、方（陽）、章（陽）、行（唐）、腸（陽）、房（陽）、城（清）、堂（唐）、望（陽）、荒（唐）、猖（陽）、常（陽）、亡（陽）、長（陽）、旁（唐）、江（江）、明（庚）、光（唐）、當（唐）、煌（唐）、鳴（庚）、庭（青）、名（清）、成（清）、傷（陽）、喪（唐）、雙（江）、床（陽）、徨（唐）、將（陽）、丁（青）、忘（陽）、聲（清）、更（庚）、殃（陽）、城（清）、停（青）、罔（唐）、僵（陽）、觴（陽）、狂（陽）、轟（耕）、翔（陽）、航（唐）、黃（唐）、洋（陽）、芒（唐）、童（東）、龍（鍾）、茫（唐）、昂（唐）、鳴（庚）、疆（陽）、兄（庚）、殤（陽）、陽（陽）、糧（陽）、涼（陽）、情（清）、經（青）、聽（青）、更（庚）、京（庚）、江（江）、逢（鍾）、叢（東）、窮（東）、狂（陽）、鄉（陽）為韻。此詩與東、冬、江、陽、唐、庚、耕、清、青九韻通用，此正如歐陽修所謂「其得韻寬，則波瀾橫溢，泛入旁韻，乍還乍離，出入回合，殆不可拘以常格」。此詩與〈元和聖德詩〉，常為前賢徵引，作為韓愈好用古韻之詩證。

3．庚韻：《廣韻》「青韻」獨用，「庚」、「耕」、「清」三韻同用。試看〈月蝕詩效玉川子作〉以行（庚）、晴（清）、行（庚）、精（清）、形（青）、冥（青）、明（庚）、生（庚）、名（清）、撐（庚）、鳴（庚）、形（青），可見，在韓愈詩中，庚耕清青四韻是通用。

再如〈東都遇春〉：以競（映）、映（映）、靚（勁）、病（映）、橫（映）、鏡（映）、評（映）、盛、（勁）、聽（徑）、暝（徑）、醒（徑）、罄（徑）、正（勁）、穽（勁）、性（勁）、騁（靜）、冰（映）、淨（勁）、徑（勁）、迸（諍）、併（勁）、孟（映）、聖（勁）、勁（勁）、令（勁）、敬（映）、慶（映）、命（映）、竟（映）。可見本詩「映」、「勁」、「徑」、「諍」四韻通用（去聲韻）。

此外如：〈謝自然詩〉以然、仙、山、捐、言、間、天、寒、聯、前、煙、緣、歎、先、蟬、傳、姦、旃、謾、殘、源、連、患、延、賢、遷、冤為韻，顯示韓愈將「仙」、「元」、「先」、「寒」、「山」、「諫」韻通用，且有平去通押之現象。再如〈月蝕詩效玉川子作〉以呀、家、河、沙、呀、蟆、[illegible]、加、牙、遮、羅、科、譁、瑕、皤、娑、家為韻。再如〈讀東方朔雜詩〉以家、沱、訶、車、呀、沙、蹉、何、蛇、桵、科、赦、譁、嗟、珂、誇、衙、霞為韻。顯現出韓愈將「麻」、「歌」、「戈」韻通用。這些例證，都能說明韓愈用寬韻，故泛入鄰韻之特色。其用意，在模仿古人之用韻。

（二）堅守一韻獨用之例

韓愈有時獨用一韻，即使韻書中標明可以同用之韻，亦不泛入。如：〈送文暢師北游〉使用入聲「月韻」。而「月韻」中，橛、樾、韈、噦、狘，都是今韻所無，僅見於《廣韻》。全不傍借它韻，正是因難見巧之意。再如：

〈縣齋有懷〉以吒、稼、謝、麝、駕、價、射、霸、詐、下、罵、灞、暇、骼、跨、射、奓、假、華、夜、婭、靶、架、[illegible]、赦、鏬、夏、借、怕、乍、訝、藉、化、柘、榭、舍、嚇、迓、侘、嫁為韻，是去聲「禡韻」獨用。

〈譴瘧鬼〉：以輝、威、譏、非、機、圍、飛、飛、巍、徽、稀、歸、妃、饑、旂、菲、違為韻，是平聲五「微韻」獨用。

〈謁衡嶽廟遂宿嶽寺題門樓〉：以公、中、窮、通、融、紅、躬、終、朧、雄、風、空、宮、衷、同、功、東為韻，是平聲「東韻」獨用。

〈送鄭十校理〉：以洛、閣、薄、泊、廓，為韻，是入聲「鐸韻」獨用。

〈送石處士赴河陽幕〉：以士、子、耳、恃、恥、起為韻，是上聲「止韻」獨用。

〈新竹〉：以閟、翠、四、媚、地、次、淚、視為韻，是去聲「至韻」獨用。

〈寄盧仝〉：以矣、齒、子、紀、恥、祀、耳、士、里、起、使、己、使、已、始、已、駬、耔、耜、仕、恃、阯、擬、似、趾、止、以、侍、市、喜、理、涘、史、李、鯉為韻，是上聲「止韻」獨用。

〈誰氏子〉：以子、士、止、市、史、仕、矣、俟、始、耳、似為韻，是上聲「止韻」獨用。

〈寄崔二十六立之〉：以奇、隨、披、羆、為、窺、攲、疵、髭、岐、差、斯、吹、貲、斯、兒、雌、知、陲、皮、縻、撝、奇、施、炊、離、羈、糜、卑、巇、池、迤、螭、披、摛、疵、衰、脾、匙、移、獮、曦、箎、驪、縭、規、麾、卮、羸、危、襹、騎、纚、璩、犧、馳、骴、儀、裨、宜、罷、睢、貲、祇、籬、澌、陂、垂、羈、箄、提、倕、斯、瀰、篩、陴、猗、羅、虧、萎、觿、支為韻，是「支韻」獨用。

〈符讀書城南〉：以輿、書、虛、初、閭、如、魚、疎、渠、豬、蜍、蛆、居、歟、儲、餘、且、鋤、驢、畬、除、裾、譽、墟、舒、諸、躇為韻，是平聲「魚韻」獨用。

〈華山女〉：以經、廷、萍、星、靈、青、扃、霆、軿、聽、熒、形、冥、停、屏、寧為韻，是上平聲「真韻」獨用。

〈南內朝賀歸呈同官〉：以泥、淒、蹄、齎、齊、犀、妻、畦、西、倪、稊、撕、鷖、藜、醯、圭、梯、迷為韻，是平聲「齊韻」獨用。

(三) 用窄韻、險韻絕不傍借

1．險韻例

〈病中贈張十八〉，以窗、逢、邦、撞、扛、雙、摐、江、幢、杠釭、釭、庬、降、肛、哤、龐、腔、瀧、哤、樁、淙為韻，「江韻」獨用。

〈答柳柳州食蝦蟆〉：以貌、校、匏、淖、鬧、教、覺、爆、校、效、橈、罩、梢、樂、豹、孝、櫂為韻，是去聲「效韻」獨用。

〈酬司門盧四兄雲夫院長望秋作〉，以函、巉、衫、銜、緘、芟、巖、鹹、讒、讒、劖、鑑、饞、諴、攕為韻。《廣韻》「咸」獨用，《唐韻》「咸」、「銜」、「凡」同用，而本詩以平聲「咸韻」獨用。

2．窄韻例

〈苦寒〉：以兼、廉、謙、尖、甜、砭、蟾、覘、炎、沾、鐮、拈、箝、籤、添、縑、潛、髯、殲、纖、淹、燖、占、嫌、苫、恬、漸、瞻、鹽、憸、簾、簷、黏、蒹、襜、厭為韻。《廣韻》「鹽」獨用，《唐韻》「鹽」、「添」、「嚴」同用。而本詩以平聲「鹽韻」獨用到底。

〈醉贈張祕書〉：以聞、君、文、雲、芬、群、分、軍、醺、氳、云、紛、葷、裙、蚊、薰、墳、耘、勛、曛為韻。《廣韻》文獨用，《唐韻》「文」、「欣」同用。而本詩以平聲「文韻」獨用到底。

〈答張徹〉：聆、形、齡、停、萍、經、霆、櫺、丁、瓴、寧、靈、泠、腥、汀、冥、溟、扃、伶、駉、舲、亭、螢、醒、翎、熒、陘、星、刑、青、俜、銘、涇、莛、庭、囹、靈、螟、鈴、聽、玲、屏、馨、零、蓂、蛉、鉼、鴒、硎、廷、廳為韻，全詩五十韻，以「青韻」獨用。

此種用運方法，雖展現過人之筆力，但是，難免顯露斧鑿痕。清．趙執信認為此舉，「大開宋人法門。」翁方綱《石洲詩話》卷三卻認為：「一篇之中，步步押險，此惟韓公雄中出勁，所以不露韻痕。然視自然渾成不知有韻者，已有間矣。」[三十三]

（四）重複押韻

韓愈用韻之另一特色為不避重複押韻。宋．邵博《邵氏聞見後錄》卷十八曰：

[三十三] 見郭紹虞編《清詩話續編》（臺北，木鐸出版社，一九八三年十二月）頁一四〇六。

韓退之〈李花〉詩「冰盤夏薦碧實脆，斥去不御慚其花」，又「誰將平地萬堆雪，剪刻作此連天花」，用兩「花」字韻。〈雙鳥〉詩「兩鳥各閉口，萬象銜口頭」，又「百舌舊饒聲，從此常低頭」，用兩「頭」字韻。〈示爽〉詩「冬豈不夜長，達旦燈燭然」，又「此來南北近，里閭故依然」，用兩「然」字韻。〈猛虎行〉「猛虎死不辭，但慚前所為」，又「親故且不保，人誰信汝為」，用兩「為」字韻。[三十四]

又宋・蔡夢弼《草堂詩話》卷二及宋・魏慶之《詩人玉屑》卷七亦有相似意見。《詩人玉屑》引〈孔毅夫雜記〉指責「韓愈好押狹韻累句以示工，而不知重疊用韻之為病也。」歷來都認為韓愈這類用韻方式學自杜甫〈飲中八仙歌〉。其實《昭明文選》所收〈古詩〉、曹子建〈美女篇〉、謝靈運〈述祖德詩〉、〈南圃〉、〈初去郡〉，陸機〈擬古詩〉、阮籍〈詠懷詩〉、江淹〈雜體詩〉、王粲〈從軍詩〉，都有重疊用韻之現象，例證甚多，履見不鮮。因此蔡夢弼以為「杜子美、韓退之蓋亦倣古人之作。」魏慶之又另舉出韓愈〈贈張籍〉、〈岳陽樓別竇司直〉、〈盧郎中雲夫寄示盤谷子詩兩章歌以和之〉、〈此日足可惜〉等作亦重疊用韻。

[三十四] 見宋・邵博《邵氏聞見後錄》卷十八　轉引自吳文治《韓愈資料彙編》（臺北，學海出版社，一九八四年四月）頁二一〇。

（五）以虛字押韻

除重複用韻之外，韓愈甚至以虛詞入韻。如：〈李花贈張十一署〉云：「祇今四十已如此，後日更老誰論哉？」、〈感春四首〉云：「三杯取醉不復論，一生長恨奈何許？」、〈誰氏子〉云：「神仙雖然有傳說，知者盡知其妄矣。」、〈寒食日出游夜歸張十一院長見示病中憶花九篇因此投贈〉云：「桐華最晚今已　，君不強起時難更。」（《集釋》卷四）方世舉注：「按『君不強起時難更』及『拘官計日，欲進不可又』，以虛字押韻，皆為奇崛，要亦本於：《詩經》：『天命不又』、『矧敢多又』，非創也。」[三十五]由此看來，韓愈為追求詩境之創新，不惜使用種種用韻之技巧，終能開出奇崛之詩境。

（六）韓詩合韻譜

中唐時期為詩人用韻變化最大之時期，據耿志堅先生〈唐代貞元前後詩人用韻考〉之考證，「貞元以後之詩人，如權德輿、韓愈、歐陽詹、柳宗元、劉禹錫、孟郊、張籍在近體詩用韻方面，已超過大曆詩人之範圍。」[三十六]韓愈為當時所創之用韻模式，頗能反映中唐時期實際之聲韻狀態，可驗證韻書之記錄。以下之合韻譜，係參照耿志堅之大文編製而成，從中可以考見韓愈作詩用韻範圍及其韻部分合之情形。

[三十五] 見宋・魏慶之《詩人玉屑》（臺北，商務印書館，人人文庫本，一九八三年九月）頁一三三。

[三十六] 見耿志堅〈唐代貞元前後詩人用韻考〉《復興崗學報》四十二期（民國七十八年十二月）頁二九三至三三九。

東韻：（舉平以賅上、去、入）

東冬鍾合韻

〈贈徐州族姪〉：中、蓬、窮、充、戎、空、悰、宗、工、通、雍

燭沃合韻

〈送諸葛覺往隨州讀書〉：軸、觸、讀、腹、六、宿、足、錄、目、欲、鵠、幅

鍾韻：燭屋合韻

〈贈唐衢〉：角、觸、谷

〈記夢〉：足、腹

江韻：江唐合韻

〈鄆州谿堂詩〉：邦、堂

覺藥合韻

〈汴泗交流贈張僕射〉：覺、削

支韻：支微合韻

〈海水〉：枝、依

脂韻：至志未合韻

〈秋懷詩〉十一首之二：悴、地、恣、異、貴

之韻：止尾旨合韻

〈李花贈張十一署〉：尾、李、比、涘、似、起

微韻：微脂支合韻

〈招揚之罘〉：歸、悲、為

微支合韻

〈別鵠操〉：歸、離、為、飛

魚韻：語麌合韻

〈桃源圖〉：所、語、主

御遇合韻

〈河之水二首〉之二〈寄子姪老成〉：去、注

虞韻：虞魚模合韻

〈別趙子〉：居、餘、娛、書、珠、俱、歟、如、無、渝、鬚、狙、殊、除、圖、區、愚

虞魚合韻

〈馬厭穀〉：虞、如、夫

豬語合韻

〈永貞行〉：主、祖、羽

齊韻：齊微合韻

〈雉朝飛操〉：西、飛、雞、妃

灰韻：隊泰合韻

〈感春三首〉之二：退、內、嗣、外

隊封代合韻

〈朝歸〉：佩、對、背、退、瞶、曬、慨

真韻：真文元合韻

〈雜詩〉：分、翻、親、驎

真魂諄文合韻

〈孟東野失子〉：門、人、均、人、辰、因、分

文韻：文真諄合韻

〈謝自然詩〉：文、倫、耘、親、身、群、紳

文諄合韻

〈瀧吏〉：文、倫

物質合韻

〈山南鄭相公樊員外酬答為詩其未咸有見及語樊封以示愈〉：屈、物、倔、坲、拂、欻、蔚、

巀、佛、鬱、慄、掘、颮、屈

欣韻：欣真合韻

〈越裳操〉：勤、人

元韻：元痕山合韻

〈記夢〉：言、根、翻、間

阮願獮合韻（上去通押）

〈別元十八協律六首之一〉：眼、遠、飯、憲、畹、晚、謇、輓、娩、楗、踠、偃、綣

元仙桓山寒刪先合韻

〈剝啄行〉：然、言、源、莞、間、完、干、難、蕃、全、官、瀾、關、艱、年

月屑合韻

〈梨花下贈劉師命〉：節、發、月

魂韻：沒末月合韻

〈贈別元十八協律六首〉：　杕、捽、髮、發、沒、忽、骨

魂真合韻

〈剝啄行〉：門、嗔

寒韻：寒元桓合韻

〈記夢〉：言、難、丹、盤、歡

寒先合韻

〈讀皇甫湜公安園池詩書其後二首〉之一：安、年

翰願合韻

〈鄆州谿堂詩〉：歎、願

桓韻：桓山寒元合韻

〈感春三首〉之一：間、漫、乾、翻、端

刪韻：刪山寒翰魂元合韻

〈江漢一首答孟郊〉：艱、還、寒、爛、巒、敦、諼

山韻：山桓刪合韻

〈讀皇甫湜公安園池詩書其後二首〉之一：間、閑、觀、完、顏、閑

山先仙合韻

〈河之水〉二首（之二）寄子姪老成：山、淵、還

先韻：先元痕寒桓合韻

〈秋懷詩十一首〉之八：軒、奔、言、前、餐、編、千、酸、眠、年

先山仙桓合韻

〈雜詩〉：前、間、纏、歡、顛、圓、端、午、巔

仙韻：仙元先寒山諫合韻（平去通押）

〈謝自然詩〉：然、仙、山、捐、言、間、天、寒、聯、前、煙、緣、歎、先、蟬、傳、姦、旃、謾、殘、源、連、患、延、賢、遷、冤

仙山先合韻

〈庭楸〉：間、連、聯、偏、邊、間、穿、旋、聯、煙、牽、前、千、間、憐

仙先仙合韻

〈鄆州谿堂詩〉：纏、年、間

仙先山寒合韻

〈孟東野失子〉：天、偏、延、間、泉、安

麻韻：麻歌合韻

〈雉帶箭〉：多、加、斜

〈晚菊〉：花、嗟、家、何

麻歌戈合韻

〈月蝕詩效玉川子作〉：呀、家、河、沙、呀、蟆、毠、加、牙、遮、羅、科、譁、瑕、皤、娑、家

〈讀東方朔雜詩〉：家、沱、訶、車、呀、沙、蹉、何、蛇、梭、科、赦、譁、嗟、珂、誇、衙、霞

庚韻：庚清青合韻

〈月蝕詩效玉川子作〉：行、晴、行、精、形、冥、明、盲、生、名、撐、鳴、刑

〈拘幽操〉：盲、聲、星、生、明

映勁徑諍合韻

〈東都遇春〉：計、競、映、靚、病、横、鏡、評、盛、聽、暝、醒、罄、正、穽、性、騁、冰、淨、經、迸、併、孟、聖、勁、令、敬、慶、命、竟

陌昔錫麥合韻

〈感春三首〉之三：白、尺、劇、笛、戟、席、隔、益

清韻：昔陌麥錫合韻

〈路旁堠〉：隻、澤、隔、敵、釋、歷

昔錫合韻

〈南溪始泛〉三首之三：蹟、擲、石、激、刺、尺、壁、役

昔錫陌麥合韻

〈和裴僕射相公假山十一韻〉：夕、歷、石、帛、坼、劃、戚、宅、激、摭、昔

青韻：青清合韻

〈鄆州谿堂詩〉：螟、城

徑映合韻

〈汴泗交流贈張僕射〉：定、映

侵韻：侵覃合韻

〈孟生詩〉：心、今、音、琴、沈、尋、森、任、襟、簪、參、侵、嶔、林、陰、禽、臨、吟、南、金、欽、歆、岑、深、箴、淫、砧

鹽韻：琰儼忝鎌合韻

〈陪杜侍御遊湘西兩寺獨宿〉：險、漸、琰、儼、广、斂、檢、簞、芡、忝、掩、點、颭、槏、貶、陷、臉、玷、險、儉、剡、歉、苒、染、睒

豔添梵陷合韻

〈喜侯喜至贈張籍張徹〉：念、噞、染、砭、厭、劍、閃、墊、驗、店、歉、豔、譫、塹、餤、占、瞻、僭

總結而言，韓愈詩之用韻，既有規橅古人之處，亦有獨特之創造。由於韓愈曾經刻意仿效先秦、兩漢作品之用韻，少數詩作，韻部極寬。但大多數詩作，仍遵循當時之語音規律。惟〈別元十八協律六首之一〉（上去通押）、〈謝自然詩〉（平去通押）、〈送僧澄觀〉（平上去入通押）、〈贈劉師

服〉（平上去入通押）在用韻方面，極富特色。

三・韓詩之句式安排

我國古代詩歌，以五七言為主，其句式安排有其常則，即：五言以上二下三為主，七言以上四下三為主。韓愈大多數詩歌，皆能遵循此種規範。然而亦在一些詩作中，刻意加以更改，宋・張耒《明道雜誌》即指出：

> 韓退之窮文之變，每不循常軌。古今人作七言詩，其句脈多上四字，而下三字以成之。如「老人清晨梳白頭」，「先帝天馬玉花驄」之類。而退之乃變句脈，以上三下四，如「落以斧引以纆徽」，「雖欲悔舌不可捫」之類是也……退之以高文大筆，從來便忽略小巧，故律詩多不工，如陳商小詩，敘情賦景，直是至到，而已脫詩人常格矣。[三十七]

張耒所舉為〈送區弘南歸〉、〈陸渾山火一首和皇甫湜用其韻〉二詩之句例。此後續有明・胡震亨《唐音癸籤》、清・趙翼《甌北詩話》加以徵引。如胡震亨《唐音癸籤》云：「有變五字句上三下二者，如元微之『庾公樓悵望，巴子國生涯。』孟郊『藏千尋布水，出十八高僧。』之類。變七字句上三下

[三十七] 見宋・張耒《明道雜誌》轉引自吳文治《韓愈資料彙編》（臺北，學海出版社，一九八四年四月）頁一七七。

四者，如韓退之『落以斧引以纆徽』，『雖欲悔舌不可捫』之類。皆蹇吃不足多學。」[三十八]清．趙翼《甌北詩話》卷三云：

昌黎不但創格，又創句法。〈路旁堠〉云：『千以高山遮，萬以遠水隔。』此創句之佳者。凡七言多上四字相連，而下三字足之。乃〈送區宏〉云：『落以斧引以纆徽』又云：『子去矣時若發機』〈陸渾山火〉云：『溺厥邑囚之崑崙』則上三字相連，而下四字以足之。自亦其闢，然終不可讀。故集中只此數句，以後亦莫有人仿之。[三十九]

雖然前賢對韓愈變更句式之舉持負面之評價，然而卻頗能凸顯韓愈刻意求變之苦心。清．郎廷槐《師友詩傳錄》嘗云：

詩須篇中鍊句，句中鍊字，此所謂句法也。以氣韻清高深渺者絕，以格力矯健雄豪者勝。故寧律不協而不使句弱；寧用字不工，而不使句俗。七言第五字要響，所謂響者，致力處也。字字當活，活則字字皆響，有何分平仄哉？[四十]

吾人若深入研究韓詩特異之句式，當不難了悟韓愈之心態正與郎氏所言：「寧律不協而不使句弱；寧

[三十八] 見明．胡震亨《唐音癸籤》轉引自朱任生編《詩論分類纂要》（臺灣商務印書館，一九七一年八月）頁二六二。
[三十九] 見清．趙翼《甌北詩話》卷三　轉引自郭紹虞編《清詩話續編》（台北，木鐸出版社，一九八三年十二月）頁一一六八。
[四十] 見清．郎廷槐《師友詩傳錄》轉引自朱任生《詩論分類纂要》（臺灣商務印書館，一九七一年年八月）頁二六三。

用字不工，而不使句俗。」若合符節。茲將韓愈詩中句式之變化，簡述如次：

（一）五言詩方面

「上四下一句式」如：

繁華榮慕絕，父母慈愛捐。（〈謝自然詩〉）

「上一下四句式」如：

寒衣及飢食，在紡織耕耘。（〈謝自然詩〉）

木之就規矩，在梓匠輪輿。（〈符讀書城南〉）

三十骨骼成，乃一龍一豬。（〈符讀書城南〉）

問之何因爾，學與不學歟。（〈符讀書城南〉）

鱟實如惠文，骨眼相負行。（〈初南食貽元十八協律〉）

蠔相黏為山，百十各自生。（〈初南食貽元十八協律〉）

蛤即是蝦蟆，同實浪異名。（〈初南食貽元十八協律〉）

夫豈能必然，固已謝黯黰。（〈送無本師歸范陽〉）

曰吾兒可憎，奈此狡獪何？（〈讀東方朔雜事〉）

或連若相從，或蹙若相鬥。（〈南山詩〉）

或妥若弭伏，或竦若驚雛。（〈南山詩〉）
或散若瓦解，或赴若輻輳。（〈南山詩〉）
牛不見服箱，斗不挹酒漿。（〈三星行〉）
箕獨有神靈，無時停簸揚。（〈三星行〉）
問客之所為，峨冠講唐虞。（〈示兒〉）

「上三下二句式」如：

苟異於此道，皆為棄其身。（〈謝自然詩〉）
知音者誠希，念子不能別。（〈知音者誠希〉）
淮之水舒舒，楚山直直叢。（〈此日足可惜一首贈張籍〉）
訏謨者誰子？無乃失所宜。（〈歸彭城〉）
有窮者孟郊，受材實雄驁。（〈薦士〉）

此種句式，雖構成韓詩獨特之表現效果，終究意味淡薄，不類詩句。前賢謂韓愈以文為詩，當與使用此種散文句式大有關連。

（二）七言詩方面

「上三下四式」，此即元・韋居安《梅礀詩話》卷上所云之「折腰句」。如：

我念前人譬嵩菲，落以斧引以纆徽。（〈送區弘南歸〉）
嗟我道不能自肥，子雖勤苦終何希？（〈送區弘南歸〉）
助女五龍從九鯤，溺厥邑囚之崑崙。（〈陸渾山火一首和皇甫湜用其韻〉）
要余和增怪又煩，雖欲悔舌不可捫。（〈陸渾山火一首和皇甫湜用其韻〉）

「上二下五式」如：

奈何君獨抱奇材，手把　犁餓空谷。（〈贈唐衢〉）
早知皆是自拘囚，不學因循到白頭。（〈和歸工部送僧約〉）

按清．劉熙載《藝概．詩概》云：「昌黎詩，往往以醜為美，然此但宜施之古體，若用之近體，則不受矣。是以言各有當。」其說甚確。

參．結語

綜觀韓詩在形式上之表現，不難獲悉韓愈一方面繼承漢、魏古詩之傳統；另一方面企圖挾其雄厚之才學，超凡之筆力，對詩歌體式、平仄、用韻，進行改造。在體式方面如：不轉韻長篇五古及七古、長篇聯句，實為罕見之偉觀。律體雖非所長，亦在三韻小律、拗律體，有所承創。他如奇數句成篇之古詩，乃至於涉及作法之排偶句法古詩、剛硬筆法之絕句，皆有其創造性及歷史意義。韓愈詩由於曾經刻意仿效先秦、兩漢作品之用韻，少數詩作，韻部極寬。但大多數詩作，仍遵循當時之語音規律。

其拗體、仄韻之作，成為宋人倣效之對象。其句式之襲用散句，至宋代亦有後續之發展。清．趙翼《甌北詩話》卷三嘗謂：「自沈、宋創為律詩後，詩格已無不備。至昌黎又嶄新開闢，務為前人所未有。」揆諸韓集，洵非虛言。

原載：國立中興大學中文系主編：《興大中文學報》，第五期，（一九九二年一月），頁二五五至二八四。

七、歷代學者對韓愈詩之評價

一．唐五代

唐人對於韓愈作品之評價，大多集中在古文方面。此或因時人對於韓愈「文筆奇詭」（唐．李肇《國史補》）投以較多關注。唐．王建〈寄上韓愈侍郎〉詩如此稱頌韓愈：

重登太學領儒流，學浪詞鋒壓九州。不以雄名疏野賤，唯將直氣折王侯。詠傷松桂青山瘦，取盡珠璣碧海愁。序述異篇經揔核，鞭驅險句物先投。碑文合遣貞魂謝，史筆應令諂骨羞。清俸探將還酒債，黃金旋得起書樓。客來擬設官人禮，朝退多逢月下遊。見向雲泉求住處，若無知薦一生休。（《唐文粹》卷二五四）

詩中頌讚韓愈，「詩詠」、「序述」、「碑文」、「史筆」，面面俱到，而值得注意的是王建以「詠傷松桂青山瘦」、「鞭驅險句物先投」，稱頌韓愈之詩文，正是傾向於奇詭一面。再如唐．裴度〈寄李翺書〉云：

昌黎韓愈，僕之舊矣。中心愛之，不覺驚賞，然其人信美材也。近或聞諸儕類云：恃其絕足，往往奔放，不以文立制，而以文為戲，可矣乎？可矣乎？今之不及之者，當大為防焉爾。（《唐

文粹》卷八十四）

這是針對韓愈部份作品，磔裂章句，隳廢聲韻之奇言怪語所提出之批評。[一]也是後世一切批評韓愈「以文為戲」論者之開端。再如張籍亦嘗致書韓愈云：「比見執事多尚駁雜無實之說，使人陳之於前以為歡；為博塞之戲，與人競財。」韓愈在回書中，表示：「昔者夫子猶有所戲。詩不云乎，善戲謔兮，不為虐兮。」不過，二人討論之焦點實非韓愈之作品，而是針對傳奇小說之看法而言。[二]

再如唐・劉禹錫〈祭韓吏部文〉云：「手持文柄，高視寰海，……三十餘年，聲名塞天。公鼎侯碑，志隧表阡。一字之價，輦金如山。」固是稱頌韓文，而非韓詩；即皇甫湜〈諭業〉謂：「韓吏部之文，如長江大注，千里一道，衝飆激浪，汙流不滯。」（《皇甫持正文集》卷一）所指仍在文章方面。此外，唐・李賀〈高軒過〉云：

> 華裾織翠青如蔥，金環壓轡搖玲瓏。馬蹄隱耳聲隆隆，入門下馬氣如虹。云是東京才子，文章鉅公。二十八宿羅心胸，元精耿耿貫當中。殿前作賦聲摩空，筆補造化天無功。龐眉書客感秋蓬，誰知死草生華風。我今垂翅附冥鴻，他日不羞蛇作龍。[三]

一 詳見羅師聯添〈張籍上韓昌黎書的幾個問題〉，文載羅聯添著《唐代文學論集》下冊（臺灣學生書局，一九八九年五月）頁四六七。

二 同上，文載羅聯添著《唐代文學論集》下冊（臺灣學生書局，一九八九年五月）頁四七四。

三 見葉蔥奇疏註《李賀詩集》卷四（臺北，里仁書局，一九八〇年八月）頁二八一。

此詩前附詩序云：「韓員外愈，皇甫侍御湜見過，因而命作。」因而「東京才子」應指皇甫湜，「文章鉅公」，應指韓愈。「二十八宿」四句，稱頌二人胸懷之遼闊、思想之一貫、文名之盛大、筆力之精深。雖未正面言及詩作，但其頌詞如「筆補造化天無功」已言及韓愈創造力之高強，雖施之於詩，亦無不可。晚唐杜牧《讀杜韓集》亦云：「杜詩韓集愁來讀，似倩麻姑癢處抓。天外鳳凰誰得髓，無人解合續弦膠。」仍是就文集而言。

韓愈詩，在元和時期之聲價，實不如元、白。元和時代騷壇主盟，當推元、白，而非韓愈。[四]唐・趙璘《因話錄》卷三云：

韓文公與孟東野友善。韓公文至高，孟長於五言，時號孟詩韓筆。元和中，後進師匠韓公，文體大變。又柳柳州宗元、李尚書翱、皇甫郎中湜、馮詹事定、祭酒楊公、餘座主李公，皆以高文為諸生所宗，而韓、柳、皇甫、李公皆以引接後學為務。[五]

可知「孟詩韓筆」似為大多數中晚唐人對韓愈、孟郊詩文之固定印象。除韓愈少數詩友弟子之外，當時論者似未能認識韓詩之價值。至司空圖方於韓詩之特質，有所肯定。按司空圖〈題柳柳州集後〉云：

四 詳見羅師聯添《唐代文學史兩個問題探討》載羅聯添著《唐代文學論集》下冊（臺灣學生書局，一九八九年五月）頁二六二至二七二。

五 唐・趙璘《因話錄》卷三，轉引自吳文治《韓愈資料彙編》（台北，學海出版社，一九八四年四月）頁四十三。

金之精麤，效其聲皆可辨也。豈清於磬而渾於鐘哉。然作者為詩為文，格亦可見，豈當善於彼而不善於此耶？愚觀文人之為詩，詩人之為文，始皆繫其所尚，既專則搜研愈至，故能炫其工於不朽，亦猶力巨而鬪者，所持之器具各異，而皆能濟勝以為勍敵也。愚常覽韓吏部歌詩數百首，其驅駕氣勢若掀雷抉電，撐扶於天地之間；物狀奇怪，不得不鼓舞而徇其呼吸也。六

司空圖之本意在說明文人為詩，詩人為文，無所謂善與不善之問題，關鍵在最初所尚為何，所尚既專，研求愈至，則其作愈工。而韓愈正是筆力高強，以文人而善為詩者。其驅駕聲勢之筆力，令人歎為觀止。司空圖《二十四詩品》之中，雖偏愛含蓄一品，但是，也頗能認識韓詩之雄渾、健勁。

貳・兩宋

北宋初期，柳開、孫復、穆修、石介，延續中晚唐以來，對於韓文之崇重，特別強調韓愈在儒家道統傳承之貢獻。柳開〈應責〉云：「吾之道，孔子、孟軻、揚雄、韓愈之道　吾之文，孔子、孟軻、揚雄、韓愈之文也。」（《河東集》卷一）孫復〈信道堂記〉云：「吾之所謂道者，堯、舜、禹、湯、文、武、周公、孔子之道也，孟軻、荀卿、揚雄、韓愈之道也。」（《孫明復小集》卷二）石介〈尊韓〉不但視韓愈為聖人，且謂：「噫！孟軻氏、荀況氏、揚雄氏、王通氏、韓愈氏，五賢人，吏部為

六　見唐・司空圖《司空表聖文集》卷二，轉引自羅師聯添編《隨唐五代文學批評資料彙編》（臺北，成文出版社，一九七八年九月）頁二五三至二五四。

賢人之卓。不知更幾千萬億年，復有孔子；不知更幾千百數年，復有吏部。」（《徂徠先生全集》卷七）。就其稱頌之焦點看，重道甚於重文。穆修則提及韓詩。其〈唐柳先生集後序〉云：

唐之文章，初未去周、隋、五代之氣，中間稱得李、杜，其才始用為勝，而號雄歌詩，道未極渾備。至韓、柳氏起，然後能大吐古人之文，其言與仁義相華實而不雜。如韓〈元和聖德〉、〈平淮西〉、柳雅章之類，皆辭嚴義密，製述如經，能崒然聳唐德於盛漢之表，蔑愧讓者，非二先生之文則誰歟。（《河南穆公集》卷二）七

可知其讚賞之對象為韓愈之頌贊或碑志之作，「辭嚴義密、制述如經」，仍偏重在文之一方而言。至歐陽修始正面肯定韓詩。歐陽修《六一詩話》：

退之筆力，無施不可，而嘗以詩為文章末事，故其詩曰：「多情懷酒伴，餘事作詩人」也。然其資談笑，助諧謔，敘人情，狀物態，一寓於詩，而曲盡其妙。此在雄文大手，固不足論，而余獨愛其工於用韻也。蓋其得韻寬，則波瀾橫溢，泛入旁韻，乍還乍離，出入迴合，殆不可拘以常格，如〈此日足可惜〉之類是也。得韻窄，則不復旁出，而因難見巧，愈險愈奇，如〈病中贈張十八〉之類是也。余嘗與聖俞論此，以謂譬如善馭良馬者，通衢廣陌，縱橫馳逐，惟意

七　以上柳開、孫復、穆修、石介諸人之論述資料，皆引自一九六二年郭紹虞編選《中國歷代文論選》中冊（臺北，華正書局影印本）第五至二十五頁；及氏所著《中國文學批評史》（文匯堂影印本，一九七〇年十一月）頁一三八至一四二。

所之。至於水曲蟺封，疾徐中節，而不少蹉跌，乃天下之至工也。聖俞戲曰：「前史言退之為人木強，若寬韻可自足而輒傍出，窄韻難獨用而反不出，豈非其拗強而然歟？」坐客皆為之笑也。[八]

此段資料，論及韓愈對詩之態度、韓詩內涵之豐、韓詩用韻之工、韓愈為人木強各方面，十分寶貴。其「資談笑，助諧謔，敘人情，狀物態，一寓於詩，而曲盡其妙。」一段，說明韓愈詩豐富多樣之內容。其「余獨愛其工於用韻也」一段，對韓愈不拘常格、因難見巧之用韻能力，大為贊賞。成為後世論韓愈詩「工於用韻」者之濫觴。宋人對於韓詩鑽研日深，所提出之論點也愈精。宋・王安石在〈韓子〉詩中，對韓愈之「力去陳言」有此批評云：「紛紛易盡百年身，舉世何人識道真。力去陳言誇末俗，可憐無補費精神。」[九]其「可憐無補費精神」一句，出自〈贈崔立之評事〉，以後金・元好問撰〈論詩三十首〉絕句，卻用以評鷲孟郊。而蘇軾更以宏觀角度對韓愈作品提出評論，其〈書吳道子畫後〉云：

詩至於杜子美，文至於韓退之，書至於顏魯公，畫至於吳道子。而古今之變，天下之能事畢矣。[十]

八　見宋・歐陽修《六一詩話》，載清・何文煥編《歷代詩話》（台北，木鐸出版社，民國七十一年二月）頁二七二。
九　見《臨川先生文集》卷三四　轉引自吳文治《韓愈資料彙編》（台北，學海出版社，一九八四年四月）頁一二六
十　見《經進東坡文集事略》卷六十　轉引自吳文治《韓愈資料彙編》（台北，學海出版社，一九八四年四月）頁一四八。

又據宋・胡仔《苕溪漁隱叢話》前集卷十六〈韓吏部・中〉引蘇軾云：

書之美者，莫如顏魯公，然書法之壞，自魯公始詩之美者，莫如韓退之，然詩格之變，自退之始。[十一]

此外，蘇軾在《東坡題跋・評韓柳詩》亦就韓、柳詩作出比較，謂：

柳子厚詩，在陶淵明下，韋蘇州上退之豪放奇險則過之，而溫麗精深不及也。[十二]

蘇軾對韓愈作品，有認同亦有批判。在〈揚雄論〉中，對韓愈論性之觀點有異議，以為韓愈「流入於佛老而不自知」又在〈韓愈論〉謂：「韓愈之於聖人之道，蓋亦知好其名，而未能樂其實。」，「其論至於理而不精，支離蕩佚，往往自叛其說而不知。」（《精進東坡文集事略》卷八）顯然認為韓愈作為一思想家，有其思慮不周之處　但是韓愈就一文人而言，「文起八代之衰，道濟天下之溺」，「文至韓退之」，「古今之變，天下之能事畢矣」，可謂獲致極其偉大之成就。至於《東坡題跋・評韓柳詩》中，蘇軾顯然了解韓詩之特質與限制。而《苕溪漁隱叢話》前集卷十六《韓吏部・中》所載，可視為清・葉燮《原詩》：「唐詩為八代以來一大變，韓愈為唐詩之一大變」之先聲。

十一　見宋・胡仔《苕溪漁隱叢話》前集卷十六　轉引自吳文治《韓愈資料彙編》（台北，學海出版社，一九八四年四月）頁一五二。

十二　見《東坡題跋》，轉引自吳文治《韓愈資料彙編》（台北，學海出版社，一九八四年四月）頁一五〇。

宋人對韓詩之譏評，前有劉攽《中山詩話》、蘇轍〈詩有五病〉，後有陳師道《後山詩話》及釋惠洪《冷齋夜話》所載沈括之評語。宋・劉攽《中山詩話》云：

韓吏部古詩高卓，至律詩雖稱善，要有不工者，而好韓之人，句句稱述，未可謂然也。韓云：「老公真箇似童兒，汲水埋盆做小池。」直諧戲耳。歐陽永叔、江鄰幾論韓〈雪詩〉，以「隨車翻縞帶，逐馬散銀杯」為不工，謂「坳中初見底，凸處遂成堆。」為勝，未知真得韓意否也？[十三]

這是分詩體比較優劣，劉攽所舉之詩例，容或可以再商榷，而提出韓愈古詩高卓，律詩要有不工之說，幾乎已成定論。至於宋・蘇轍《詩病五事》云：

韓退之作《元和聖德詩》，言劉闢之死，曰：「宛宛弱子，赤立傴僂，牽頭曳足。先斷腰膂，次及其徒。體骸撐拄，末乃取闢。駭汗如瀉，揮刀紛紜，爭切膾脯。」此李斯頌秦所不忍言，而退之自謂無愧於《雅》、《頌》，何其陋也。[十四]

則是針對韓愈寫作頌詩，竟詳寫劉闢一家受戮之情景，忽略頌詩本應具備之典雅莊重，提出異議。以上二家，係以微觀角度所提之批評。至於沈括對韓詩之評論載於宋・釋惠洪《冷齋夜話》卷二：

十三 見宋・劉攽 中山詩話 載清・何文煥《歷代詩話》上冊（臺北，木鐸出版社，民國七十二年二月）頁二八五。

十四 見宋・蘇轍《欒城集》轉引自吳文治《韓愈資料彙編》（台北，學海出版社，一九八四年四月）頁一五六。

沈存中、呂惠卿吉甫、王存正仲、李常公擇，治平中在館中夜談詩。存中曰：「退之詩，押韻之文耳，雖健美富贍，然終不是詩。」吉甫曰：「詩正當如是。吾謂詩人亦未有如退之者。」正仲是存中，公擇是吉甫，於是四人者，交相攻，久不決。公擇忽正色謂正仲曰：「君子群而不黨，公獨黨存中？」正仲怒曰：「我所見如是，偶同存中，便謂之黨。則君非黨吉甫乎？」一座大笑。十五

宋・胡仔《苕溪漁隱叢話》卷十八有完全相似之記載。《冷齋夜話》大約在北宋末，南宋初問世，所記應不致偏離事實太遠。沈括謂韓詩為「押韻之文」應是後來批評韓愈「以文為詩」之開始。宋・陳師道《後山詩話》云：

黃魯直云：「杜之詩法出審言，句法出庾信，但過之爾。杜之詩法，韓之文法也。詩文固有體，韓以文為詩，杜以詩為文，故不工爾。」十六

又云：

蘇子瞻云：「子美之詩，退之之文，魯公之書，皆集大成者也。」學詩當以子美為師，有規矩，故可學。退之於詩，本無解處，以才高而好爾。

十五 見宋・釋惠洪《冷齋夜話》卷二（北京，中華書局，一九八八年七月）頁二十三。
十六 見宋・陳師道《後山詩話》 清・何文煥《歷代詩話》 上冊（臺北，木鐸出版社，一九八四年二月）頁三〇三。

又云：

退之以文為詩，子瞻以詩為詞，如教坊雷大使之舞，雖極天下之工，要非本色。今代詞手，惟秦七黃九爾，唐諸人不迨也。[十七]

可知「以文為詩」說之正式提出，應是黃庭堅。認為韓詩「要非本色」，則為陳師道。宋人之中，固不乏視此為病疵，但亦有持折衷之觀點者。如宋・陳善《捫蝨新話》云：

韓以文為詩，杜以詩為文，世傳以為戲。然文中要自有詩，詩中要自有文，亦相生法也。文中有詩，則句語精確；詩中有文，則詞調流暢。謝玄暉曰：「好詩圓美如彈丸。」此所謂詩中有文也。唐子西曰：「古人雖不用偶儷，而散句之中，暗有聲調，步驟馳騁，亦有節奏。」此所謂文中有詩也。前代作者皆如此法，吾謂無出韓、杜。觀子美到夔州以後詩，簡易純熟，無斧鑿痕，信是如彈丸矣。退之之〈畫記〉，觀其鋪張收放，字字不虛，但不肯入韻耳。或者謂其始自甲乙，則非也。以此知杜詩韓文，闕一不可。世之議者，遂謂子美于韻語不堪讀，而以退之之詩又但為押韻文者，是果為韓杜病乎？文中有詩，詩中有文，當有知者領予此語。[十八]

陳師道基於「詩文各有體」之觀念，提出「以文為詩終非本色」之說，而陳善則欲打消詩文之別，所

十七 同上，頁三〇九。

十八 見宋・陳善《捫蝨新話》（臺北，新文豐出版公司，一九八四年六月初版）

述不為無見。此後論者毀譽不一。譽之者，視為特色；毀之者，視為病疵，聚訟紛紜。晚近學者討論甚多[十九]，可以詳參。江西詩人黃庭堅自另一角度評論韓詩，其〈答洪駒父書〉云：

自作語最難，老杜作詩，退之作文，無一字無來處，蓋後人讀書少，故謂韓杜自作此語耳。古之能為文章者，真能陶冶萬物，雖取古人之陳言入於翰墨，如靈丹一粒，點鐵成金也。[二十]

「靈丹一粒，點鐵成金」是山谷詩學重要觀念。此條資料雖針對杜詩、韓文而言，近世論韓詩「好用典故」，亦必由此而起。此外張戒《歲寒堂詩話》對宋人於韓詩愛憎相半之情況，曾提出批評云：

韓退之詩，愛憎相半。愛者以為雖杜子美亦不及，不愛者以為退之於詩本無所得。自陳無己輩，皆有此論。然二家之論俱過矣。以為子美亦不及者固非，以為退之於詩無所得者，談何容易耶？退之詩，大抵才氣有餘，故能擒能縱，顛倒崛奇，無施不可。放之則如長江大河，瀾翻洶湧，滾滾不窮；收之則藏形匿影，乍出乍沒，姿態橫生，變怪百出，可喜可愕，可畏可服也。蘇黃門子由有云：唐人詩當推韓、杜，韓詩豪，杜詩雄，然杜之雄亦可以兼韓之豪也。此論得之。詩文字畫，大抵從胸臆中出，子美篤於忠義，深於經術，故其詩雄而正；李太白喜任俠，喜神

十九　如程千帆〈韓愈以文為詩說〉（載先生所著《古詩考索》上海古籍出社，一九八四年十二月）頁一八三至二〇六。另：柯萬成〈韓愈「以文為詩」的問題〉載《孔孟月刊》二十八卷五期（民國七十九年一月）頁四四至五十，均可參詳。

二十　見《豫章黃先生文集》卷二，轉引自吳文治《韓愈資料彙編》（台北，學海出版社，一九八四年四月）頁一五二。

仙，故其詩豪而逸；退之文章侍從，故其詩文有廊廟氣。退之詩正可與太白為敵，然二豪不並立，當屈退之第三。[二十一]

據郭紹虞《清詩話‧前言》：宋人之詩話，雖是「以資閒談」為主，然而自《歲寒堂詩話》、《白石道人詩說》、《滄浪詩話》以後，詩話之體漸趨嚴肅。[二十二]張戒在《歲寒堂詩話》之論點，傾向於反對江西詩派。對於陳師道之修正意見，自是深入肯綮。張戒在此，先總提韓愈才氣有餘，因能展現高強之筆力。再以形象性語句說明韓詩之藝術風格　繼引蘇轍之語，分辨杜、韓格調之差別，頗具理論意義。最後比較李、杜、韓，三家詩，謂韓愈詩有「廊廟氣」，尤為發人所未發。

宋人對於韓愈與其他詩人，在淵源、作法、作意、風格、優劣各方面，留下大量之比較資料。如張戒《歲寒堂詩話》卷上云：

韻有不可及者，曹子建是也。味有不可及者，淵明是也。才力有不可及者，李太白、韓退之是也。意氣有不可及者，杜子美是也。……杜子美、李太白、韓退之三人，才力俱不可及。而就其中退之之喜崛奇之態，太白多天仙之詞，退之猶可學，太白不可及也。至於子美則又不然，氣

[二十一] 見宋‧張戒《歲寒堂詩話》卷上，丁福保編《歷代詩話續編》（臺北，木鐸出版社，一九八八年七月）頁四六〇。

[二十二] 見郭紹虞《清詩話‧前言》，（臺北，木鐸出版社，一九八八年九月）

吞曹、劉，固無以為敵。[二十三]

又如宋・姜夔《白石道人詩說》云：

詩有出於《風》者，出於《雅》者，出於《頌》者。屈原之文，《風》出也；韓、柳之詩，《雅》出也。杜子美獨能兼之。[二十四]

再如宋・王楙《野客叢書》「韓用杜格」、「韓用杜意」；嚴羽《滄浪詩話》所謂：「五言絕句：眾唐人是一樣，少陵是一樣，韓退之是一樣，王荊公是一樣，本朝諸公是一樣。」朱文公云：「李杜韓柳初亦學選詩，然杜韓變多，柳李變少。變不可學，而不變可學。」劉辰翁云：「子厚文不如退之，退之詩不如子厚。」[二十五]類似資料，或用形象語描述，或摘句為例，或單純對比一番，對於後人詮評韓詩，都富於啟發性與理論價值。

參・金元

金元時期論者比較注意韓愈文章與思想，對於詩歌批評，不脫宋人之窠臼，常沿襲宋人之餘緒。

[二十三] 見宋・張戒《歲寒堂詩話》卷上 丁福保編《歷代詩話續編》（臺北，木鐸出版社，民國七十七年七月）頁四五二。
[二十四] 見宋・姜夔《白石道人詩說》 清・何文煥編《歷代詩話》（臺北，木鐸出版社，民國七十一年二月）頁六八〇。
[二十五] 轉引自吳文治《韓愈資料彙編》（台北，學海出版社，一九八四年四月）頁五七四。

如金・趙秉文〈答李天英書〉謂：

韓愈又以古文之渾浩，溢而為詩，然後古今之變盡矣。太白詞勝於理，樂天理勝於詞，東坡又以太白之豪、樂天之理，合而為一，是以高視古人，然終不能廢古人。[二十六]

趙秉文有「金源一代一坡仙」之美名，此論取自蘇軾，甚為明顯。金源之詩評，以元好問之論點，較有創意。明・蔣之翹輯注本《唐柳河東集》卷首〈讀柳集敘說〉引元好問云：

韓昌黎正大卓越，淩厲百家，唐、宋以來，莫之與京。差可與雁行者，獨柳柳州而已。[二十七]

此雖稱頌韓愈之獨尊地位，其實還是就文章而言。其〈論詩三十首〉絕句第十八、二十四首，始涉及韓詩。〈論詩三十首〉之十八云：

東野窮愁死不休，高天厚地一詩囚。
江山萬古潮陽筆，合在元龍百尺樓。

此詩前半兩句謂：孟郊作詩，喜以窮愁為題材，至死如此。處在高天厚地之間，卻自囿於苦吟，真可

二十六 見金・趙秉文《閑閑老人滏水文集》卷一〈答李天英書〉轉引自吳文治《韓愈資料彙編》（台北，學海出版社，一九八四年四月）頁六〇〇。

二十七 轉引自吳文治《韓愈資料彙編》（台北，學海出版社，一九八四年四月）頁六一二。

說是詩中之囚徒。後半兩句謂：試看韓愈自潮州還朝後之文章，與江山同其不朽。韓孟相比，韓愈應居陳元龍高臥的百尺樓上，高下不可同日而語。本詩指出韓孟雖然齊名，孟郊之僻苦實不能與韓愈之奇崛相提並論。〈論詩三十首〉之二十四又云：

「有情芍藥含春淚，無力薔薇臥晚枝。」拈出退之〈山石〉句，始知渠是女郎詩。二十八

此詩前半兩句節引秦觀（少游）〈春日〉詩說：「帶雨的芍藥，好像因為傷春而含淚經雨的薔薇，嬌弱無力，面對暮色而臥柔枝。」後半兩句謂：如此纖巧靡弱之語句，若持與韓愈〈山石〉中相比，便知道秦觀之作品是女性化的詩。本詩指責秦觀部份詩作纖巧柔靡，較之韓愈之豪雄，直是女郎詩。元好問以絕句體制，評騭歷代詩人，僅能一語中的，無法暢述源委。但是在〈論詩三十首〉絕句第一首、第三首顯示他對於「雄渾健勁」之藝術風格，深表贊賞，由此不難理解元好問認同韓詩之原因。

元代論者，喜自韓詩討論韓愈之思想立場，尤其是對僧徒之態度問題。例如：元・李治《敬齋古今黈・逸文》卷二云：

退之論三子云：「孟氏醇乎醇者也；荀與揚，大醇而小疵。」然即韓之言而求韓之情，所謂荀揚之疵，亦自不免。退之生平挺特，力以周孔之學為學，故著〈原道〉等篇，觝排異端，至以

二十八 以上二詩，皆引自王師禮卿《遺山論詩詮證》（台北，國立編譯館，中華叢書編審委員會，一九七五年四月印行）頁一一七與一五七。

諫迎佛骨，雖獲戾一斥幾萬里而不悔，斯亦足為大醇矣。奈何惡其為人而日與其親，又作為歌詩語言，以光大其徒，且示己所以相愛慕之深。有是心，則有是言；言既如是，則與平生所素蓄者，豈不大相反耶？[二十九]

即對韓愈既排佛又親近僧徒所造成之矛盾提出異議，再如元・方回《桐江集》卷二〈跋僧如川詩〉云：

韓子、歐陽子，於佛不喜其說而喜其人。韓之門有惠師、靈師、令縱、高閑、廣宣、大顛之徒。歐之門亦有秘演、惟儼、惠厪、惠思。而契嵩之文，至以薦之人主。東坡山谷於佛喜其說，復喜其人。故辯材、淨東、補摠、佛印、參寥、琴聰、密殊順怡然、久逸老與坡遊。晦堂心死、心新、靈源、清、與山谷尤相好也。士大夫嬰於簪紱，不有高人勝流為方外友，則其所存亦淺矣。[三十]

則肯定韓愈雖不喜佛教，對僧徒不全然排斥。指出韓愈與僧徒之交接，與歐陽修、蘇東坡、黃山谷之與僧徒往來，在態度上並無不同。論韓愈與僧徒之關係者，尚有元・劉謐《三教平心論》，其說與韓詩不相涉，故不贅述。

[二十九] 見元・李治《敬齋古今黈・逸文》卷二轉引自吳文治《韓愈資料彙編》（台北，學海出版社，一九八四年四月）頁六一四。

[三十] 元・方回《桐江集》卷二〈跋僧如川詩〉轉引自吳文治《韓愈資料彙編》（台北，學海出版社，一九八四年四月）頁六二九。

肆・明代

明代論者，對於韓詩之毀譽不一，有極度貶抑者，亦有給予一定程度之讚許者。唐以來，有關韓詩評價之各種論見，大致獲得反覆探討。如李東陽《麓堂詩話》云：

詩與文不同體，昔人謂「杜子美以詩為文，韓退之以文為詩」，固未然。然其所得所就，亦各有偏長獨到之處。近見名家大手以文章自命者，至其為詩，則毫釐千里，終其身不悟。然則詩果易言哉？[三十一]

這是借陳師道《後山詩話》「退之以文為詩」之論點，評騭當時人。再如李東陽引潘禎應昌之語，云：

詩有五聲，全備者少，惟得宮聲者最優。蓋可以兼眾聲也。李太白、杜子美之詩為宮，韓退之為角，以此例之雖百家可知也。[三十二]

所謂「杜為宮聲，韓為角聲」，係以宮商論析韓、杜之別，頗有創意。從某一角度看，正是「杜可以兼韓」之意。再如明・何孟春《餘冬詩話》云：

[三十一] 見明・李東陽《麓堂詩話》丁福保編《歷代詩話續編》（臺北，木鐸出版社一九八八年七月）頁一三七二。
[三十二] 見明・李東陽《麓堂詩話》丁福保編《歷代詩話續編》（臺北，木鐸出版社一九八八年七月）頁一三七二。

韓退之詩，歐陽永叔謂其「工於用韻」云云。蔡寬夫因此遂言：「秦漢以前字書未備，既多假借，而音無反切，平仄皆通用。自齊梁後，概拘以四聲，又限以音韻，故士率以偶儷聲病為工，文氣安得不卑弱？惟陶淵明、韓退之擺脫拘忌，皆取其旁韻用，蓋筆力足以達之。」春按：秦漢以前韻，有平仄皆通者，古韻應爾，豈為字書未備？淵明、退之集多用古韻，於古俱是一韻，何旁之有？歐陽所謂旁韻，就今韻而言，非謂其兼取於彼此也。[三十三]

此針對宋・歐陽修、張戒、洪邁等強調韓詩「工於用韻」而發。關於韓詩用韻問題至清朝，論析入微，何嘗不是明人啟之？此外，明代文人對於韓詩，亦有全盤否定其價值者。例如王世貞《藝苑巵言》卷四云：

韓退之於詩本無所解，宋人呼為大家，直是勢利他語。子厚於《風》《雅》《騷》賦，似得一斑。[三十四]

明人亦有從個別詩體提出批評，如謝榛《四溟詩話》謂：

[三十三] 見明・何孟春《餘冬詩話》轉引自錢仲聯《韓昌黎詩繫年集釋》附錄（臺北，學海出版社，一九八五年一月）頁一三三一。

[三十四] 見明・王世貞《藝苑巵言》卷四　丁福保編《歷代詩話續編》（臺北，木鐸出版社　一九八八年七月）頁一〇一一。

韓昌黎、柳子厚長篇聯句，字難韻險，然誇多鬬靡，或不可解。拘於險韻，無乃庚、沈啟之邪？[三十五]

再如胡應麟《詩藪・內編》卷一云：

退之〈琴操〉，子厚〈鼓吹〉，銳意復古，亦甚勤矣。然〈琴操〉於文王列聖，得其意不得其詞。〈鼓吹〉於〈鐃歌〉諸曲，得其調不得其韻。其猶在晉人下乎？[三十六]

《詩藪・內編》卷三又云：

退之〈桃源〉、〈石鼓〉，模杜陵而失之淺　長吉〈浩歌〉、〈秦宮〉，倣太白而過於深。[三十七]

這些論見，若以現代之角度來看，不無商榷之餘地，然而卻是明代論者代表性之主張。而胡應麟之《詩藪》，在明代詩學批評中，屬於比較嚴謹紮實的一家。胡氏就歷史角度所發之論見，往往切合史實，價值甚高。以唐人古體而言，胡應麟取高、岑、王、李，認為太白、少陵已達巔峰。降至錢、劉，氣骨已衰，元、白力振，已是強弩之末。在此一發展脈絡中，胡應麟對於韓詩，略有貶抑之意。如《詩藪・內編》卷四謂：

三十五 見謝榛《四溟詩話》卷四　丁福保編《歷代詩話續編》（臺北，木鐸出版社，一九八八年七月）頁一二〇六。
三十六 見明・胡應麟《詩藪・內編》卷一（臺北，廣文書局）
三十七 同上卷三。

太白有大家之材，而局量稍淺，故騰　飛揚之意勝，沉深典厚之風微。昌黎有大家之具，而神韻全乖，故紛拏叫噪之途開，蘊藉陶鎔之義缺。杜陵氏兼得之。[三十八]

就大曆以下五七言律詩發展而言，亦有貶抑韓詩之意。如《詩藪・內編》卷四謂：

唐大曆後，五七言律尚可接翅開元，惟排律大不競。錢、劉以降，篇什雖盛，氣骨頓衰，景象既殊，音節亦寡。韓白諸公，雖才力雄贍，漸流外道矣。[三十九]

但是，胡應麟對於韓詩價值，並非全無認識。如《詩藪・外編》卷四謂：

元和而後，詩道浸晚，而人才故自橫決一時。若昌黎之鴻偉，柳州之精工，夢得之雄奇，樂天之浩博，皆大家材具也。今人概以中、晚束之高閣。若根脚堅牢，眼目精利，泛取讀之，亦足充擴襟靈，贊助筆力。[四十]

至於韓愈以下，盧仝之「拙朴」，馬異之「庸猥」，李賀之「幽奇」，劉叉之「狂譎」，庭筠之「漸入詩餘」，便視為末流，不足經眼。明代文人論韓之資料尚多，胡震亨所輯錄各家詩論，往往間出雋

[三十八] 同上卷四。
[三十九] 同上。
[四十] 見明・胡應麟《詩藪・外編》卷四（臺北，廣文書局）。

語。其《唐音癸籤》卷七《評彙》三云：

韓公挺負詩力，所少韻致，出處既掉運不靈，更以儲才獨富，故犯惡韻鬬奇，不加揀擇。遂致叢雜難觀。得妙筆汰用瑰寶自出。第以為類押韻之文者過。[四十一]

其《唐音癸籤》卷十《評彙》六云：

七言難於氣象雄渾，句中有力，而紆徐不失言之意。自老杜後，韓退之筆力最為傑出，然每苦意與語具盡。[四十二]

其《唐音癸籤》卷十《評彙》六又云：

韓愈最重字學，詩多用古韻。[四十三]

其《唐音癸籤》卷二十七《談叢》三又云：

唐至開元而海內稱盛，盛而亂，亂而復。至元和又盛，前有青蓮，後有昌黎、香山，皆為其時

四十一 見明．胡震亨《唐音癸籤》卷七《評彙三》轉引自吳文治《韓愈資料彙編》（台北，學海出版社，一九八四年四月）頁八三一。

四十二 轉引自吳文治《韓愈資料彙編》（台北，學海出版社，一九八四年四月）頁八三二。

四十三 同上。

鳴聖者也。[四十四]

從以上資料顯示，明代詩評家對韓詩整體之評價，雖非十分深刻，然而對韓詩之特質、作風、缺陷與歷史地位，均有一定程度之理解。

伍．清代

清代學術風氣，比較務實，論者不喜無根之談，對韓愈之研究十分精深。唐以來所有「論韓」之資料，被反覆參研。韓詩之名物、事義固然考證詳審 韓詩之體貌、造境，亦得到進一步之抉發。清．葉燮《原詩．內篇》對杜甫推崇備至，杜詩「包源流，綜正變」，漢魏詩之渾樸古雅，六朝詩之藻麗纖穠，澹遠韶秀，無一不備。杜甫開出之傳統，由韓愈、孟郊、元稹、白居易、李賀、劉禹錫、杜牧、劉常卿、溫庭筠、李商隱及宋金元明諸大家所承繼。在葉燮心目中，杜甫是一「集大成者」，而韓愈則為貞元、元和以來，足與杜甫抗衡之「傑出者」。葉燮在《原詩》卷一《內篇．上》云：

集大成如杜甫，傑出如韓愈、專家如柳宗元、如劉禹錫、如李賀、如杜牧、如陸龜蒙諸子，一一皆特立興起。其他弱者，則因循世運，隨乎流波，不能振拔。所謂唐人本色也。[四十五]

[四十四] 轉引自吳文治《韓愈資料彙編》（台北，學海出版社，一九八四年四月）頁八三七。

[四十五] 見清．葉燮《原詩》卷一《內篇》上，載丁福保《清詩話》（臺北，木鐸出版社，一九八八年九月）頁五六六。

其《原詩》卷三《外篇・上》又云：

> 杜甫之詩，冠絕今古。此外上下千餘年，作者代有，惟韓愈、蘇軾，其才力能與甫抗衡，鼎立為三。韓詩無一字猶人，如太華削成，不可攀躋。[四十六]

而關於韓詩之性情、面目，葉燮如此描述：

> 作詩有性情，必有面目。……舉韓詩之一篇一句，無處不可見其骨相稜嶒，俯視一切。進則不容於朝，退又不肯獨善於野，疾惡甚嚴，愛才若渴，此韓愈之面目也。[四十七]

可見葉燮對韓詩之評價甚高。清人崇敬李、杜、韓、蘇，對於韓愈與其他詩人之關係比較，有極精闢之論見。如清・王士禛《帶經堂詩話》卷一云：

> 宋明以來詩人，學杜子美者多矣。予謂退之得杜神，子瞻得杜氣，魯直得杜意，獻吉得杜體，鄭繼之得杜骨，它如李義山、陳無己、陸務觀、袁海叟輩又其次也，陳簡齋最下。[四十八]

王士禛以為唐詩三百年，一盛於開元，再盛於元和，而韓愈為杜甫以後最重要之詩人。在〈蠶尾文〉

四十六 見丁福保《清詩話》（臺北，木鐸出版社，一九八八年九月）頁五九六。

四十七 引見丁福保《清詩話》（臺北，木鐸出版社，一九八八年九月）頁五九六。

四十八 見清・王士禛《帶經堂詩話》卷一，轉引自吳文治《韓愈資料彙編》（台北，學海出版社，一九八四年四月）頁九四七。

中指出，唐人詩多者李白、杜甫之外，惟有韓愈與白居易。而「退之之詩可選者多，不可選者少，去其不可者甚難。樂天詩可選者少，不可選者多，存其可者亦難。」[四十九]王士禛指出韓愈〈琴操〉直追三代，肯定韓愈之歌行與李、杜、蘇同為「千古絕調」。在《居易錄》中引陳後山之說，也贊同「學左、杜先由韓、黃」，可見王士禛非常肯定韓愈詩之價值。然而《池北偶談》亦謂：「韓退之詩似論，蘇子瞻詞似詩，昔人謂如教坊雷大使舞，正此意也。」[五十]可見王士禛對於韓愈之缺失，亦不為之諱。

在清代詩評家中，沈德潛師承葉燮，以少陵、昌黎、眉山為宗。在《歸愚文鈔》卷十三〈東隅兄詩序〉、在《說詩晬語》卷下「詩貴有我」條，均強調韓愈「憐才若渴，與世齟齬」之性情與面目。在《說詩晬語》卷上云：

> 昌黎豪傑自命，欲以學問才力跨越李、杜之上　然恢張處多，力有餘而巧不足也。獨四言大篇，如〈元和聖德〉、〈平淮西碑〉之類，義山所謂句奇語重，點竄塗改者，雖司馬長卿亦當斂手。[五十一]

明顯沿襲葉燮之批評論點。沈德潛認為韓愈不工近體，然而卻認為韓愈之七言詩「貞元、元和間，踔厲風發，又別為一體。」（《唐詩別裁集》卷首《凡例》），此外認為「昌黎詩原本漢賦。」（〈與

[四十九] 轉引自吳文治《韓愈資料彙編》（台北，學海出版社，一九八四年四月）頁九四七至九四八。

[五十] 轉引自吳文治《韓愈資料彙編》（台北，學海出版社，一九八四年四月）頁九四九。

[五十一] 見蘇文擢《說詩晬語詮評》（臺北，文史哲出版社，一九八五年十月）頁二四七。

陳恥庵書〉）、「杜、韓旨歸，仍在聲希采伏者矣。」（〈喬慕韓詩序〉），都是頗有創意之論見。

由於清人對韓詩研究日精，對於韓詩之優劣、毀譽之評　亦越嚴。毀之者如清・陸時雍《詩鏡總論》謂：

材大者聲色不動，指顧自如，不則意氣立見。李太白所以妙於神行，韓昌黎不免有蹶張之病也。[五十二]

清・王夫之《薑齋詩話》卷下云：

含情而能達，會景而生心，體物而得神，則自有靈通之句，參化工之妙。若但於字句求巧，則性情先為外蕩，生意索然矣。松陵體永墮小乘者，以無句不巧也。然皮、陸二子差有興會，猶堪諷詠。若韓退之以險韻、奇字、古句、方言矜其餖飣之巧，巧則巧矣，而於心情興會一無所涉，適可為酒令而已。黃魯直、米元章益墮此障中。近則王謔庵承其下游，不恤才情，別尋蹊徑，良可惜也。[五十三]

清・黃子雲《野鴻詩的》云：

古人有負才而欺世者三家：曹瞞以傑鰲而以詭異欺，昌黎語瑰奇而以強梗欺，義山韻宕逸而以

[五十二] 轉引自錢仲聯《韓昌黎詩繫年集釋》附錄（臺北，學海出版社，一九八五年一月）頁一三三二。

[五十三] 見清・王夫之《薑齋詩話》卷下，載丁福保《清詩話》（臺北，木鐸出版社，一九八八年九月）頁十四。

荒誕歟。[五十四]

清・毛先舒《詩辯坻》卷第三云：

唐人文多似詩，不害為佳。退之多以文法為詩，則傖父矣。[五十五]

清・王闓運《論作詩門徑》云：

孔子論門人，許其成章，詞章之章也。無論何文，但屬辭成句，即自有章。韓退之起八代之衰，文詩皆未成章。[五十六]

值得注意的是除「傖父」之外，不論是批評韓愈詩「蹶張」、「適可為酒令」、「負才而欺世」、「文詩皆未成章」，都是以超高標準，所作的「求全之毀」。因為他們都曾深入研究韓詩。當然，清人對韓詩之稱譽，亦多前人所未言。如清・嚴虞惇在《秀野堂本韓詩批》中，主張韓愈律詩工穩，非後人所能及：

論公詩者，皆云古詩勝於律詩。不知律詩之工穩，總非後人所能及。蓋其服膺老杜，非如江西

[五十四] 轉引自錢仲聯《韓昌黎詩繫年集釋》附錄（臺北，學海出版社，一九八五年一月）頁一三四〇。

[五十五] 見清・毛先舒《詩辯坻》卷三，載郭紹虞編《清詩話續編》（台北，木鐸出版社，一九八三年十二月）頁六十六。

[五十六] 轉引自錢仲聯《韓昌黎詩繫年集釋》附錄（臺北，學海出版社，一九八五年一月）頁一三五三。

一派，襲取一二硬澀字句，為得其神髓也。[五十七]

清・馬位在《秋窗隨筆》中，甚至列出〈湘中酬張十一功曹〉、〈奉酬振武胡十二丈大夫〉、〈西林寺題蕭十二兄郎中舊堂〉、〈次潼關寄張十二閣老使君〉等近體之作，認為可與老杜相頡頏。

清人另一頗富創意之論點，是指陳韓詩與經傳之關係。例如馬位《秋窗隨筆》謂：

退之古體，造語皆根柢經傳，故讀之猶陳列商、周彝鼎，古痕斑然，令人起敬；時而火齊木難，錯落照眼，應接不暇；非徒作幽澀之語，如牛鬼蛇神也。[五十八]

清・陳沆《詩比興箋》即舉〈謝自然〉、〈送靈師〉、〈送惠師〉三首，認為是：「〈原道〉之支瀾。」更進一步提出：「當知昌黎不特約六經以為文，亦直約風騷以成詩。」之主張。[五十九]清・翁方綱《石洲詩話》亦認為：「韓文公約六經之旨而成文，其詩亦每於極瑣碎極質實處，直接六經之脈。蓋爻象繇占，典謨誓命，筆削記載之法，悉醞入風雅正旨，而具有其餘味。自東皙、韋孟以來，皆未有如此沉博也。」[六十]以上這些論見，較之宋・穆修稱頌韓愈〈元和聖德詩〉「辭嚴義密，製述如經」可謂層

[五十七] 轉引自錢仲聯《韓昌黎詩繫年集釋》附錄（臺北，學海出版社，一九八五年一月）頁一三三七。
[五十八] 轉引自吳文治《韓愈資料彙編》（台北，學海出版社，一九八四年四月）頁一一五五。
[五十九] 見清・陳沆《詩比興箋》卷四（台北，藝文印書館版，一九七〇年九月）頁四三三。
[六十] 轉引自錢仲聯《韓昌黎詩繫年集釋》附錄（臺北，學海出版社，一九八五年一月）頁一三四五。

次更深，範圍更廣。

清代詩論中，以大量篇幅研究韓詩者，應推趙翼《甌北詩話》及方東樹《昭昧詹言》最為可觀。趙翼《甌北詩話》以極嚴肅之態度研究韓詩，對於韓孟交誼、聯句詩、韓詩學李杜、韓詩好用硬語、韓詩用韻、韓詩之創體與創格、韓詩之不可為法者、韓詩之文化意識、韓孟元白之比較、韓愈與白居易之酬唱、韓愈之使事等等重大之論題，均以長篇大論，加以探析，從而獲得極可貴之成果。

趙翼指出韓愈好作奇句警語，但是不若李長吉、杜少陵、李太白之揮灑自如，而是全力搏兔，千鍾百鍊。韓愈固有精思結撰之警策語，然而亦多聱牙詰屈、英雄欺人之句。趙氏認為：

> 其實〈石鼓歌〉等傑作，何嘗有一語奧澀？而磊落豪横，自然挫籠萬有。又如〈喜雪獻裴尚書〉、〈咏月和崔舍人〉以及〈叉魚〉、〈詠雪〉等詩，更復措司極細，遣詞極工，雖工於試帖者，亦遜其穩麗。此則大才無所不辨，並以見詩之工，固不在彼也。[六十一]

趙翼此語之可貴，在於提示後人勿眩惑於韓愈盤硬蹶張之作，而應注意其「文從字順中，自然博大」之作。趙翼深知韓愈不必專以奇險見長，然確有不可抹殺之嶄新開闢，並析論其創格、創意、創句法、用韻、使典之成就。肯定：

六十一 見趙翼《甌北詩話》卷三，載郭紹虞《清詩話續編》（臺北，木鐸出版社，一九八三年十二月）頁一一六六。

以文為詩，自昌黎始，至東坡益大放厥詞，別開生面，成一代之大觀。[六十二]

「以文為詩」，本為韓詩病疵，至宋，反成別開生面之大觀，則韓愈之開創成就，又添一筆矣。

至於方東樹《昭昧詹言》全書二十一卷，在卷一通論五古、卷二漢魏、卷四陶公、卷五大謝、卷六鮑明遠、卷七小謝、卷八杜公、卷九韓公、卷十黃山谷、卷十一總論七古、卷十二李太白、卷十四通論七律、卷十七杜公、卷十八中唐諸家、卷十九李義山、卷二十一附論諸家詩話，均涉及韓詩。方氏在書中，常轉錄方（苞）、姚（範）諸老之語，因此，可相當程度反映桐城派對韓詩之觀點。《昭昧詹言》卷一云：

> 漢、魏、阮公、陶公、杜、韓皆全是自道己意，而筆力強，文法妙，言皆有本。尋其旨歸，皆一線明白，有歸宿，令人了然。[六十三]

由此可知，方氏論詩，以此為宗。其中，又以杜、韓二家，最為崇重。這是因為杜韓之陳義高，筆力強，文法高古。方氏常以杜、韓連言論詩。如：「杜、韓之真氣脈作用，在讀古人書，義理胸襟源頭本領上。」（卷八），「杜、韓盡讀萬卷書，其志氣以稷、契、周、孔為心，又於古人詩文變態萬方，無不融會於心中，而以不世出之筆力，變化出之，此豈尋常齷齪之士所能辨哉？」（卷八），「欲學

[六十二] 同上卷五，頁一一九五。

[六十三] 見清・方東樹《昭昧詹言》卷一（臺北，廣文書局，一九六二年八月）。

杜、韓，須先知義法粗胚。」，「杜集、韓集皆可以當部經書讀。」（卷九）可見杜甫、韓愈在方氏心目中，有其獨特之地位。他認為韓愈之本源是《六經》，因此「根本盛大，包孕眾多，巍然自開一世界。」（卷一），方氏以為《六經》之外無文章，能用力於《六經》，兼取秦漢之文，通其辭，達其意，即可獨有千古，而「韓公一生，只用得此功，故獨步千古。」（卷一）至於韓詩，《昭昧詹言》卷九云：

韓公詩，文體多，而造境造言，精神兀傲，氣韻沈酣，筆勢馳驟，波瀾老成，意象曠達，句字奇警，獨步千古。[六十四]

此段評語，包含文體、造境、造言、精神、氣韻、筆勢、章法、意象、字句，各方面，因此方氏論韓之資料，不但層次深，析理細，而且範圍廣。如論韓愈之「力避陳言」云：

去陳言，非止字句，先在去熟意：凡前人所已道過之意與詞，力禁不得襲用，於用意戒之，於取境戒之，於使勢戒之，於發調戒之，於選字戒之，於隸事戒之。凡經前人習熟，一概力禁之，所以苦也。[六十五]

[六十四] 同上卷九。
[六十五] 同上。

又云：

韓公去陳言之法，真是百世師。但其義精微，學者不易知。如云「公詩無一字無來歷」，夫有來歷，皆陳言也，而何謂「務去」也？則全在反用、翻用，故著手成奇也。

又云：

原本前哲，卻句句直書即目，所以非蹈襲陳言：此是三昧微言。苟能於言下契悟，比於禪家參證，一霎直透三關矣。六十六

同是論力去陳言，卻一層深似一層，達於精微方止。再如：

杜韓有一種真率樸質白道，不煩繩削而自合者。此必須先從艱苦怪變過來。然後乃得造此。若未曾用力，便擬此種，則枯短淺率而已。如公〈南溪始泛〉三篇、〈寄元協律〉、〈送李翺〉、〈寄鄂岳李大夫〉等，皆是文體白道，但序事，而一往清切，愈樸愈真，耐人吟諷。六十七

又云：

六十六 同上。
六十七 同上卷九。

「高詞媲皇《墳》」與「至寶不雕琢，神功謝鋤耘」是兩境，上言「艱窮怪變」，下言「平淡」。此韓公自述兼此二能，不拘一律也。[六十八]

此言韓詩兩種主要詩境，方氏總是如此不厭其詳，反覆說明，以求盡意。方氏喜以桐城義法觀念論析韓詩如：

頓挫之說，如：「有往必收，無垂不縮」，「將軍欲以巧服人，盤馬彎弓惜不發」，此惟杜韓最絕，太史公之文如此，《六經》、周、秦皆如此。（卷一）

古人文法之妙，一言以蔽之曰，語不接而意接。血脈貫續，詞語高簡，六經之文皆是也。俗人接則平順駢蹇，不接則直是不通。韓公曰：「口前截斷第二句」太白云：「雲臺閣道連窈冥」須於此會之。（卷一）

欲學杜韓，須先知義法粗胚，今列其統例如左：如創意、選字、章法、起法、轉接、氣脈、筆力截止、不精經意助語閒字、倒截逆挽不測、豫吞、離合、伸縮、事外曲致、意象大小遠近皆令逼真、頓挫、交代、參差。（卷八）

李、杜、韓、蘇四大家，章法篇法，有順逆開闔展拓，變化不測，著語必有往復逆勢，故不平。

六十八　同上卷九。

韓、歐、蘇、王四家，最用章法，所以皆妙，用意所以深曲。（卷十一）

類似資料，不勝枚舉。方氏以義法觀念論詩，使韓詩微言妙旨，獨造之境，透過細膩論析，皆能一一展現。清代論者評韓詩之精言雋語尚多，對後世皆有啟發性。如劉熙載《藝概》謂：「詩文一源。昌黎詩有正有奇。正者，即所謂約六經之旨以成文；奇者，即所謂時有感激怨懟奇怪之辭。」[六十九]再如施補華《傭峴說詩》謂：「少陵七古間用比興，退之則純是賦。」沈曾植《海日樓遺札》云：「絕句以風神為主，宜柔不宜剛。柔者宜情不宜理，韓杜多涉理，故以拗句出之，此不得不然者。」陳衍《石遺室詩話》云：「元和以降，各人各具一套筆意，昌黎則兼有清妙、雄偉、磊砢三種筆意。」[七十]凡此皆可移以論韓詩。

陸．結語

總結而言，韓愈為中唐詩之大家，在唐代為文名所掩，「孟詩韓筆」為當時論者之固定印象。至司空圖讚賞其「驅駕聲勢」之筆力時，已近五代。宋初仍未能認識韓詩之價值，必至歐陽修之後，使正面肯定韓詩「工於用韻」及多樣之內涵。宋人對韓詩，誠如張戒《歲寒堂詩話》所言，持兩極對立

六十九 見清．劉熙載《藝概》卷三《詩概》（臺北，華正書局，一九八五年六月）頁六三。

七十 以上資料，皆轉引自錢仲聯《韓昌黎詩繫年集釋》附錄（臺北，學海出版社，一九八五年一月）

之態度，然而不論是憎是喜，歷來論韓之主要問題，此時皆已展開。金元時期，不脫宋人餘緒，元好問之外，並無重要之詩評資料。明代論者，對韓詩毀譽不一，所作評論，雖非深度十足，然已對韓詩之特質、作風、缺陷、與歷史地位，有一定程度之理解。清代對韓愈之研究態度極認真，韓詩名物之考證、事義之研索、詩境之抉發、乃至章法技巧、限制缺失，都有學者，提出寶貴論見。韓詩至此得到深度之研析，其價值亦獲公允之評估。

原載：國立中興大學文學院文史學報編輯委員會主編：《文史學報》，第二十二期，（一九九二年三月）頁十一至三十。

國家圖書館出版品預行編目

韓孟詩論叢 / 李建崑著. -- 一版
臺北市：秀威資訊科技, 2005 [民 94]
面； 公分. --
ISBN 978-986-7263-98-8（上冊：平裝）.
ISBN 978-986-7263-99-5（下冊：平裝）
1.（唐）韓愈 － 作品評論
2.（唐）孟郊 － 作品評論

851.4417 94025343

語言文學類 AG0033

韓孟詩論叢(上)

作　　者 / 李建崑
發 行 人 / 宋政坤
執行編輯 / 林秉慧
圖文排版 / 劉逸倩
封面設計 / 羅季芬
數位轉譯 / 徐真玉　沈裕閔
圖書銷售 / 林怡君
網路服務 / 徐國晉
出版印製 / 秀威資訊科技股份有限公司
台北市內湖區瑞光路 583 巷 25 號 1 樓
電話：02-2657-9211　　傳真：02-2657-9106
E-mail：service@showwe.com.tw
經 銷 商 / 紅螞蟻圖書有限公司
台北市內湖區舊宗路二段 121 巷 28、32 號 4 樓
電話：02-2795-3656　　傳真：02-2795-4100
http://www.e-redant.com

2006 年 7 月 BOD 再刷
定價：290 元

讀　者　回　函　卡

感謝您購買本書，為提升服務品質，煩請填寫以下問卷，收到您的寶貴意見後，我們會仔細收藏記錄並回贈紀念品，謝謝！

1.您購買的書名：____________________

2.您從何得知本書的消息？

□網路書店　□部落格　□資料庫搜尋　□書訊　□電子報　□書店

□平面媒體　□ 朋友推薦　□網站推薦　□其他________

3.您對本書的評價：(請填代號　1.非常滿意 2.滿意 3.尚可 4.再改進)

封面設計____　版面編排____　內容____　文/譯筆____　價格____

4.讀完書後您覺得：

□很有收獲　□有收獲　□收獲不多　□沒收獲

5.您會推薦本書給朋友嗎？

□會　□不會，為什麼？____________________

6.其他寶貴的意見：____________________

____

____

____

讀者基本資料

姓名：____________　年齡：______　性別：□女　□男

聯絡電話：____________　E-mail：____________

地址：____________________

學歷：□高中(含)以下　□高中　□專科學校　□大學

□研究所(含)以上　□其他________

職業：□製造業　□金融業　□資訊業　□軍警　□傳播業　□自由業

□服務業　□公務員　□教職　□學生　□其他________

請貼
郵票

To：114

台北市內湖區瑞光路 583 巷 25 號 1 樓

秀威資訊科技股份有限公司　　收

寄件人姓名：

寄件人地址：□□□

(請沿線對摺寄回,謝謝!)

秀威與 BOD

BOD（Books On Demand）是數位出版的大趨勢，秀威資訊率先運用 POD 數位印刷設備來生產書籍，並提供作者全程數位出版服務，致使書籍產銷零庫存，知識傳承不絕版，目前已開闢以下書系：

一、BOD 學術著作—專業論述的閱讀延伸
二、BOD 個人著作—分享生命的心路歷程
三、BOD 旅遊著作—個人深度旅遊文學創作
四、BOD 大陸學者—大陸專業學者學術出版
五、POD 獨家經銷—數位產製的代發行書籍